LOS CINCO NUDOS

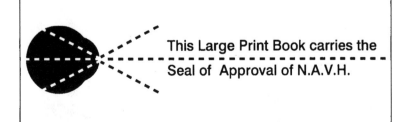

This Large Print Book carries the
Seal of Approval of N.A.V.H.

LOS CINCO NUDOS

Juan Jacobo-Doger

Thorndike Press • Waterville, Maine

Thorndike Press Large Print Spanish Series.

Thorndike Press La Impresión grande la Serie española.

The tree indicium is a trademark of Thorndike Press.

El símbolo del árbol es una marca registrada
de Thorndike Press.

The text of this Large Print edition is unabridged.

El texto de ésta edición de La Impresión Grande está
inabreviado.

Other aspects of the book may vary from the original edition.

Otros aspectros de éste libro podrían variar de la edición
original.

Set in 16 pt. Plantin.

Impreso en 16 pt. Plantin.

Printed in the United States on permanent paper.

Impreso en los Estados Unidos en papel permanente.

Library of Congress Cataloging-in-Publication Data

Jacobo-Doger, Juan.
    Los cinco nudos / Juan Jacobo-Doger. — [Large print ed.]
       p. (large print) cm.
    Large print ed.
      ISBN 0-7862-4493-3 (lg. print : hc : alk. paper)
      I. Title: 5 nudos. II. Title
    PQ7390.J33 C56 2002
    863'.7—dc21   2002071994

A ti Chiqui, de alma a alma.
Ayer, hoy y siempre.

Contenido

La Primera Hora

En el lobby del edificio ocupado por el banco y varios centenares de oficinas, el grupo esperaba el ascensor. Desde la calle semihipnotizada por la frialdad de la mañana, llegaban los ruidos y olores del tránsito cotidiano. En las paredes de mármol, las lámparas del techo, trabajadas en vidrio y aluminio, plasmaban pequeñas amebas temblorosas y sin profundidad. Sobre el piso, también de mármol, chorreaban dos capas plásticas y dos paraguas, mientras que las hojas de un periódico sin forma, sostenidas por las manos del miembro más joven del conjunto, ya no daban más de sí.

Amanecer de sapo: cielo espeso, nubes siniestras y horizonte cerrado, sin referencias ni de abajo, ni de arriba, ni del litoral. La tierra, en lugar de asomarse como una niña puesta a preguntar, imponía, por sus malas mañas de chaperona amargada. El negro encaramado caía a plomo y se aferraba en la negrura dilatada. Fuera de él, no había nada en el cielo, ni más allá de los edificios, con sus muecas de claridad rectangular, y me-

9

nos en la masa moluscosa del mar, que podía olerse en la distancia, sin ser visto. Mañana fea de reloj y no de naturaleza, animada por los pájaros y por la alegría del sol. Podría haber sido la última, porque todo en ella dolía, con notas de augurios siniestros y encapotados.

La flecha roja del panel desvestía su propio esqueleto en la pared cuando el timbre de señales hirió el silencio con su sílaba sonora.

—Pase usted —le dijo el hombre del breviario a la señora. Entraron a continuación en orden, el melenudo, el caballero del portafolios y el más joven, después de echar el periódico en el depósito de papeles contiguo a la entrada.

La puerta volvió a su singular sonido metálico, y dentro de la jaula hermética los cinco pares de ojos se clavaron en la franja donde aparecía la numeración de los pisos.

Todos, por un reflejo de reacción instintiva, después de presionar el botón correspondiente, en una fracción de tiempo memorizaron los detalles del interior iluminado: Timbre de emergencia, datos de capacidad, nombre de la firma, teléfono para avisar a la compañía encargada del servicio en caso necesario, papelera, tubos laterales de iluminación y círculos concéntricos por donde salía el aire acondicionado. Cumplida la definición del lugar, los cinco se mantenían mirando hacia arriba en la tarea de acercar mentalmente el momento de la llegada.

El silencio los igualó con sus manos enguantadas y sólo se sustraía el bordoneo del ventilador. El hallarse en manos de lo impredecible los diluía en esa fracción de anonimato que domina en los aviones durante el aterrizaje y el despegue. Entonces el pasaje ni se mueve, ni bravuconea, ni es; porque lo impredecible lo recorta a la estatura de un pingüino.

Entre el cuarto y el quinto piso, sin aviso previo, el ascensor quedó desactivado y a oscuras.

—Nos hemos quedado.

—Problemas con el fluido.

—La tormenta habrá tumbado algún cable.

—Toquen el botón de emergencia.

—Es que no se ve.

—¿Alguien tiene un fósforo?

—No fumo.

—Tampoco yo.

—Veamos si mi encendedor funciona.

La pequeña llama sirvió para que los diez iris estrellados se concentraran en el botón de referencia.

El más joven apretó el timbre de alarma con insolente reclamo, y el hombre alto, sin soltar el portafolios, ahogó la llama.
—Tengamos calma —dijo. —Será cuestión de unos minutos.
—¿Por qué apagó usted?
—Nada resolveríamos con la llamita, señora. Póngase cómoda, que no tardarán en arreglar el desperfecto.
—Y ni siquiera una luz de emergencia. La oscuridad me deprime.
—Considérela un respiro.
—Es que no puedo evitarlo. Para mí el negro es un color cerrado, porque es negro y nada más.
—El negro es también blanco, señora. La posibilidad cromática está limitada por nuestra propia ceguera —dijo la voz nerviosa, sin rayar en la altanería.
—Como maestra sé lo que es el espectro y lo que los colores primarios dan de sí. Insisto en que el color negro no es ni un paso adelante ni un paso atrás.
—Señora, lo que sucede es que estamos programados. Biológicamente nuestros sentidos se mantienen funcionando entre planos limitados: derecha, izquierda, arriba, abajo y viceversa. Lo que vemos y lo que hacemos está básicamente condicionado por esa realidad.

—Aún así, lo que es, es y lo que no es, no es.

—Lo que trato de aclararle, señora, es que si en lugar de cinco sentidos y otro probable, tuviéramos siete u ocho, acaso seríamos capaces de registrar cuarenta colores, o incluso cien, y ello se lo afirmo con conocimiento de causa, puesto que soy pintor.

—Con perdón de los dos, les diré que ambos tienen un criterio geométrico que les impide entender el asunto en discusión. La física y la matemática son buenas, pero ¿qué me dicen de la fe?

—Si lo dice por mí, le diré que ella me sobra porque para algo soy maestra.

—Pues para mi punto de vista la fe no es otra cosa que un programa, un modo de andar entre el tiempo y entre las cosas, para crearlas y recrearlas.

—Limitadísimo. Señor artista, ustedes descargan la fe en los quehaceres sin atreverse con el hecho esencial que es el de nuestro origen.

—Dejemos la metafísica a un lado. Usted habla como cura.

—Y lo soy.

—¡Ah, padre! Pues rece para que nos saquen pronto de aquí.

—Ya han pasado diez minutos.

—¿Cómo lo sabe usted?

—Tengo un reloj de esfera fluorescente.

—A mí me parece que ha transcurrido un siglo.

—Vuelvan a tocar el timbre, por favor, que a lo mejor no lo han oído.

—Lo he hecho varias veces.

—¿Por qué no activarán la planta de emergencia?

—Puede que no lo haya.

—Tiene que haberla. Existe una regulación obligatoria.

—Sí que hay una planta, pero está fuera de servicio desde hace más de un mes.

—Primera palabra que le oigo. ¿Cómo lo sabe usted?

—Me llamo Jaime Uno y hago un trabajo a tiempo parcial en una oficina de publicidad.

—Y el resto del tiempo, ¿a qué se dedica?

—Estudio en la universidad.

—¿Qué estudia?

—Estoy haciendo una concentración en sicología.

—Vaya pérdida de tiempo. Jaime Uno, bastante tenemos ya con los problemas del mundo para agregarle los que provoca la tontería.

—Su positivismo, señor...

—Arquímides Buena Fortuna.

—¿Buena Fortuna el presidente del banco?

—El mismo.

—Perdone que intervenga, pero permítame aclararle, señor Buena Fortuna, que con el materialismo se anda, pero jamás se llega en el buen sentido de la palabra.

—Explique el trabalenguas, señor cura, que no me gustan los acertijos.

—Si usted trata de medirlo todo y de pesarlo todo en función de precio y servicio, no llegará a parte alguna.

—¿Acaso trata de decirme que soy un fracasado?

—Al contrario, si solamente existiera la cuestión del éxito.

—¿Es que hay algo más? Me he hecho por mí mismo, a pedrada limpia, se podría decir. A nadie le debo nada y tengo lo que quiero.

—Sigue hablando de cosas, como para tirarme de la lengua. Usted está cosificado como un esqueleto. Bueno es poder satisfacer los apetitos, ya que ellos le dan contento y soporte a la existencia, pero sólo hasta un punto, si es que quiere darle sentido y destino a la vida. El goce puede ser aliado o enemigo.

—Palabras, puras palabras, señor mío.

—Don Arquímides, creo que al padre no le falta razón.

—Déjate de tonterías, Jaimito. Ya te he dicho que con esas porquerías especulativas terminarás siendo un fracasado. ¿Quieres especular? Compra oro cuando los demás lo vendan y ponle tu precio cuando ellos lo reclamen. Invierte en tierras; pero mucho ojo, porque si no lo haces bien y a tiempo, puedes perder hasta la camisa. Adquiere valores en la baja y liquídalos en el alza. Aprende la multiplicación de los listos para convertir cuatro veces cuatro en ochenta y no en dieciséis. Jamás restes ni dividas. Suma y suma que te suma, multiplica y requete multiplica, ese es el único camino que te llevará a ser alguien y a progresar. Mientras muerdas, sopla como lo hace el ratón para que tu víctima no sienta la mordida.

—¿Puede saberse qué tiene usted en contra de la sicología?

—¡Qué es lo que no tengo en contra, querrás decir! Como que en ella nada se mide, ni se pesa en definitiva, cada quien se las arregla a su manera. Contra un toro fantasma todo el mundo puede ser torero. Que si los complejos, que si el desajuste, que si la minusvalía, que si la competencia, que si el subconsciente, que si el remordimiento o la urgencia sexual.

—Lechugas y pamplinas. A mi sobrina el doctorado en sicología sólo le ha servido para terminar casándose con un haragán. El bienvive no dispara una y ella trabaja para los dos. ¿Y saben lo que hace? ¿Vive del asunto? ¿Embauca a otros con lo que aprendió? Pues no señor. Es secretaria del comité ejecutivo de mi banco y el empleo lo tiene por ser la sobrina de su tío, así que para el caso el doctorado estaba de más.

—Lo suyo es un prejuicio.

—Antes de contestarle dígame, ¿quién es y qué hace usted?

—Me llamo Iluminado Heredia y soy artista.

—¿De teatro, en el cine, o de qué?

—Pinto.

—¡Ah! Otro Picasito.

—A mucha honra. El arte es también un camino.

—¡Claro! Lleno de piedras, plagado de calamidades y tapiado por la miseria. ¿Cuánto saca al mes?

—El dinero no es lo más importante para mí.

—Esa resulta ser siempre la respuesta de los que no lo tienen, cuando no encuentran el modo de conseguirlo. Con dinero se compran almas y cuadros; se viaja, se descansa, se duerme con el estómago lleno y se despierta listo para la pelea.

—Su materialismo es grosero.

—¿Es que hay algo más, señora? ¿O va usted a salirme con la cítara plañidera del espiritualismo y necedades por el estilo?

—La materia es corruptible.

—Porque todavía no hemos conseguido hablar con la persona o fuerza que la origine. Cuando podamos hacerlo le garantizo que también llegaremos a un acuerdo y le pondremos precio a la mercancía. Entonces los victoriosos permanecemos y ustedes, los flautistas, los románticos y los apóstoles, serán descarnados por los gusanos.

—¡Jesús! Usted habla como ateo. ¿Acaso no siente el temor a Dios?

—Si a algo le temo es al mal tiempo que pueda arruinar las cosechas de azúcar; o a un ciclón que afecte al balance en nuestra compañía de seguros; o a un colapso bancario como el del año 1929; pero hasta para eso ya tenemos remedio. Cubrimos el riesgo de unos contratos en materias primas con otros. Las pérdidas las reaseguramos, y la Reserva Federal, en el peor de los casos, nos hará caer sobre bastidores acolchonados.

—Su humillación cuando le llegue el momento será terrible.

—Otro disparo errático, señor cura. Para mí la humillación es una técnica. Echo mano a ella como un recurso cuando me conviene, sin perturbar mi sueño ni mis digestiones. Si tengo que besarle los pies al presidente, lo hago, con tal de salirme con la mía. Amigo mío, sólo los tontos se humillan; porque los listos viven de la humillación.

—Si les enseñara eso a mis niños graduaríamos cuatreros, criminales y tránsfugas.

—Pero ¿qué otra cosa está saliendo de nuestras escuelas? El crimen, el vicio, la falta de disciplina, la tontería, la flojera del carácter, y la inmoralidad están incubándose en ellas. Ustedes son los culpables disfrazados de salvadores. Con su mediocridad alientan más mediocridad, y en su ceguera terminan despotricando a su antojo. ¿En verdad cree que con dar clases basta para asegurar que todo marche sobre ruedas? Si por mí fuera, a los maestros los encerraría por estafadores.

—Mire que me insulta.

—Al menos le queda el medio coraje necesario para protestar.

—¿Cuánto llevaremos encerrados, padre?

—Veinticinco minutos.

—Parece que esto va para largo.

—Padre, no pare de rezar.

—Mejor busquemos al técnico, señora.

—Llegaré tarde a la escuela. Mi directora es de las que no perdonan. El viernes precisamente me decía: 'Consuelo, el lunes trata de ser puntual'.

—¡Ah, una directora de reloj, pautada al milímetro, al igual que un pliego de papel cuadriculado, y en lo demás vacía! Conozco el tipo, gente respetable que al no atreverse con otra ocupación se asila en la nómina magisterial. Personas que establecen su importancia creando el anonimato a su alrededor. El plomero arregla o no una avería o resuelve un destape. El carpintero cuadra el marco de una puerta so pena de que le hagan pagar por lo descuadrado. El chófer sigue una dirección, y el campesino o riega y ara dentro de lo que establece el sentido común o se depaupera con la hambruna. Pero el maestro de conveniencia, media inmune a la represalia y el castigo. Nadie le pide cuentas en el libro de contabilidad humano. Embadurna y borra a gusto, dejando cicatrices y torceduras indelebles.

—El estado paga por sostener las escuelas y se dedica a empobrecerlas desde el momento que las crea. Las abre por conveniencia política y como si le quemaran se las entrega a los depredadores de la sensibilidad.

—Los padres, por ignorancia, por conveniencia, o por desgano se hacen los de la vista gorda, sin entender que la levadura del alma de sus hijos puede fermentar en vinagre o en pan. A esos buenos señores los tengo identificados. Recitan el código escolar de memoria y no pueden deletrear las vocales humanas. Mitad compostura y mitad catecismo barato forman el cero total de su incapacidad.

—¿Y qué sabe usted de escuelas don Arquímides?

—Pues para que se entere le diré que en el asunto he llegado hasta la omega. Intervine en el informe de la Fundación XZ y por más de ocho meses calenté mi cabeza con el asunto. Me lo pidió el mismísimo Presidente de la República y no me pude negar. Leí, observé, comparé y pregunté y ¿sabe usted cuál fue mi conclusión?

—Como no lo diga.

—Pues que estaríamos mejor sin escuelas que con malas escuelas.

—Don Arquímides, usted parece vizcaíno por las pedradas.

—Hasta donde tengo conocimiento la verdad no se define como pecado, señor cura.

—Touché.

—Creo que a usted no le falta razón. Hasta en las escuelas vocacionales prevalece el contrasentido. Las academias de arte que he frecuentado no son capaces de preguntar ni de responder con libertad. Están dominadas por dedos índices y por los tarados de poltrona. Amague usted con el pulgar, o alce la voz, o simplemente exprese algún tipo de preferencia por las sillas de tijera y en detrimento a la permanencia de sus butacas e ipso facto será excomulgado.

—Me falta aire, creo que me voy a morir.

—Tranquilícese, señora, no se desespere. Por el techo nos entra oxígeno. Además, de un momento a otro nos sacarán.

—¡Que Dios le oiga! Se me va la cabeza y tengo los pulmones como dos cartuchos vacíos.

—Tenga. Chúpese un caramelo.

—Gracias, hijo.

—Creo que si no restablecen la corriente vendrán los bomberos.

—Ni pensar en ellos. Por las inundaciones provocadas por la tormenta, han estado evacuando familias durante la madrugada.

—¿Y la Defensa Civil?

—En lo mismo, tratando de restaurar los puentes averiados y acarreando mantas y comidas para los damnificados.

—Algo tendrán que hacer para rescatarnos.

—Padre, me va a dar algo. No puedo respirar.

—Aflójese y piense en otra cosa.

—Tengo miedo.

—Todos lo tenemos, hija mía.

—Padezco de claustrofobia.

—Quítese la faja. Le hará bien.

—¿Aquí?

—Señora, esto es como decir ninguna parte. No tenemos ojos de gato y el consejo se lo ofrezco en aras de su comodidad.

—Vuélvase de espaldas.

—Tonterías. De frente o de espalda ninguno de nosotros la verá.

—La oscuridad produce dilatación pupilar y el ojo contrapesa así el handicap.

—En eso pensaba.

—No le preste atención al señor Heredia. Ni siquiera podrá ver sus propias manos.

—Noto que hay cocuyos en el aire.

—Se trata de mis ojos. Estoy frente a usted.

—Padre, ignoro su nombre pero por amor de Dios haga que todos se pongan de espaldas.

—Me llamo Benicio Fermín Contález.

—Señora, aquí cada uno de nosotros está virado contra una pared.

—Complazcamos a la dama. ¡Don Arquímides!

—De acuerdo, pero jamás entenderé el pudor de las mujeres; a veces es un juego de todo o nada y en ocasiones un sí, no, o un no, sí.

—De ahí deriva su gracia.

—¿Y dónde queda el pudor cuando se desnudan?

23

—Para mí el desnudo es una expresión de la naturaleza y nada más. Miro a mis modelos como a cualquier otro objeto con posibilidad recreativa.

—¿Lo dice usted en serio, Iluminado?

—Naturalmente don Arquímides.

—¿Aunque se trate de una super hembra?

—Aunque de ella se trate.

—Y tú Jaime Uno ¿qué opinas al respecto?

—No sé, en realidad no lo sé; pero si hay estímulo tiene que haber respuesta.

—Bien dicho.

—Don Arquímides, tenga usted en cuenta la disciplina del observador. El artista está acostumbrado a enfrentarse a sus modelos sin intención libidinosa. Las estudia sin desearlas.

—Lo suyo es darles vida y no satisfacerse con el andamiaje.

—Siendo así, desde ahora le afirmo que jamás seré artista.

—¿Puedo ya padre Benicio?

—Claro que sí.

—Asegúrese usted.

—¿Don Arquímides?

—Seguro servidor contra mi pared.

—¿Iluminado?

—En posición.

—¿Jaime Uno?

—De espaldas.

—¿Y usted padre Benicio?

—¿Es que también tengo ojos en el cogote?

—Vaya tonta de mí. Debí notar que ya no le bailaban los ojos. A fin de cuentas ¿qué más da si es un padre? Aunque pensándolo mejor ya los curas no son santos. Se visten y hacen lo que cualquier cristiano.

—¿Se opone usted a que los sacerdotes hagan una vida normal, doña?

—Están en su derecho sin salirse de la línea del respeto.

—¿Es que existe tal línea?

—Usted parece un réprobo.

—Jamás aplaudiré la santidad por cobardía.

—Don Arquímides explíquese para que le entendamos.

—Lo que quiero decir es que hombres y mujeres de carne y hueso tienen que ser beligerantes para lograrla. La época de las cartujas y los ermitaños ha pasado. Aislarse del mundo carece de sentido y mortificarse con la penitencia y la abstención, hasta embotar sus arrestos, es un pecado por omisión.

—Por mi parte no tengo a mal el hecho de que ustedes los curas se casen y vivan en familia. A mi modo de entender la hipocresía le hace al mundo más daño que el propio pecado.

25

—Déjeme aclararle que para nuestra Iglesia ella está definida como tal.

—¿Y por qué la fomenta?

—Señor Iluminado es usted un primor. Me adelantaré al señor cura para contestarle con una sentencia lapidaria: sin hipocresía no hay feligresía.

—Ustedes son demasiado libre pensadores. Los fieles son humanos en toda la expresión de la palabra. Si bien es cierto que una parte de ellos va ya a la Iglesia porque le conviene, no lo es menos que otra parte asista porque cree.

—Entonces tendremos que establecer la distinción entre creyentes y camaleones. ¿No es así, doña Consuelo?

—Ni más ni menos. Y por lo mismo no estoy de acuerdo con sus generalizaciones. El padre pensará de nosotros que somos todos unos apóstatas.

—Padre ¿cree usted en el cristianismo químicamente puro?

—Ni el agua es pura, señor Arquímides. En todo hay algo de malo y algo de bueno. Pero casarse con lo malo porque no todo es bueno es hacer un matrimonio equivocado.

—A propósito de la hipocresía, el señor Iluminado tenía la intención de explicarse más cuando le interrumpí.

—Sólo quería aclarar que si la devoción

no nace de la conciencia, la misma no pasa de ser una estafa.

—La religión debe permitirnos aclarar lo que en cada uno de nosotros hay de cada uno de los demás. El amarás a tu prójimo como a ti mismo no tiene caída.

—Lo importante es obrar en consecuencia a partir de ahí y no rezar por un lado y despacharse a gusto por el otro.

—En la Iglesia católica la técnica del perdón suprime el remordimiento que es el mejor antídoto contra el pecado.

—En una fracción de tiempo el culpable queda liberado y listo para reincidir. Creo que si cada persona tuviera que vivir en vigilia permanente, sin paliativos fáciles, ni reconciliaciones cómodas, nos acercaríamos más al Evangelio de Jesús.

—Don Arquímides, no olvide usted que el mismo Jesús fue el heraldo del perdón y de hecho perdonó a los que de verdad se arrepintieron.

—¿Cree en serio que también podría perdonar a los que viven en el oficio de la maldad desnuda o disfrazada?

—¿Acaso perdonó a Satanás? ¿Y sabe por qué no lo hizo? Porque el demonio representa la perversión inteligentemente planificada.

—Sus discípulos, vestidos a la moda y llenos de artimañas, son hoy quieres mueven las instituciones y en muchos casos a la Iglesia. Como que fomentan la corrupción, el odio, el hambre, la persecución política, la frustración y la mentira, tampoco esos serán perdonados.

—Sólo con el Juicio Final la fe de plomo se derretirá y la verdadera se incorporará a su fuente de origen.

—Su argumento me suena a derrota admitida, padre.

—Sin la resurrección el gran pleito humano estaría perdido sin remedio.

—Luego es usted católico, Jaime Uno.

—Mejor digamos que soy cristiano.

—Hasta ahora callé para escuchar las opiniones de los demás. Sólo Jaime Uno no ha dado su juicio sobre la cuestión; pero a estas alturas creo necesario intervenir.

—La Iglesia piensa que en la debilidad del hombre radica su grandeza. Del odio superado nace el amor, de la discordia la concordia, de la abyección la virtud y del pecado el perdón. Básicamente el hombre está limitado por sus necesidades naturales. El hambre, el frío, la sed y la urgencia carnal, alambran sus instintos de zozobra y pelea. Alrededor de ellos funcionan el sexo, la política, la familia, el progreso material y la sociedad universal.

—La Iglesia entiende tales necesidades porque las mismas son inherentes a la existencia y las entiende, tratando de disciplinarlas dentro de la armonía natural. Lo que define como pecado es la distorsión de cualquiera de ellas, o de la combinación de dos, o de la suma de las tres. Gula, fratricidio, despojo, saña, odio, soberbia y lujuria, envidia y similares.

—El único modo de encarar el pecado cerril es con la brida de la gracia y de la salvación. Con la oración, la disciplina y la caridad, la Iglesia lucha por la preservación del alma humana. Toda su grandeza se justifica en la necesidad de darle un sentido final al sin sentido de nuestro drama cotidiano. Para cada hombre el instinto de salvación es una carta de ciudadanía universal y cada quien la busca a su manera. La falla está en el modus operandi y no en la fe.

—La precaria existencia, entre las interrogantes del origen y el destino nos sobrecoge. Estamos a oscuras sobre un puente sin saber a derechas lo que hay en las dos orillas. Si temblamos y nos angustiamos se debe a que estamos atemorizados y perplejos. Cada quien se aferra a la posición que traen consigo la codicia, la discordia y el encono, y con las cosas y la corte sumisa de los que le hacen el juego, no consigue trascender su soledad.

Con la carne tampoco rompemos el anillo de nuestra dolorosa singularidad. Ni con el arte, ni con la descendencia, ni con el prestigio, ni con el poder.

—La Iglesia nos trae la esperanza de otra vida ilimitada, libre de esa discontinuidad que en el presente nos obsesiona. Un mundo sin lágrimas, incorruptible, fuera del minutero, creciendo con la luz, sin agonías ni reclamos.

—Por mi parte jamás podré entender un paraíso sin mujeres.

—¿Cuánto tiempo ha transcurrido?

—Una hora.

—Estoy mareada.

—Si consiguiéramos abrir el panel del techo.

—Conmigo no cuenten. La bursitis me tiene inutilizado.

—De acuerdo, don Arquímides, Jaime Uno es el más indicado.

—Usted y yo le subiremos sobre un pie de estribo.

—¿Listo?

—¡Ahora!

Subió Jaime Uno sobre los cuatro antebrazos trabados entre sí a modo de silla de tijera. Y pronto se sintió en el aire, dando con la cabeza contra el techo.

—Rayos. Se nos fue la mano. ¿Estás bien?

—Es sólo un chichón, padre.

—¿Puedes? Empuja con las dos manos.

—Parece atornillado.

—Trata de nuevo. Me parece que cede un poco.

—¿Seguro?

—Lo moví hacia arriba.

—Ten cuidado que vamos a bajarte.

—Esto me recuerda el pozo del cuento de Poe.

—Sólo que sin guillotina, ni paredes que se compriman.

—Estoy bajo la impresión de que el ascensor se ha achicado.

—Es la falta de aire, hija.

—Resistiremos. El espacio está calculado para dieciséis personas y sólo somos cinco; además de que ahora está entrando aire por el techo.

—Hay que ahorrar palabras y energías.

—Quietos y en silencio consumiremos menos oxígeno.

—Mejor nos sentamos.

—Toque de nuevo el timbre señor Jaime Uno. Ya me cansé de hacerlo.

—Pensemos en otra cosa.

—¿Y resignarnos así como así?

—Ahorre sus fuerzas, señora. Tenga, puede sentarse sobre mi saco.

—Padre Benicio.

—Diga usted.

—No soporto el silencio.

—Tranquila, hágase cuenta de que va a dormir una siesta.

La Segunda Hora

La oscuridad remachada por el silencio se tornó más densa. Como una célula esponjosa cubría con su protoplasma el espacio, amoldándose a la forma de los cuerpos que era la de cinco ángulos casi rectos con cinco pares de muletas. Los olores que parecían arañazos en el erizo enjaulado de la atmósfera comenzaban a cortar con sus espinas.

El encierro y la falta de luz limitaban algunos de los sentidos, reforzando otros. Los ojos valían menos, barruntando sólo bultos entre las paredes; el tacto se limitaba a detectar la sensación de la alfombra que cubría el piso y la tersura monótona de la formica; y el gusto chupaba en la paleta de la propia saliva, cogido en la desagradable sensación de tragar en seco.

En cambio, los oídos, por el mecanismo de la compensación, registraban las más pequeñas señales de sonidos y movimientos. La respiración de cada sujeto, pausada o fuera de paso; el frufrú de la tela del vestido; la onomatopeya de los trajes y calzados, rozando y tropezando; el sonido de las llaves en algunos bolsillos, el toque del paraguas y el seseo del portafolios que don Arquímides abrió y cerró en tres ocasiones.

El olfato recogía en sus alas de mariposa el olor de los cuerpos abiertos como flores por la transpiración. Perfume, colonia y desodorante dilatando el espacio; sudor, emanación de pelo sucio, plástico resinoso, resonancias de comida y peste vomitiva, haciéndolo más cerrado.

—Noto un tufo rumiante. ¿Es que traes alguna porquería en tus bolsillos, Jaime Uno?

—Sólo un sándwich de jamón para el almuerzo, don Arquímides.

—Entonces lo que huelo es mierda de gato.

—Padre, a mí que me registren, pues no soy de las que se dedican a la cría de felinos.

—A lo mejor está en mis zapatos. Temprano pasé por casa de la viuda de Paredes para descolgarle unas cortinas y en su casa los gatos deambulan por docenas.

—El agua lo habrá lavado.

—Tal vez quede algún residuo en los tacones. ¿Puede usted darme un kleenex, señora?

—Claro, Jaime Uno. Tenga.

Escuchó el roce del papel sobre la parte delantera del tacón y el olor más exacerbado vino a confirmar la suposición del sacerdote. Se levantó, depositó el kleenex en la trampa bivalva del cenicero y volvió a sentarse sin más explicaciones.

El artista comenzó a carraspear y a toser compulsivamente. Por más que se tapaba la boca con la mano, el aire tecleaba convulso desde sus pulmones. En vano se esforzaba contra el pistoneo caliente que al galope hacía su propia carrera.

—Señor Iluminado, usted me ha escupido.

—Perdone, doña Consuelo. No pude evitarlo.

—Póngase el pañuelo sobre la nariz y la boca y respire de su propio aire caliente.

—Y chúpese este caramelo.

La tos cedió a los paliativos y la voz cantante la llevaban ahora los ronquidos pautados de Jaime Uno, quien para defenderse del aburrimiento dormitaba cabeceando a ratos entre una y otra pared.

—Alguien se ha quedado dormido.

—El muchacho vive de noche y estudia de día.

—Se hará otro chichón. Será mejor despertarle.

—Dejémosle en paz. Su cabeza es más dura que la pared. La propia respiración de Jaime Uno calzando las espuelas de los ronquidos le servía de cabalgadura a los pensamientos de don Arquímides. La bursitis exacerbada por el encierro pasaba a un segundo plano, dominada por la necesidad de darle curso a la vejiga.

El baño del lobby estaba a oscuras, obligándole a interrumpir su costumbre de orinar antes de meterse en el ascensor.

No entendía, ni pretendió jamás calentarse la cabeza con el porqué de su extraña manía. En su residencia había cuatro baños completos, y sin embargo, escasamente a los veinte minutos de abandonarla, tenía que resolver su apuro en los servicios sanitarios del lobby. Su oficina en el penthouse también contaba con dos baños, y tenía que ser precisamente el del lobby y no otro, el ábrete sésamo de su ritual.

Desde su época de estudiante le venía el vicio trashumante. Recordaba que en Michigan, la habitación que le alquilaba un matrimonio jubilado tenía su baño privado, lo cual no impedía que se reservara los desahogos hasta llegar a un edificio de oficinas situado a medio camino.

El motivo, si es que lo había, resultaba lo de menos, a condición de que no le faltara el dónde, como ahora sucedía.

Frenó la vejiga como pudo y puso la mente en blanco, no sin antes dejar establecida la posibilidad de resolver la emergencia, orinándose en el bolsillo de su capa de agua, si el encierro se prolongara.

La maestra, cuyo miedo bordeaba la desesperación, preocupada por la perspectiva inmediata, hacía lo indecible para zafarse de la misma, sólo para padecerla más. Como último recurso, trató de pensar en cosas agradables que le esperaban en casa de su comadre a las dos de la tarde, cuando terminara en la escuela.

Lo de llegar a deshora, o no llegar al aula, dejó de inquietarla, desde que vino a su mente la excusa de ausencia justificada por fuerza mayor. Los temporales, las inundaciones y la interrupción del suministro de energía por tronadas, averías, o falta de combustible, excusaban a los maestros de asistir a sus escuelas mientras las cosas no volvieran a la normalidad.

Con la paga completa a su favor, sería menos penoso su tête à tête con el costo de la vida y el acoso de los acreedores. El desasosiego no le impidió elaborar un plan para sacar ventaja de la emergencia. Tan pronto saliera, llamaría por teléfono a la directora, explicándole lo sucedido, y después iría a comprar los botones que le encargó la costurera. En definitiva, su medio día de angustia, con un poco de suerte, podría convertirse en un día menos de trabajo y en otro más de vacaciones.

Abriendo el bolso sus dedos tropezaron con el libro de cupones de pago. Casi que olvidaba la razón de su visita al edificio para resolver con la financiera el problema de un pago mensual mal archivado. Se había levantado a las cinco de la mañana para hacer la diligencia y estar en el aula antes de las nueve. Llevaba fotocopia del cupón cobrado; pues de otro modo podrían embargarle el carro. Se necesitaba tupé para hacerle cargar a uno con la culpa ajena. Que en la susodicha oficina un hato de personas mediocres confundieran el norte con el sur no era su problema, y sin embargo para el caso era como si lo fuera. La idea del día a su favor, sin lidiar con los alumnos y con la directora, poco a poco, fue anestesiando la conciencia de solución inmediata, llevándola a caer en un estado de amodorrada euforia.

El sacerdote, acostumbrado a la introspección y a la experiencia de los retiros, en cierto modo sacaba ventaja del accidente desafortunado. La oscuridad le permitía fabricar peldaños imaginarios para bajar a los fondos de su alma en zozobra. En ella, el silencio recogía señales inadvertidas para el lenguaje de los sonidos. ¿Seguiría atado a los convencionalismos de la orden o la abandonaría?

Desde hacía buen tiempo la sinrazón del ritual, combinada con más de una decisión de la jerarquía, en franco desacuerdo con la hora y el sentido común, poco a poco, como una lima, venían raspando en su fe. La intransigencia de la Santa Sede en el problema del control de la natalidad, la estupidez del celibato impuesto, y la modernización exagerada del aparato litúrgico, en modo alguno podía reconciliarlas con su forma de encarar la realidad. Entendía que la Iglesia quisiera rectificar sus errores del pasado, saltando de la retaguardia blindada a la vanguardia ligera. El dogma secular, amenazaba con enterrarla en las mismas catacumbas donde se alimentaban las raíces de la institución. La flojera del clero, su fracaso con la pedagogía catequista, su deserción masiva hacia los dominios menos regulados de la vida privada, y la asistencia social, diezmaban sus recursos humanos, a la vez que empobrecían su metodología.

El poder de la fe sufría de esa morbosidad anticristiana representada por la fe en el poder. El propio tema de la legitimidad dejaba de ser pregunta y camino, marginado por el de las preocupaciones protocolarias y materiales. La Iglesia que nació de la indigencia no podía ser la misma al experimentar con la necesidad de la riqueza. Aliada a los gobiernos, a los titiriteros de la economía y a los círculos selectos, ganaba en fronda lo que perdía en raíz. Y ahí estaba convertida en árbol necrosado, como los artificiales llenos de flores sin fragancia y de hojas sin poros.

La fe, vista por la política y por el dinero, era una técnica para el provecho, a la cual la idea de la redención le importaba un comino. La abundancia compartida es la riqueza de todos, pensaba. Tiende al bienestar global el mundo, sin hacer causa común con la falacia de que la riqueza segura nada tiene que ver con la desesperanza que medra a su alrededor.

El ser humano, se decía, es una fracción insustituible, un pequeño arco singular, en el blanco de los días sin noches, siderales. Royendo, puede secar los granos; por más que almacenes no se asegura contra nada; y chupándose al prójimo no compra su inmortalidad. Veía en la vida un mecanismo, sincronizado con la creación actual y venidera. La presión, la obsesión y el empecinamiento hacia las cosas y hacia el perímetro material que las define, interrumpía y malograba dicha sincronización.

La Iglesia retrocedía al no establecer claramente que el hombre está derrotado antes de morir cuando hace lo posible y lo imposible por ignorar lo que es. El odio es una afrenta sin perdón porque lo que destruye es irrestituible. Odiar y dejar de odiar para ganar la absolución en un vaivén de culpas y perdones ha hecho del odio una necesidad de nuestra civilización.

La Iglesia no debía haber asegurado su gran victoria sobre muchas pequeñas derrotas. Sometiendo por el temor de la muerte y lavando culpas contribuía a engrosar las filas de su feligresía convencional. La técnica del examen de conciencia y la del arrepentimiento practicada en los retiros y en los confesionarios llegaba hasta el umbral del problema sin definir el verdadero claroscuro. Porque más importante que la noción del bien era la posición hacia el bien, como una fuerza concreta para ensanchar la vida.

Para su entender, ciudadanía cristiana significaba consecuencia en la conducta bondadosa y altruista, tal como Cristo la practicó. De los retiros para seglares, salían los hombres creyéndose mejores, porque la verdad, por unos momentos, les ofreció sus panales dulces y ambarinos. Pero en realidad las uñas y los dientes continuaban siendo los de los caníbales, con el agravante de que éstos comen sin repugnancia, mientras que ellos se hartaban entre escrúpulos y arqueadas. No hay sueño tranquilo ni digestión tranquila en la pesadilla totémica del hambre y la cacería.

A su entender, imaginarse superior porque existen subordinados, o poderosos porque los demás se muestran impotentes, o listo frente a los que no son maniáticos de la vigilia, o rico por el cateo de la indigencia ajena, o con derechos, asegurados por la esclavitud de los otros ante sus deberes, o impar como si no existieran otros nones, es negar en la práctica lo que se dio por bueno en la tanda de retiro.

La Iglesia no sabía como, o no podía, hacerle entender a cada uno de sus adeptos, su condición de indigente y peregrino. El hombre nace desnudo porque no está programado para la obsesión posesiva. Viene desde muy lejos, trayendo consigo sales y señales. Si estas fluyen, su camino estará pavimentado por las mismas estrellas; pero si son ignoradas se convertirán en cuerdas rotas de un violín proscrito para la armonía.

Su ser no está definido por el tener, sino por el sentir y el entender la corriente humana sin la distorsionada visión de los mapas políticos y sociales. Tiene el derecho de usufructuar las cosas, siempre que no cierre el puño sobre ellas; de lo contrario, las exila y se exila con ellas.

La buena Iglesia nació en la abundancia

espiritual de la pobreza y fue deteriorándose en la mezquindad alucinada de poder y cortesanía. En el hombre el corazón late con la humildad, se ensancha con el dolor y se infarta con la ceguera de inmortalidad material. Lo que heredamos en términos cuantitativos y lo que acumulamos como patrimonio del esfuerzo y la buena fortuna, nada tiene que ver con nuestra legitimidad, establecía en su soliloquio. El goce nos está permitido a condición de que no provoque lágrimas, e incluso podemos morder el señuelo del éxito, siempre que no olvidemos que el talento creador, la fuerza básica y las habilidades específicas son un don que no debe alentarnos a practicar vicios tales como la arrogancia, el narcisismo, la omnipotencia, la crueldad y la sordera, para con el prójimo que nos reclama.

Es tu hermano, dice el Evangelio, pudiera ser tu hijo, es tu plataforma y tu raíz, debiera rezar la constitución no escrita, en el alma y en la conciencia de los políticos, los pastores de todos los credos, los hombres de empresa y fortuna y los educadores. El otro está antes que tú porque es tu contraparte luminosa y sensible en el nosotros que te precede y que persistirá. Tengamos el paraíso en la tierra con hombres y problemas concretos, y no el paraíso aplazado que

43

comporta nuestra resignación al fracaso antropológico e institucional. La tesis del otro mundo es pesimista y desalentadora. Es éste, de carne y hueso, de abismos y cimas, tuyo, mío y de todos, el que hay que salvar para salvarnos. Sin la idea narcotizante de una segunda oportunidad, nos prepararíamos para el reto real, resumido en el dilema de comprendernos o naufragar.

En la sal y en el vinagre del hambre masiva y de la postergación sistematizada y crónica de pueblos y culturas enteras que claman, encontraríamos la definición del verdadero sabor cristiano. Y seríamos humanos al entender que no puede haber salvación para unos cuantos hombres, dentro de unos cuantos pueblos en éste o aquel otro continente, mientras que más de dos mil millones de prójimos, con y sin rostro, se diezman a nuestro alrededor.

El problema de la salvación se sale por sí mismo de la gramática convencional, de patronímicos y gentilicios, para entrar de lleno en el de la prosodia humana. Con vivencias positivas en cada vocal y con amor en cada consonante, para enseñarle música de querubines a las estrellas. O todos o ninguno; y no como repite la Iglesia, tú y algunos como tú, entre todos.

Ninguna tragedia puede ser más aleccionadora y terrible que la que en silencio, y mimetizada por la hipocresía de los medios políticos, noticiosos, económicos y espirituales, se ha tragado en su noche sin mares, ni diluvios, a más de cuatro mil millones de hermanos. Porque la omisión no es sólo una catástrofe paquidérmica en el escenario de un minuto determinado, sino la vergüenza en que incurrimos día a día humillando a otros.

No es la furia del agua, del viento, y del fuego por atrición masiva. Son la mezquindad, la envidia, la indiferencia, el egoísmo, la falta de ternura, la evasión de la familia, el desacato a los sentimientos ordenadores, la codicia, la autocomplacencia, el cinismo rampante, la inescrupulosidad de conciencia, y el malabarismo de creer que somos justos, practicando en lo que practicamos con estilo la misma maldad que condenamos al desnudo; admitámoslo de una vez y para todas.

Un réprobo es incapaz de reprobar el pecado que él genera. Su fuerza es una debilidad desconcentrada, una especie de espuela que desangra al mundo por sus ijares. El anticristo nace, crece y se ensancha, segundo a segundo, cada vez que le fallamos a nuestros hermanos.

El problema es serio como para restarle

importancia, ignorándolo en la conducta concreta para darle cómoda solución en los dominios del paraíso y del nirvana. Ahora y no después; aquí en lugar de luego. Si la tierra es cuna y sudario, el paraíso de los mortales no puede ser un paraíso descarnado.

En el universo, las necesidades de las criaturas se resuelven poniéndolas en su sitio para darle su oportunidad a las ajenas. Con golpes de pecho, penitencias, misas dominicales y algaradas evangélicas nada se obtiene si detrás de la fachada seráfica siguen operando la progenie explosiva, el autobeneplácito y la usura despiadada.

El egoísmo dispara su gatillo fratricida con más de una docena de dedos índices, que la piedad pretende disfrazar de meñiques. El egoísmo cubre con una venda convencional la ignorancia de nuestra verdadera estatura. Es un feo vicio de invasión en lo ajeno, una marcha hacia atrás contra las sombras, caso crónico de antiprojimitis aguda. Nacido del miedo es necesariamente desafinado y hostil. Si pudiera se tragaría la hogaza del universo de un bocado, aunque después no sobreviviera a su glotonería. Opera a la ofensiva y a la defensiva porque sus reflejos son los de un puerco espín. A su alrededor no tolera ni transige como no sea para sacar un dividendo tácito o enunciado.

Y la Iglesia a la que pertenecía, fomentaba el egoísmo con sus conclusiones entre lapidarias y dulzonas. A los poderosos les decía, sálvense, que la caridad es el camino para consolidar nuestra hegemonía. Y con migajas compraban el derecho a la bienandanza sin detenerse en la tarea de exprimir a tantos por minuto. A los gobiernos les suplicaba, háganme un sitio y les perdonaré. Y por conveniencia y por si las moscas, aquellos la consentían, siempre que no interfiriera en sus programas de automatismos y trampas mortales. A la clase media le pedía militancia doctrinaria a cambio del perdón, y para no arriesgarse con el albur, hombres y mujeres respetables concurrían y cotizaban, olvidando en la calle y en las casas los mandamientos celestiales. A los jóvenes los seducía para ganarse su vitalidad y los graduaba en sus colegios y universidades ahogados por la fetidez de los prejuicios e hipocresías. Y como que ni en unas ni en otras encontraban la verdad y destino, se alejaban buscándolo en el ataque contra los bastiones seculares, en los estupefacientes o en la ideología brutal.

—Esto se prolonga, dijo el artista, interrumpiendo el soliloquio del sacerdote.

—Así parece.

De vuelta al silencio, el artista, acostumbrado a la luz y en su disminución cuando

47

más a la semipenumbra, tropezaba contra la oscuridad sin sacarle lunares de plata ni muñones. En el bolsillo de la chaqueta tenía las transparencias de sus últimos cuadros. Las traía para enseñárselas a don Severo Iturrialdi, cuyas oficinas ocupaban la mayor parte del piso veintitrés. Aunque conocía superficialmente a su prospecto, sabía de él lo bastante como para no entusiasmarse en la perspectiva. Como siempre, don Severo terminaría saliéndose con la suya, pagándole una miseria, luego de hacerle ver que si los adquiría era tan sólo por ayudarle. Con el pensamiento se anticipaba a la escena, haciendo antesala en la recepción, durante dos o tres horas, hasta que la empleada le decía que podía pasar.

En la suite privada, la alfombra de pared a pared, los muebles de diseño exclusivo, los grabados, alternando entre cuadros de artistas modernos y esculturas imaginativas y la escribanía en niquelado y piel, le daban la impresión de un oasis irreal. Porque no otra cosa podía pensarse de aquella profusión de efectos que no llegaban a contravenir la sobriedad. Todo en su sitio, formas y colores armonizados, papeles y cortinas de buen gusto, y en un plano inferior la vista del mar serruchando espumas y la de la ciudad, miniaturizada.

Lo que sí le irritaba era la piel de león clavada en una pared, y también la cabeza disecada de aquel jabalí que a veces parecía suplicarle al visitante por su selva de origen. Pero ni modo de arriesgarse con juicios directos, ni veladas insinuaciones sobre el particular. Porque para don Severo los recuerdos y trofeos de sus safaris eran sagrados. Por lo bajo se comentaba que el león había que abonárselo al guía nativo y el jabalí a un miembro del grupo que luego murió al volcarse el jeep en que viajaban. Del trance salió don Severino con vida, aunque cojeando para siempre de un pie.

Su rostro lozano y sus ojos de hurón, le saldrían al paso, con sus dos manazas de picapedrero. Estas eran distintivas de su fortaleza física descomunal. La figura de seis pies y cuatro pulgadas formaba un rectángulo macizo, rematado por los pies y la cabeza. Los ejercicios físicos, los masajes y los baños saunas, lo mantenían en forma y desgrasado.

Adelante, le diría. Veamos si esta vez me trae algo que valga la pena. Tiene que ser bueno pues me están faltando paredes. Además acabo de hacerme de unas cuantas pinturas formidables. Estuve en… El sitio podía ser el más inesperado; pues no era raro que don Severo visitara las principales capitales dos o tres veces. Iba en viajes de negocios, y regresaba con un cargamento de obras, que de inmediato ponía en recirculación.

El arte para él era una fuente de ingresos, entre otros, que le producía jugosas ganancias, como si se tratara de una saludable corporación. Tenía un instinto infalible para discernir entre lo vendible y lo tarado. Buscaba artistas, sazonados pero sin nombre, y les ayudaba, según decía, para que se mantuvieran en el camino.

De hecho, su rol de mecenas consistía en darles uno cuando le pedían cuatro, y en despacharlos sin tapujos cuando lo adquirido no se vendía. Los artistas que le conocían comentaban entre ellos que sus relaciones con el arte las manejaba dentro de una entidad a la que jocosamente bautizaban como Necesidades Inc. Con una mano les pagaba mal y con la otra recibía el buen provecho de la reventa.

En Londres, en Nueva York, en Berlín, en Bruselas y en París estaba relacionado con galerías para darle salida a lo que compraba. Pero dentro de ellas la de su preferencia era la ubicada en la ciudad Luz por razones de carne y pan. La dirigía una viuda llamada Thérèse a la que conoció buscándose la vida en las aceras cuando terminó la segunda guerra mundial. Inteligente y cultivada, ella le dio la idea y él entendió al instante las posibilidades.

Abrieron la primera galería, y de entrada pusieron bajo contrato a un grupo de artistas prometedores. Chinos, húngaros, rusos y latinos, producían por casi nada, a veces apenas cubriendo el costo de los materiales empleados.

—El arte es una droga —le decía don Severo a Thèrese.

—Ellos la necesitan y nosotros se la proporcionamos. La cosa es sostenerlos, asegurándonos de su lealtad por los contratos que firman; o por la pobreza a que están encadenados.

—Tienes razón, querido. Un artista rico es insoportable porque es capaz de vender por sí mismo.

Poco a poco, la prosperidad que trajo la Europa de la posguerra le sirvió a Thèrese para crear un negocio inhumano, disfrazado de propósitos misioneros. Con dinero compró editoriales en los diarios de más prestigio, organizó cruzadas; puso a trabajar para su trampa a modistos, peluqueros, especialistas en belleza y joyeros.

La oleada de nuevos ricos, con y sin gusto, caía sobre Europa, buscando invertir en obras de arte, y los aliados de Thèrese se los enviaban para que vendiera por docenas y veintenas de miles de dólares, lo que para ella producían por unos cientos de francos, sus ilotas registrados. Y Thérèse correspondía al clan con checks, regalos y festejos, y de paso haciendo que su chófer llevara a donde quisieran a cada uno de aquellos millonarios, que tocaban a las puertas de su galería, cuando la ocasión lo ameritaba.

En la comprensión de don Severo había sitio para los ensayos otoñales de Thérèse. En su rebelión contra la menopausia, la sangre argelina de Thérèse buscaba dedos de tamborileros, que le desentumecieran de su ocaso. Primero fueron hombres maduros, del círculo financiero y de los medios intelectuales más selectos. Banqueros, políticos, columnistas e industriales se sucedieron en su existencia dentro del principio de la conveniencia sobreentendida. Todos, en una u otra forma, contribuyeron a los éxitos materiales de Thérèse, relevándola de paso, por momentos cada vez más fugaces, su miedo a la soledad.

Cuando su sed fue más profunda y sus arrugas cuartearon el pétalo glacial de la cirugía plástica, se tornó maternal y comenzó a prohijar artistas jóvenes, en cadena. Los lanzaba, y atrás quedaban los cuartos de inspiraciones verticales y las legañosas buhardillas. Pasaban a ser parte de su château de las afueras, o de su piso íntimo situado en la parte vieja de la ciudad, según lo requiriera su calendario de trabajo. Porque en el fondo, y a fin de cuentas, todo para ella estaba dominado por la idea fija del negocio. Pasiones, obsesiones, deberes, amarguras, necesidades y detalles superfluos se proyectaban como imágenes planas contra el trasfondo de su galería.

La muerte de su único hermano, la inconstancia de sus amantes jóvenes, agravada por la ingratitud, su soledad de monolito donde las caricias ocasionales no definían ni alas ni balcones, y su depauperación a pesar del régimen dietético, los tratamientos de belleza y los ejercicios regulares, llenaban de objetos muertos los anaqueles de sus rememoraciones.

Sus evocaciones pasaron de lo fluido a lo incisivo, registrando esquemas y cicatrices en lugar de escenas y personas. Archivaba en ellas por momificación, desterrando de paso las imágenes abiertas y globales.

Sus efebos sazonados terminaban evadiéndola, unos por tedio, otros por verdadera vocación, y algunos porque necesitaban caer más bajo; pero todos en suma contribuían a engrosar la leyenda de que Thérèse valía más en la mesa y en la ventanilla del banco que en la cama.

Y cuanto más vieja, menoscabada y solitaria, más se empecinaba en el mito de su galería.

—Es un vampiro —llegó a decir el acuarelista latino—. Se chupa nuestra sangre, en la tela, en el mármol y en los metales.

—La desgracia la hace más fuerte —comentaba el escultor cubano—. En la galería resucita. Ahora insiste en llamarla Templo de Arte, y para mí que es cosa de babalao y chango.

Todo esto lo sabía don Severo, con la particularidad de que le resbalaba por inocuo tal como sucedía con sus enredos. Los toleraba por conveniencia práctica, pensando que a fin de cuentas el negocio sobreviviría mejor a la amistad que al amor crepuscular.

Lo entendió, sin tragar en seco, y sin que se le viniera el mundo abajo, dos meses atrás, en su penúltimo viaje a París. No le avisó que iría, y como tenía la llave del apartamento, decidió dejar allí el equipaje antes de llamarla. Eran las dos de la tarde, y el mosconeo del ascensor manual parecía el de un insecto resucitado por la digestión del Sena. Abrió y en la misma sala vio al negro de espaldas, en pelotas, revolviendo con sus dedos, la melena de Thérèse prosternada.

La luz filtrada por el balcón doblaba dos cintas pálidas y sin fondo sobre el dorso atlético de la figura, y más abajo diluía sus hilos de azúcar en el té nostálgico de los cabellos.

—¿Me voy o me quedo? —se limitó a observar sarcásticamente.

—Thérèse, de hinojos, mirándolo con ojos de gacela, por debajo de las campanas de chocolate claro, se limpió las comisuras de la boca y articuló dos monosílabas tajantes.

—¡Vete! ¡Ahora!

—¿El o yo? —preguntó el joven sin inmutarse.

—Tú, imbécil.

La figura, como un muelle elástico, se movió al sofá donde los pantalones, la camisa y la chaqueta de cuero parecían tres muecas desparramadas.

Sólo entonces, en la boca fina, en los ojos intensos, en la frente tierna y en el mentón sin papada, entendió lo que del joven esperaba su concubina.

Con los pantalones puestos, y aún con la camisa y la chaqueta en la mano, cerca de la puerta, se volvió.

—¿Y mi dinero?

—¡Toma! Maldito cochino —dijo Thérèse, arrojándole los tres billetes que sacó de su billetera.

Los recogió y, mirándola desde el suelo, le dijo con sarcasmo:

—¡Eh! Vieja sobada. Eso es poco por lo que te di. Me ofreciste más.

—¡Vete! o llamo a la policía.

Cerró la puerta, y quedaron enfrentados Therèse y don Severo.

—Perdóname. Enseguida me cambio —dijo, recuperando su compostura.

—De paso te enjuagas la boca.

—Ironías no, por favor —le contestó antes de entrar en la habitación.

—Sentémonos —continuó ella unos momentos después, pasando el peine por los cabellos.

—Aquí no. Esto huele a vaquería.

—Por mí, donde quieras. Dispongo de dos horas; a las cuatro me espera la señora Kartinpell en la galería.

—Debe ser importante por juzgar del modo con que te has preparado para recibirla.

—Es la de los embutidos. Jamones, carnes enlatadas, tú sabes.

—Entiendo, salsa boloñesa y chorizos y millones a tutiplén.

—No me juzgues por lo que has visto.

—En ese caso también evitaré juzgarte por lo que no he visto.

—No seas cruel. Entiéndeme, soy una

mujer sola. Llevo tres días durmiendo a base de barbitúricos. Estoy muy nerviosa.

—Por mí no te molestes. Sé lo que son quenepas y lo que es terapia oral.

—¿Quenepas?

—Mamoncillos. Fruticas cubiertas. Entre ácidas y dulces, para entretener los paladares.

—¿Has almorzado?

—No.

—Iremos al Maxim.

—¿A estas horas? ¿Y sin una mesa reservada?

—No olvides que François es un buen amigo. Conseguiré que nos sirva y estaremos a tiempo para la cita.

—¿Estaremos, dices?

—Te conviene conocerla. Es una operación prometedora.

—¿Tienes idea de la cifra?

—Michel me anticipó que desea disponer de más de 200.000 dólares.

—Vale la pena.

—Siempre he dicho que eres un hombre práctico, porque eres un hombre razonable.

—Dejemos esto en claro Thérèse. Seré todo lo que tú quieras, menos un pendejo. Ten por seguro que si fueras mi mujer, al negrito luego de castrarlo lo habría tirado por el balcón; y a ti con la mano te sacaría las entrañas por la doble puerta.

—Querido, eres un hombre civilizado. Me parece que estás olvidando tus buenos modales.

—Los de buena cepa española no confundimos el honor con la deshonra. Las putas en las calles y las mujeres decentes en sus hogares.

—Por más que digas convendrás conmigo, que se trata de una moral obsoleta puesto que no es propia ni de primitivos ni de civilizados.

Junto a la acera, la limosina atrapada por un follaje tierno y claro parecía incorporada a la onda de los árboles y a la del río. El Sena, mordisqueaba la patina de musgos oleaginosa del puente próximo sin detener su marcha tibia y serena. Los kioscos de los libreros, eran tan feos como siempre; las sombras de los árboles continuaban siendo amables y sabias; los edificios mantenían inalterables sus augustas fachadas, moteadas por el excremento de las palomas; el tránsito cotidiano ponía sus ondas de humo y malos olores en la trampa del olfato resignado; y los turistas atestaban el café de la plazoleta, con sus rostros de animales entrenados para el aburrimiento masivo.

Por un lado la edificación galopante y el ritmo frenético que había notado mientras venía del aeropuerto ponían en la picota la belleza y la poesía de París, y por otro el arbolado de los bulevares, los sitios al aire libre, y la linterna del cielo, guiñando en la retina líquida del río todavía por suerte, la salvaguardaban.

—Al Maxim Hervey —le dijo Thérèse al chófer uniformado.

—Veo que ahora tienes un Rolls Royce.

—Es de más categoría. ¿Cómo te ha ido?

—Bien.

—¿Por qué no me avisaste que venías?

—No lo creí necesario.

—Al menos te habrías evitado la escena.

—Ya te dije que lo que hagas es asunto de tu incumbencia.

—Pero, querido, la base de una buena relación entre adultos consiste en la capacidad de las partes para no herirse mutuamente.

—¿Acaso te doy la impresión de que estoy herido?

—No seas tonto. Es más sensato planear nuestro tiempo con imaginación para disfrutarlo mejor. ¿Cuánto estarás?

—Tres días.

—¿Tan poco? Cada vez espacias más tus visitas y las haces más cortas.

—Sabes que París no es mi santuario.

—Cancelo dos compromisos en mi agenda de mañana y nos vamos el fin de semana al château.

—No tengo ánimo.

—Entonces queda a tu elección. Tengo tickets para la función de la ópera esta noche.

—Ya me aburre.

—Todo tiene un límite. No puedo rebajarme más allá de mis explicaciones. A fin de cuentas la nuestra no es una comunión de fidelidad recíproca que digamos.

—Sabes que soy casado.

—Y me resigno a la idea de que le debes lealtad a tu mujer, pero no a la de tu promiscuidad; y sin embargo jamás te lo he reprochado.

—Es lo único que me faltaba por oír, que te hagas la ofendida, siendo tú la ofensora.

—¿Acaso te he ofendido? Si así fuera te suplico que me perdones. Pero ¿cómo advertir que existe la ofensa, cuando tan sólo la dispara el orgullo? En este caso tu celo de macho cabrío. Sé franco y dime ¿ha pasado por tu mente la idea de casarte conmigo? Si me dices que sí me sentiría terriblemente avergonzada; de lo contrario deja de posar y disfrutemos de lo que podamos en lo que podamos.

—Te has vuelto cínica.

—Simplemente objetiva. Las nigromancias subjetivas valen para los jóvenes ilusos, a quienes les sobra el tiempo para vagar y divagar, entre limbos y orillas; pero a nuestra edad cuenta cada hora y cada minuto porque te confrontan con lo que se va. La mía no es una madurez de progenie; no tengo a nadie que se preocupe por mí. No puedo aspirar a las memorias de la muerte porque estoy desvinculada entre los vivos. Hay soledad y soledades, y entre ellas te aseguro que la más terrible es la que está disimulada por el éxito material. Pocos la entienden, menos la admiten y a veces ni los mismos siquiatras la ven. Cosas, lugares y rostros la recrudecen en lugar de aliviarla. No es una soledad escogida, sino impuesta. Permanecemos clavados en ella, como en una cruz, y los demás que te atisban o te contemplan piensan en tus logros, imaginando que finges ser la víctima para burlarte de ellos.

—Si por un instante la entendieran, huirían horrorizados. El vacío en sí mismo es un sin sentido desagradable. Está desprovisto de matices y de modulaciones porque no es pregunta, ni respuesta, ni camino. Estás ahí, simplemente un día y otro consumiéndote sin consumar nada en definitiva. El vacío es el principio, sin promesa, y fin del principio sin origen. Con nada lo disminuyes y con nada lo suprimes cuando te acostumbras a su piel de Centauro. Irrita y mengua tus posibilidades, viviendo de ti cuando ya no eres capaz de vivir fuera de su círculo cerrado.

—No te cuadra la semblanza del martirio.

—Veo que eres más poseído de lo que imaginaba. Perdóname la crudeza, pero debo señalar que la estupidez no transige ni consigo misma, porque crea otra mayor y así sucesivamente; pero lo que no puedes hacer es terminar una estupidez con un razonamiento ordenado.

—Soy hombre tolerante.

—Pues no te quedes corto en demostrarlo y entiende que mis debilidades no ponen en entredicho mis lealtades.

—Somos socios y amantes. No tratemos de obtener de la relación más de lo que aportamos a ella.

—En definitiva, tu vida es tu vida y la mía es la mía.

—Pongámoslo en tales términos si la conclusión te sirve de alivio y olvidemos el asunto.

Por la ventanilla se colaba el aire con pistoneo invisible, sacándole un olor agradable a la recién estrenada tapicería. Arboles, peatones, señales, vehículos, policías, toldos y anuncios, pasaban con la marcha del vehículo en una especie de armonía indefinida.

En ondas integradas se resolvían las discordancias de colores y sonidos, produciendo un efecto adormecedor.

Por las aceras del bulevar la cinta humana discurría en ambas direcciones, dando la impresión de que se movía buscando lo que justamente acababa de dejar atrás. Ancianos, parejas jóvenes, paseantes ociosos y turistas ávidos por llevarse el paisaje en sus cámaras, sin entender que las fotos no registran ni la fragancia, ni el mensaje.

Aquella vibración posesiva, a la vez que embriagadora, había que vivirla para entenderla, porque París tiene una especie de belleza totémica que únicamente funciona con el milagro del alma integrada. Hay que dejarse llevar para sentir la poesía de los árboles, el simbolismo de las piedras, y el menaje del río, comunicando el acento de toda una ciudad, con la sal y con las estrellas.

El silencio le servía a don Severo para redefinir sus verdaderas intenciones para con Therèse. Como mujer no le importaba en lo más mínimo, y de hecho podía decir categóricamente que jamás le importó. Ni siquiera podía puntualizar ni el cuándo ni el cómo de la primera vez que se acostó con ella. Sólo recordaba la soledad de una tarde lluviosa, sin planes, conversando los dos a solas en la salita de la galería. Afuera el agua hacía y deshacía arañazos líquidos sobre el cristal de las ventanas, mientras que el follaje de los castaños, zarandeado por el viento, las arrasaban con las mejillas de sus hojas. En el silencio íntimo hasta la respiración resultaba sonora y lo poco que alcanzaba a ver de los techos, las fachadas y de la calle, cuando se levantó para buscar un cenicero, le produjo la impresión de un mundo roto y fatigado que nadie ni nada podría reconstruir.

Este dolor singular, sin boca ni oídos, callados los dos, a millas de distancia, sobre unos cuantos metros cuadrados comunes, era el único recuerdo sanguíneo de sus comienzos con Therèse. Lo demás se tornó rutinario y sólo la distancia unida a la mutua conveniencia consiguió salvar las apariencias del entreacto que representaba. Dormir con Therèse y estar con ella, por cinco, o a lo sumo siete días, cada dos o tres meses, no constituía un problema. Introducía una novedad en su monotonía insular, diferente a la que experimentaba en Londres o Nueva York. Su elegancia y su omnisciencia de mujer mundana tenían un estilo inconfundible y sagaz. Daba la impresión de que se entregaba hechizada, sin pedir a cambio, como si la dádiva la complaciera. En eso difería de las demás, que terminaban siendo insoportables o cargantes.

Pero jamás nació de su estupidez de macho el propósito de celarla y mucho menos el de tenderle una celada. Minutos atrás, había representado un papel, como el que representa frente al público un artista inmolado con un cuchillo de goma. La expresión de agonía puede que sea todo lo convincente que se quiera; pero los efectos de sangre son obra del mercurocromo. Si fingió estar molesto fue para ubicar su presencia con firmeza y solemnidad. Cuestión de amor propio y no de ira desbordada. Daba por descontado que Thérèse tenía que habérselas con una procesión de hombres, dentro de su moral pragmática y defensiva. Se desenvolvía en un medio desenfadado, donde los vicios más detestables funcionaban con la más absoluta impunidad.

Los hombres, que vestidos pasaban por respetables, al desnudarse perdían de golpe su respetabilidad. Defectos de asimetría o fealdad física, ocultos bajo la tela, puestos en la evidencia contribuían a desatar las reacciones más inesperadas. El banquero chileno, por ejemplo, según ella le contó, exigía la más impenetrable oscuridad. El tacto le reveló la falta de uno de sus testículos, y ella, en cierta ocasión, llevado el tipo por la elocuencia de los cordiales, se lo oyó confesar. El ministro, cuyo tren de nalgas nada tenía que envidiarle al de la mujer mejor realizada, llegó a confesarle, en medio de una borrachera, que para no fracasar con ella se aseguraba antes con el chófer lituano que lo atendía. Los modistos y los peluqueros, por regla general, eran ambivalentes o decididamente amujerados. Sin embargo, de sus amantes jóvenes, jamás le habló, acaso avergonzada de sí misma al no poderlos encajar dentro de su patrón. En lugar de aportarle, le costaban material y emocionalmente cuando se escurrían de sus manos como anguilas.

Pensando en los defectos, la pierna afectada de don Severo le emitió una señal que hasta entonces no había percibido. Justamente la afirmó sobre la alfombra del carro, pretendiendo frenar el razonamiento que ya bullía en la cabeza. Pero las ideas, inflamadas por la pasión borboteaban en su caldo de cultivo, ampliadas y reforzadas unas con las otras, hasta formar garras y alas, con las cuales volaban y destrozaban la carne en todas direcciones. Ya la suya era una semilla, sembrada donde nada podía llegar para estrangularla. Embriones de dudas por docenas y filamentos tenaces formaron su red, atrapando a don Severo en la conclusión inadmisible, pero evidente, de que también él era un acomplejado. Fue la pierna y no la garganta la que protestó contra el cuadrito, y fue su inseguridad y no su aplomo estudiado el que en su cine mental proyectó la oración lapidaria de que jamás olvidaría la escena.

—Al demonio —masculló entre dientes, desviando su atención hacia el obelisco, encaramado desde el ombligo de la enorme plazoleta como un falo señero.

—¿Qué dices?

—Nada, que haces bien en distraer tu soledad.

—Eres un ángel.

—Claro —y mentalmente pensó que los ángeles son asexuados.

El artista, llevado por el hilo de su meditación, se imaginó respondiéndole a don Severo en términos más o menos usuales.

—Le aseguro que las tres son buenas.

—Hijo mío, la fe del vendedor en su producto no asegura la calidad de la mercancía.

—Tenga y véalas.

Oscurecido el local, observaba las transparencias una y otra vez y con el clic de la luz, retomaba la palabra.

—No están del todo mal. Claro que tendría que ver los originales. ¿Cuánto pides por ellas?

—Mil por las tres.

—¿Hablas de dólares o de pesetas?

—Mil dólares.

—El que seas irreal con los colores no te da derecho a serlo con los números.

—Lo mío es bueno, don Severo. Mil o no hablemos más del asunto.

¿Tendría esta vez el coraje necesario para plantarse sin retroceder? ¿Lo tendría? ¿O el maldito estómago y su problema inmediato le harían ceder? Sólo un milagro podría evitar que terminara sometiéndose a los términos de don Severo.

Jaime Uno abrió los ojos dentro de la impresión de que la oscuridad del sueño se prolongaba en la atmósfera moluscosa del ascensor. Sentado entre el artista y don Arquímides, el calor de los dos cuerpos se confundía con el del suyo, formando una especie de campana, definida por el contacto y por los olores. Con la sensación de que la colonia que usaba don Arquímides y el tufo o bencina ácida de la chaqueta del artista, dividían su nariz en mitades, se frotó los ojos para desvirtuar aquella gangosa irrealidad. Las tripas le pistoneaban al vacío, porque no había desayunado aún, y las sienes le latían por los excesos de la víspera.

El asalto que le dieron a Finita se había prolongado hasta las tres de la mañana, y cuanta porquería había comido y bebido le salía ahora por la flatulencia del estómago y en la cerrazón en su cabeza. Estuvo a un tris de no ir, decidido a cortar de raíz con ella. La relación, prolongada por más de seis años, con todas sus consecuencias, lo enfrentaba a un callejón sin salida. No es que en el fondo no la quisiera, sino que simplemente ahora que tenía que mirar claro y de frente, no le veía porvenir a aquella procesión de manoseos y desahogos físicos practicados a escondidas. Y mucho menos cuando una obsesión por la madre lo destrozaba. A Fini la conoció en el séptimo grado, siendo condiscípulos y recién llegado él a la escuela parroquial que pasaba por una de las mejores.

En el octavo grado, teniendo ella quince años y él dieciséis, la desfloró una noche en que se evadieron temprano de la fiesta organizada por una de las alumnas del grado. En el carro que le prestó un amigo, la llevó a un motel de las afueras. La noche era limpia, y el jardín del escondrijo olía a tierra, a floraciones encendidas; y dentro de su imaginación exaltada olían hasta las estrellas.

Llevaba un bigote postizo para añejarse el rostro aniñado, porque por lo demás pensaba que sus seis pies lo pondrían a resguardo de cualquier duda. El empleado, no obstante, con sus ojos de chino matrero, le notó al punto lo de recental, sacándole el rubor en las mejillas.

—Un cuarto por favor.

—¿Primerizo, eh?

Estaba por volverse atrás, cuando el matatías que entendía su oficio a la perfección le rehabilitó el orgullo.

—No te ofendas, hijo, que siempre hay una primera vez. Son diez pesos. Por adelantado. Puedes estar dos horas. Número dieciocho. Mete el carro en el garaje. Si quieres algo de beber, toca el timbre —y guiñándole el ojo—, la noche está floja, así que te doy media hora más de gracia, y además un consejo de profesional.

—¿Qué?

—El de que no te apures y tu pareja te quedará más agradecida.

Al abrir la puerta, la luz el carro le dio a ella en el rostro y la vio más pálida que la luna. Las gafas negras que llevaba no le permitían ver sus ojos, pero reparó en las manos trémulas sosteniendo el pañuelo de encaje que no dejaba de mordisquear.

—No temas, que nadie nos verá. El garaje conecta con la habitación.

—Lo que hacemos no está bien.

—¿Tú crees? ¿Quieres volverte atrás?

¿O es que ya no me quieres?

—No.

—Entonces ven.

Al tuntún encendió la media luz de la lámpara tan absurda y sin embargo tan real, como las ideas que se agolpaban en el cerebro de Finita. La cama, las dos mesitas de noche, la butaca y las cortinas, pese a la pequeñez de la habitación y a los detalles mecánicos del decorado, lucían fuera de contexto. Una tristeza de mil años distanciaba los objetos entre sí, congelándolos en lo que parecían ser las dimensiones de muchas realidades paralelas.

Ella experimentó desasosiego y frío; y él aunque tampoco seguro de sí, tragó en seco, limpió el sudor de las manos contra los pantalones y se armó de coraje.

—Si no estás decidida nos marchamos.

—Ya pagaste por la habitación.

—¿Quieres un trago?

—No.

—Podemos ordenarlos.

—Por mí no te molestes.

No mediaron más palabras. Entre caricias y suspiros, comenzaron los preliminares de sus entreactos rutinarios, tantas veces repetidos en la saleta en el jardín, en el carro, en los pasillos del colegio con la connivencia de los chaperones eventuales.

La hizo suya, ¿suya? o cuando menos así pensó.

Concluida la parte gimnástica del asunto, cuando las respiraciones se serenaron, y él se volvió, mirando hacia el techo, embriagado por una confusa sensación que no atinaba a definir si de victoria o derrota; ella, por su parte, sin nada que reprocharse, llegó a la conclusión de que era sólo justamente lo que quería.

Jaime Uno no alcanzó a ver la sonrisa enigmática que dibujó la boca de Finita, ni la forma en que sus ojos se pelaron entre las sombras, rescatando docenas de imágenes de su negrura.

El buenazo del padre, mitad iluso y mitad canto de pan; la posesiva de su madre, con sus migrañas y manías hipocondríacas. Tiranizaba la casa, la comeraspas de su hermana, por un lado tragándose la hostia dominical y por otro retozando con su noviecito esmirriado y fajón, las hermanas del colegio intercalando las demostraciones sobre anticonceptivos y embarazos, los encantos y los peligros de la seducción, con las misas cantadas y las discusiones sobre la encíclica del rerum novarum. Y el más pendejo de todos, el padre confesor, hablándole de penitencias y de los inconvenientes de la masturbación, como si ella

72

fuera una hermanita del medioevo.

Estaba curiosa por llegar al fondo del asunto, y ahora que estaba de regreso no entendía las sinrazones de tanto misticismo y mojigatería. Su primera impresión inequívoca fue la de que la mujer mandaba, porque con su masculinidad y todo ahí estaba Jaime Uno, dormitando extenuado, mientras que ella se sentía más fresca que una lechuga.

Ya no le dolía la cabeza, y nada le dolía. Su herida, restañada por una tibia fluidez, la arrastraba hacia nuevos mundos de alas y colores. La plenitud la tocaba con su varita arrobadora y sentía su alma polinizada por un enjambre de mariposas. A la vez, experimentaba cierta condolencia por el talante desmadejado de Jaime Uno. El pobrecito ni hablaba ni miraba a derechas, poseído de una lasitud que traía a su mente la de los bebitos al concluir la toma del biberón.

Revivió en un instante las secuencias, desde la decisión inicial de complacer a Jaime Uno, pasando por los inconvenientes de entrar en el motel, hasta la ejecutoria consumada, y sin llegar a la conclusión de si en realidad valía o no la pena. Si no con Jaime Uno, en definitiva lo hubiera hecho con otro para desquitarse de las continuas zozobras y altibajos en que vivía.

Que si el padre, agotada su paciencia, desaparecía de la casa, a veces por semanas, para descansar de las manías de su madre, cuando a ésta la cogía por romper platos y vasos, por tirarse en el piso, pataleando como una orate, o por desbarrar como una carretonera. Que si el consejero espiritual le hablaba sobre virtudes y pecados, sin entender a derechas la diferencia entre el coito y la masturbación. Que si las monjas predicaban en contra de la lujuria a la vez que se afeitaban las piernas y se subían el hábito por aquello de que un dulce le hace bien a cualquiera. En menos de dos años, cuatro de ellas habían dejado la orden para meterse de lleno en el fárrago mundano, con los pretextos más variados. Porque lo de integrarse, casándose, vendiendo bienes raíces, o dedicándose a la ejecutoria profesional, significaba lisa y llanamente que el postre no les desagradaba. Que si los hijos de las mejores familias fumaban pasto, vendían droga y se apestillaban donde quiera que podían. Que si los muchachos, para dárselas de donjuanes, proclamaban a los cuatro vientos lo que obtenían de fulana y de zutana. Que si las muchachas tenían más uñas que oídos porque se comportaban como gatas, anteponiendo su conveniencia al compañerismo y la camaradería.

Amigas, lo que se dice amigas, ni las tenía, ni existían dentro de una estúpida carrera, donde todas iban detrás del mismo bocado. A Jaime Uno más de una quiso levantárselo sin tener en cuenta que ella era mucha hembra para consentirlo. A todos les llevaba la ventaja por conocerle como a la palma de la mano.

El super cerebro del que hacía alarde no le servía para aliviar sus terribles complejos. Jaime Uno era inseguro y desgraciado. En dos ocasiones, entre los ocho y los diez años, trató de suicidarse, y aún a los dieciséis, cuando algo le salía mal, amenazaba con volver a las andadas.

Sin padre ni madre, desde los siete años, puesto que ambos murieron en un accidente, y criado por una abuela maniática, necesitaba ser posesivo para asegurarse con las personas que le importaban. A Finita, en particular, la celaba, y la atormentaba hasta lo indecible, y luego la halagaba, repitiéndole que sólo trataba de protegerla porque la quería.

Si estaba allí, concluyó mentalmente Fini, era por venganza más que por placer. Sus sensaciones por poderosas y concluyentes que fueran, estaban subordinadas a su necesidad de herir en el punto más vulnerable a su padre, a su madre, al confesor morón, y a las beatas del colegio. Claro que no lo proclamaría. En realidad no era necesario, considerando que el desquite, una vez que ha hecho de las suyas, nada logra con las palabras. Barajando con las cartas del desquite tuvo la ocurrencia de volver a desquitarse y, mimosa, consiguió que Jaime Uno se animara con la repetición. Pero cuando media hora después hizo una tercera intentona, aquel la cortó en los preliminares.

—No, deja, que mañana tengo examen. Además, son las doce y sólo tienes permiso hasta la una.

En los seis años que siguieron, continuaron haciendo lo mismo, alternando las disputas que a veces llegaron a durar varias semanas, con los desahogos sexuales.

Finita, pasado el primer susto, cuando temió estar embarazada, con la práctica se sintió más apta para la rutina. Sor Gracina, después de llevarla al laboratorio para salir de dudas, le aconsejó usar la píldora con regularidad. De paso le dio una lección de tolerancia cristiana, al aclararle, que lo que la Iglesia condenaba era la promiscuidad, y que por lo tanto evitara reincidir con otros.

Trabajo le costó mantenerlos a raya una vez que los mejores amigos de él supieron que no era virgen. Pasados de trago, al principio, y sobrios después, le llovieron proposiciones, que ella naturalmente rechazaba.

Sus compañeros de grado entendían la hombría a la altura del ombligo. Asociaban el crecimiento a la potencia fálica, y cuanto más entrados en años, peores para el caso. Especialmente, los dieciocho años, en víspera de la graduación, fueron explosivos. En la fiesta de la despedida, que coincidió con una mala racha entre ella y Jaime Uno, seis de sus mejores amigos, en el curso de cuatro horas, le hicieron la misma invitación.

Tontos, envanecidos y narcisistas, se babeaban sin tino, haciéndole humos que estaban sacados por anacronismo de la prehistoria egipcia; porque su latitud mitológica era sin lugar a dudas la de la vaca y el toro.

Jaime Uno llegó a acomplejarse con la relación y a sustituir la cara del placer con la de la vergüenza. Instintivamente, paso a paso, comprendió que ella era más mujer que él hombre. La impresión de creerla sometida se diluyó en la convicción de que en realidad dependía de Fini. La necesitaba para desahogar su ira contra su origen, su protesta contra el mundo, y su apremiante mortificación carnal. Puesto en la emergencia carecía de alternativas, en tanto que ella podía espaciar el reto a gusto, unas veces por el impedimento de la regla, y otras, por no hallarse en la onda indicada. Ya su certidumbre de que la llevaba se evaporó como sal líquida en la onda del sol que le quemaba las entrañas, y que en las tardes crepusculares establecía que era ella la que lo llevaba.

Al comienzo no le importó, pensar de soslayo en la humillación de ser el subordinado; porque la onda tibia de la cama cortaba la cabeza del gusanillo de la duda. Luego, en la búsqueda de la ocasión, en la elección del sitio, en los preliminares, y en la ejecución, notó que la anulación de su voluntad le convertía en un guiñapo. Fue entonces cuando por primera vez lloró, por rabia y por desesperación.

Por otro lado, a los padres de ella, desde hacía tiempo, no conseguía mirarlos de frente, temiendo que ya no lo igualara a ellos el secreto. Una mirada, un gesto, una frase interrumpida, un silencio largo, o una locuacidad inesperada, bastaban para que se sintiera en entredicho y vigilado. Preferiría una bofetada, o que le exigieran casarse, a la situación insostenible basada en la suposición de su culpa desembozada. Para agravar su estado de angustia, la hermanita comenzó a pintarle monos.

Cuando se hallaba de visita, sentado en la sala, esperando a que Fini terminara de ma-

quillarse, la mocosa le hacía compañía, desviviéndose por atraer su atención. Fuera el
peinado que procuraba levantar para agenciarse unas pulgadas más de estatura; o su
arreglo facial, maltrecho por la exageración;
o sus despuntantes senos, bien marcados
bajo el suéter sin ajustador; o la falda corta
que no establecía diferencia alguna entre los
muslos y sus orígenes; o su lenguaje desen-
vuelto; en su imaginación terminaba dibu-
jándolos como un anzuelo. Fingía leer para
no mirarla, y sentía calambres, seguro de la
fijeza con que ella le miraba.

—Qué lunar mono tienes en el cuello
—le comentaba ella—. Apuesto a que Fini
no lo ha notado.

—Es de familia —le respondía.

—Quítate las gafas para verte los ojos.

—Déjate de tonterías.

—Son aguamarinas.

—No son verdes, ni azules.

—Entonces son color de té. Adoro el té.

Cortaba por lo sano, fingiendo concen-
trarse en la lectura; pero ella que estaba ahí
para no darle tregua volvía a las andadas.

—¿Sabes cuáles son mis medidas?

—¿Acaso soy modisto? No me interesan.

—Fíjate bien.

No necesitaba obedecerla para saber que
sus muslos eran firmes y su cuerpo relativa-

mente agraciado. La adolescencia, dentro de su ingratitud, la premiaba con curvas tentadoras, sin suprimir el acento básico en su rostro pecoso y aniñado.

Y quinientos años después de aquellos momentos angustiosos, llegaba Finita para salvarlo de sus apuros.

—Desaparece —le decía a la hermana.

—Ni que me lo comiera. No te enojes conmigo. Solamente lo cuidaba.

La madre tampoco ayudaba, poniéndole a veces en situaciones vergonzosas, como la de aquella noche del lunes cuando Finita dormía porque le dolía la cabeza, el padre había salido a visitar a un amigo. Le recibió en negligé, el cabello atado con una cinta y oliendo a jabón. Tanto se impresionó que los colores se desfogaron en su cara y el corazón empezó a latir en su pecho, fuera de compás. Ella, fingiendo no reparar en la turbación que le afectaba, se le acercó, extendiéndole ambas manos y besándole en la mejilla.

—¿Cómo estás, hijo? Fini duerme.

El olor se tornó de azufre encendido en sus venas, y por unos momentos creyó que se moría.

—¿No te sientes bien? Estudias demasiado. Debes cuidarle. La salud es lo primero.

—Es que debo irme. Dígale a Fini que la llamaré.

—Está lloviendo. Al menos espera a que escampe. Te serviré un trago.

La mano, al acercarse con el vaso, lo puso de nuevo frente al abismo. Era una mano blanca, casi transparente, con largos dedos, las uñas con brillo neutro, y las venas atrapadas como libélulas azules bajo la piel de porcelana. Todo eso lo notó en la penumbra, olvidado el vaso, y apretando ambos puños para no cometer un disparate.

—¿Qué te sucede, criatura? Luces tenso.

—Nada, nada. Gracias. Ahora me iré. La voz no le pareció la suya porque le sonó bronca e irreal.

—No dejaré que te mojes. Siéntate en el sofá y te daré un masaje.

Se dejó llevar. Y los dedos suaves, apretando sus hombros le cerraron los ojos, alejándolo a millones de años de luz; y el olor y la blancura de la mano lo trajeron de regreso, cabalgando a espuela viva en el corcel de sus entrañas.

—Así está mejor. Relájate.

Oía el consejo que no podía seguir porque su imaginación andaba su propio camino, enardecida por los dedos de la luna, jugando con la calentura del sol.

—Es que no puedo —atinó a decir.

—Entiendo.

Y tan claro lo entendía que también se

dejó llevar por la respuesta impresionante que notaron los ojos, y las manos; se deslizaron bajo la camisa, oscureciendo más la lucidez de Jaime Uno, que en plena noche sentía asomar su aurora primaria.

—Ten calma. Aquí no.

En la propia alcoba, donde el canto de pan, en sueños, huía de su castigo, la tierra y el pico jugaron el viejo juego joven del surco y la semilla.

No volvió a la casa por un buen tiempo, temiendo que se repitiera lo mismo que por otra parte tanto anhelaba. Cuando lo hizo, a regañadientes porque ya no tenía excusa que darle dentro del repertorio de las usuales, se sintió más solo que nunca y profundamente humillado.

Antes que esquivar a la mocosuela o cruzar los ojos con los de Finita, se atrevió a mirarla de frente, buscando indicios que lo alentaran. En la mirada, más azul que nunca, no había señales propicias ni alforjas para recoger la sal que le sobraba. De pleno mediodía despejado, bajo un cielo, le parecía que andaba en un glacial, donde el azul y el blanco se bastaban a sí mismos, herméticos y desbordados.

Intentó de nuevo, apretándole la mano cuando ella se la extendió para saludarle. Ninguna respuesta. Y el cerebro y la sangre de Jaime de vuelta al eterno crucigrama insoluble, sin casillas, ni horizontes, ni verticales. Lo anterior, escena que sucedió dos semanas atrás, le reafirmó en su decisión de alejarse para siempre de Finita; pero llegado el momento la sangre enardecida le empujó en dirección equivocada al ocurrírsele que podía sustituir a la madre con la hija. Fingió autoconvencerse, y del lance salió pesándole más la derrota.

Finita, como siempre, se impuso, sin darle ocasión ni tiempo para pensamientos o emociones fuera de lugar. Al terminar tuvo la impresión de que entre el techo y la alfombra el destino se mofaba de su cuerpo relajado, y más cuando Finita, apoyada en ambos codos sobre su torso, mirándole con aplomo, embobada sobre su torso empobrecido, le murmuró:

—Cielo, no eres el mismo. Se ve a las claras que se trata de otra.

Palideció, sin atreverse con argumentaciones.

—Si no lo tengo a mal, monino. Eres dueño de vivir tu vida. Puedes hacer lo que te plazca. Desde hoy, yo por mi parte, haré lo que me venga en gana.

—¿Te acostarás con otros?

—¿Y qué si lo hiciera?

—Nos bastamos sin necesidad de ayuda.

—Déjate de tonterías y admite que ya lo nuestro no funciona.

—¿Estás queriendo decirme que no me amas?

—Confieso que estoy encariñada contigo. A veces me confundes y a veces entiendo que te canses de lo mismo.

—Hablas por experiencia propia.

—Me atrevo a decirte en voz alta lo que tu piensas sin que tengas pantalones para expresarlo. Nuestra relación es mecánica. Ahora ni siquiera nos hacemos el amor imaginativamente. Pin pan pun, y se acabó. Lo mejor será que lo admitamos. Lo que pasó, pasó y asunto terminado.

—No soportaría verte con Quirino. Es un maníaco sexual.

—¿Qué importa con quién? Si lo básico es el cuándo y el por qué. Si de algo estoy segura es de que a partir de ahora sabré diferenciar entre el amor y la rutina.

—Al menos prométeme que no lo harás con los de mi grupo.

—Deja de hacerte mala sangre. Quedemos como buenos amigos. Tu por tu lado y yo por el mío. Si lo que te duele es enterarte, duerme tranquilo, que me voy a la universidad, y ojos que no ven corazón que no siente.

En el fondo vio los cielos abiertos, y si algo le molestó fue que hasta en lo de separarse prevaleció la voluntad de Finita. Se le adelantó, diciéndole en su propia cara sin tapujos, que ya no le servía.

Y del motel del primer día, continuaba recordando el rostro del chino matrero, el desperfecto del baño, el olor a humo concentrado, el doble pestillo de la puerta, las lámparas tísicas, y la onda triste de los amores consumados en cadena por cientos y miles de parejas sobre la misma cama. Y terminó confesando que esos eran recuerdos de por vida.

La Tercera Hora

Los olores macerados y sin perfiles se habían vuelto densos y gangosos, creando la impresión de que también pesaban sobre los cinco cuerpos. Saturantes, formaban una telaraña de polen estancado y posesivo. El sudor añadía su presencia ácida, exacerbada por el vómito de la maestra, que de buenas a primeras devolvió sobre el hombro del cura el bolo del desayuno.

—Esto es el infierno, —dijo ásperamente don Arquímides—. Huele a azufre y a detrito fermentado.

—La pobre no ha podido aguantarlo —replicó el sacerdote, sin atreverse a tantear el lado de la chaqueta por donde escurrían los ex-alimentos de la buena señora.

—Perdóneme —atinó a decir ésta. Estoy avergonzada. Simplemente no lo pude evitar. Déjeme ayudarle, padre.

—Me temo que no hay redención posible para el hermano, señora. A vómito puesto, sacerdote indispuesto.

—Evite las bromas, don Arquímides. Sin necesidad de ellas bastante mal se siente la infeliz.

—Otra cosa. ¿Supongo que tendrá usted un pañuelo para limpiarse?

—Le confieso que no. La señora que se encarga del lavado no había llegado aún con la ropa de la semana cuando salí.

—Suponía que ustedes no delegaban esos menesteres —dijo el artista, antes de ser zarandeado de nuevo por otro acceso de tos.

—Es una feligresa que lo hace por ayudarnos.

—¿En toda la extensión de la palabra? —preguntó Arquímides.

—No sea usted mal pensado —dijo Jaime Uno, tomando partido de la cuestión.

—Para mí que dormías. A tu edad nada me atemorizaba excepto la impotencia.

—Cerré los ojos por un rato. Me despertó la acedía.

—Te habrá caído mal el desayuno.

—Si no desayuné.

—Por mi parte jamás desayuno —interrumpió el artista, ya calmado, luego de sonarse la nariz.

—Entiendo, el arte requiere continencia.

—Al contrario, don Arquímides, lo que sucede es que el artista acaba por resignarse a la necesidad.

—Siempre creí que lo del hambre rezaba para los maestros. Porque ustedes los sacerdotes, por ejemplo, tienen el condumio asegurado.

—Perdóneme, don Arquímides, pero por lo que puedo apreciar, tampoco usted practica el ayuno.

—De ninguna naturaleza, padre. De ninguna en absoluto. Los sentidos se atrofian con el desuso, y por eso trato de mantenerlos lubricados.

—Siempre dentro de una medida. El exceso es un pecado.

—Podría responder a eso diciendo que la virtud es tísica.

—Ni tanto ni tan poco. La misma es rozagante como una flor.

—Luego lo que se necesitan son jardineros en lugar de sacerdotes.

—No se vaya por la tangente. Intrínsecamente la virtud es sana, entendiendo que la misma no es corrosiva. Es una voluntad de perfección en el mejor sentido de la palabra.

—Debo inferir que nuestro amigo, el artista, es también un virtuoso.

—A condición de que haga uso positivo de sus dones.

—¿Positivos? Para mí no existe nada más negativo que lo positivo.

—Eludamos la interpretación metafísica que en definitiva no le da sentido al problema, y podremos encarar lo que nos interesa. El hombre siempre puede más de lo que es. En el más limitado de los casos es un punto de partida. Materialmente es finito porque es la muerte la que le asegura la vida. A cada segundo somos diferentes, ya que algo muere y algo renace en nosotros. Pero también existe en la persona una energía que no claudica, que no tiene historia. Es algo así como un origen sin pasado, siempre fresco y promisorio. Representa su continuidad, más allá de la duración y de la duda. Es su persistencia, por encima del retroceso producido a nombre de la tecnología y de la civilización.

—¿La chispa divina de San Anselmo, eh?

—Defínalo usted según le plazca. Nomus, espíritu, alma, inmortalidad, la nomenclatura no es lo importante, sino el hecho de que en nosotros existe ese mandato de perennidad.

—Usted se contradice, padre. Si tal gracia existe, independientemente de nuestra voluntad, si en efecto estamos agraciados ¿cómo es que somos desgraciados?

—La trampa es más vieja que la historia, y se cae en ella al confundir la dádiva con la tarea. El hecho de que podamos, no implica necesariamente que lleguemos. El problema de la salvación será por secula seculorum el de la unión de dos orillas. La de acá es la de partida, y la de allá, la del destino. El río de la existencia las separa, y sólo el alma realizada las une, y de virtuosa califico a toda actuación que nos acerque a la otra orilla.

—Tonterías.

—Si tales pretensiones fueran irreales, no constituirían una obsesión del alma colectiva. El problema no es admitirlas. El verdadero problema consiste en definirlas dentro de nuestra incapacidad imaginativa. Dos y dos son cuatro para las matemáticas; pero vida no es igual a muerte para la creación. Antes y después son medidas del tiempo del corral en que existimos encerrados, por geofagia y por canibalismo, y sin embargo el suave tejido de la perennidad se compone de ahoras, sin antecedentes, ni consecuentes perecederos.

—El ahora que me importa es que estamos enjaulados.

—¿Cuánto tiempo ha pasado?

—El aire se nos acabará.

—Tenemos la reserva de la columna por la que se desplaza el ascensor. Son veintitrés pisos —dijo el artista.

—Más la azotea, —añadió Jaime Uno.

Con la conversación, y aferrado a la idea de que el sudor constituía un paliativo, don Arquímides había conseguido aplazar su urgencia urinaria. Pero con la noticia de la hora, unida a la incertidumbre del conocimiento sobre el tiempo necesario para el rescate, súbitamente todas sus ansiedades se volvieron pélvicas y el deseo se tornó doloroso y compulsivo. Y con la idea de resistir, contrayéndose y apretando los puños, perdió la partida. La capa la tenía a mano y al tacto en un tris, localizó uno de los bolsillos, y sin pensarlo dos veces descorrió el zipper y orinó, a ojos cerrados, imaginando que veía bastoncitos luminosos dentro del ascensor. Llenó el bolsillo, continuó con fruición y sin omitir el placer de las últimas gotas que rozaron el pulgar y el índice con que se ayudaba. Pronto los sudores se le enfriaron sobre la piel y experimentó una euforia que le llevó a olvidar su circunstancia inmediata, permitiéndole divagar por los dédalos de su memoria y de su agenda cotidiana.

Como pudo enrolló la capa, dejándola en el rincón del otro extremo libre, y antes que en otra cosa o persona, pensó en Fela, su secretaria, y se entregó de lleno a la evocación sensual de sus encantos pervasivos. Veintitrés años, divorciada con un hijo que criaban sus padres; no muy alta, pero agraciada con un cuerpo capaz de tender un puente de magia entre las semillas y los luceros; era hasta la fecha la más exquisita de las hembras con que se había tropezado en la vida. Y eso que de mujeres se jactaba de saber largo y tendido, ya que de los cincuenta y ocho años de su cronología, llevaba cuenta de no menos de trece de ellas, sin contar las ocasiones de las que ya no se acordaba.

A los trece, en su cuerpo magro y en la sangre que comenzaba a hormiguear extrañamente dentro de sus venas, Clotilde, la manejadora encargada de la última de sus hermanas, le enseñó a suprimir las distinciones entre el crepúsculo y la aurora. Su imaginación de arco iris adolescente, quedó desde aquel momento suspendida noche y día, entre cielo y tierra, en una perenne imagen de colores termales.

En las sombras del garaje, situado en el traspatio, veía luces ácidas y sabores esplendentes cada vez que ella lo zarandeaba como para desquitarse del marido brutote que sólo se le aparecía para darle una soba y quitarle el dinero.

Y en los amaneceres de sábado, cuando los padres estaban en la finca con los otros dos hermanos, y ella quedaba a solas con la pequeñaja; en el reloj del goce despertado, las siete de la mañana se pintaban con el negro macizo de las diez de la noche, sin luna, ni estrellas.

La hembra enorme, en su corpulencia y

en su malicia, se lo bebía literalmente, sin que ello le desanimara. Y renacía, y volvía a morirse y a revivir medio muerto en la onda blanca y negra de la resaca, que en su secuencia dejaba en las orillas de su deseo un saldo de caracoles y peces saltones.

Clotilde era rubia, con una carne muy blanca, sembrada de venas azules que latían, despertando a las raíces más próximas y a las galaxias ignoradas. Su sangre, que en definitiva la vio roja cuando ella se pinchó con las espinas del rosal, en su imaginación continuaba siendo entre verdosa y azulada, sin otra vocación que la de la vigilia, el redoble y el bordoneo. Clorofila y espacio, materializados en una sensación de continua sed y de búsqueda sin fin.

Sus cabellos largos, en los momentos de astenia, le sirvieron de almohada a sus mejillas donde el olor a jabón de Castilla continuaba despierto, luego que a solas, en su habitación, trataba en vano de violentar el tiempo para volver a estar con ella.

Que su padre, bajo la toga austera de magistrado, escondía las debilidades del fauno, lo supo la noche en que, para entretener su insomnio, fue a la biblioteca por un libro. La madre se hallaba entonces en Miami, atendiendo la enfermedad de una hermana, y la mueca de luz agazapada horizontalmente bajo la puerta de la habitación le animó a buscar un paliativo, en la conversación. La misma no estaba cerrada y pudo entrar sin ser notado. De pronto, el abismo se tragó la sal y el azúcar de la tierra, en su trampa sísmica descomunal.

Clotilde, desnuda, manos y pies apoyados en el suelo, le servía de cabalgadura a su padre, también en pelotas.

—Arre —musitaba el jinete—. Arre, yegüita, arre.

Y el enorme cuerpo de cuadrúpedo metamorfoseado, casi arrastrando el vientre sobre la alfombra, y con las nalgas deflecadas que parecían orejas de elefante, se desplazaba hacia la cama con gozo y docilidad.

Fuera de juicio, salió de la habitación, tirando con estrépito la puerta, que en su onda también hizo temblar los dos enormes cuadros de sus bisabuelos que colgaban de la pared. Por el resto de la noche, corrió primero y trotó después y terminó caminando, sin rumbo, poseído de un coraje que no aplacaron ni la lluvia ni el sereno.

Los faroles le hacían muecas en las rositas de maíz traslucientes que la llovizna formaba en las aceras; las sombras definían guiños compasivos en los contrastes de los parques y en la tregua de las esquinas; los perros ladraban, coreando su vergüenza; los

94

lumínicos, epilépticos le recordaban los dos almohadones de las nalgas blancas, con la sima negra que las hendía; y los autos, con ojos de lobos, buscaban y rebuscaban en el páramo de las calles desiertas y enlodadas.

Los gallos, con su canto espasmódico, le devolvieron a la casa, con la primera claridad de la mañana. Entró a su habitación, sin prestarle mayor importancia a la presencia del padre, sentado en la cama.

—¿Dónde has estado?

—No es cosa que te importe.

—Lo que viste tiene su explicación. Si razonamos de hombre a hombre, me entenderás.

—Nada tienes que explicarme.

—Tu madre y yo no convivimos.

—Enhorabuena.

—Un hombre necesita desahogarse cuando en definitiva no es más que un hombre.

—¿A caballito?

—No entremos en detalles. Ten en cuenta que mi reputación no me permite frecuentar los bares, ni las casas profesionales donde se resuelven esos problemas.

—Por mí puedes ir a enfriarte donde te plazca.

—Debí explicarte antes estas cosas, y ahora reconozco mi error. Ya casi eres un hombre y pronto empezarás a frecuentar mujeres. Si me lo permites, te llevaré yo mismo a la casa de una matrona de mis tiempos de estudiante.

—Vete al demonio.

—Es una de las mejores en su clase. Escoges en un álbum y te citan a la elegida. Son mujeres jóvenes y agraciadas, que por una u otra razón necesitan dinero. Estudiantes, profesionales, modelos, casadas, novias, y solteras y madres jóvenes se ofrecen a tanto por hora. No quiero que por inexperiencia, o por economía mal entendida, vayas a dar a un burdel de mala muerte.

—¿Quieres largarte de una vez?

—De acuerdo. Pero no olvides que antes que tu padre soy tu amigo. Algún día entenderás que la felicidad no es una empresa fácil.

Temprano, y sabiendo por experiencia que a las seis de la mañana le correspondía una toma a la renacuaja, entró en la habitación de Clotilde. Ella, sin inmutarse, continuó en su tarea de preparar el biberón.

—¡Puta!

Ni rastro de ofensa en los ojos, tampoco ningún asomo de vergüenza en la sonrisa de flor madura.

—¡Cochina puta!

—Desahógate, pero sin levantar la voz. Que los demás aún duermen.

—Me hiciste creer que eras mía.

—¿Tuya? Si yo soy de la familia, hijito.

—No tienes vergüenza.

—Y sin embargo me desempeño bien. Sé por donde te viene el coraje, y si esperas a que termine con Tesorito, me ocuparé de ti.

—¡Jamás!

—Ya está. Anda, ven. Esos desplantes son propios de chiquillos. Y hasta donde sé, tú eres un hombre. Al menos así me lo has demostrado. ¿Qué más te da que entretenga al caballero por un rato? Además, ten en cuenta que si no le complazco, me echa, y entonces sí que andaríamos fregados los dos.

—¡Promiscua!

—La verdad del caso es que no entiendo ni jota lo que tratas de endilgarme con la palabrita. Siempre te he complacido. De noche y de día he amansado tu desesperación. Sin importarme dolores de cabeza, mortificaciones o impedimentos, te he recibido como a un general. Y nada de beneficios; porque contigo jamás he sido interesada. Bastante tengo con tu juventud de tamarindo agridulce.

—¡Vete, vieja menopáusica!

—Si no quieres entender, ni modo. En todo caso, el que tiene que salir eres tú, que estás donde no debes. Yo me limito a cumplir con mis deberes.

—¡Perra!

—Los insultos me resbalan, hijito. Despáchate a gusto si con ello alivias tu rabia. Te prevengo que por ese camino jamás llegarás a nada. Vete y lo sentirás más que yo. Lo que te he enseñado te va a durar de por vida; en cambio, de ti, dentro de un tiempito, no me acordaré ni del color de tus ojos.

Salió del cuarto, satisfecho a medias con ponerla en su sitio, y en el fondo más insatisfecho que nunca, porque la carne, acostumbrada al retozo cotidiano, le pedía y le pedía.

Una semana más tarde, Clotilde se marchó para siempre de la casa. Lo supo de hecho a partir de la mañana en que por más que atisbó no la vio en sus trajines usuales; y también de palabra, ese mismo día, a la hora de la cena, cuando su padre y su madre, ambos muy ceremoniosos por cierto, intercambiaron explicaciones.

—¿Y Clotilde? —preguntó él con absoluta naturalidad.

—Se ha marchado.

—¿Así como así? ¿Cómo lo sabes?

—Me lo dijo el chófer. Se fue a vivir con un soldadito chulampín. El mismo que el mes pasado se llevó a la criada de los Martínez.

Cuando cuatro años más tarde, un sábado por la noche, buscando la definición semanal de su hombría, tropezó con ella en los barrios bajos, en unos segundos vio materializada la profecía de Clotilde.

—Perdone, caballero.

Parecía doscientos años más vieja y sólo en los ojos, que tantas veces se bebió, exaltado por el goce de la búsqueda febril, vio un rescoldo de las dos hogueras de antaño. Estuvo por nombrarla, cuando el corazón se le aceleró, montado en la onda frenética del pulso cerrero y a punto de ceder a la fantasía de pagarle por su tiempo, para humillarla en redondo; pero los brazos estropajosos, el rostro embadurnado de porquerías, y las pestañas postizas que parecían cuerdas rotas de guitarra fuera de sitio, le disuadieron de su idea. Sólo para asegurarse de si sobrevivía en la memoria esponjosa del paquidermo entabló conversación.

—¿Quieres fumar, Clotilde?

—Tú mientas al santo por su nombre. ¿De dónde nos conocemos?

—El mundo es pequeño.

—Y grande. Dame uno.

—¿Lo quieres americano o del país?

—Cualquiera. A no ser que tengas un premiado.

La llama del fósforo apenas rescató unos filamentos brillosos en las pupilas sincopadas. Parecía como si los dos luceros se hubieran convertido en dos guijarros triviales. Tan sólo unos años atrás eran imanes que atraían el polvo humillado de los cielos, el polen de las flores y la linfa espléndida del mar. Embebedores, lo subían y bajaban en la montaña rusa de un infinito acelerado e irreal. Entonces incitantes, deshacían la sombra con la luz y disminuían la claridad hasta ese punto neutral en que se daban la mano, el sufrimiento y la alegría. Ahora, ni siquiera pasaban por cosas, porque en estas hay siempre algún sentido. La misma piedra, en su aparente inmovilidad atesora los movimientos del agua y del viento a la vez que testimonia la luz del día más temprano. Pero la mirada de Clotilde, aunque pétrea era la del nunca sin antes ni después.

—¿No me conoces?

—Conozco a mucha gente, jefazo. He estado en un millón de iglesias. No, tú no eres santo de mi devoción. Todavía te falta para llegar a la hombría. Si te sobran, déjame un par de pesos para la fuma, que la calle está que da grima.

Le puso en la mano un billete de cinco dólares y la vio alejarse, tatareando en su borrachera trozos de la misma melodía que tantas veces caracoleó en sus oídos en los mediodías del verano. Clotilde echaba mano de la canción para dormir a la hermanita, sin saber que de paso, en un crescendo inflamado, encendía el fogón de sus deseos en el traspatio.

A la que fue el santo y seña, siguieron más de tres docenas de mujeres. En el lapso de cuatro años, las tres manejadoras contratadas por su madre fueron suyas, y también siete de las ocho criadas. Dentro de la fauna doméstica, las que atendió con mayor esmero fueron las dos seleccionadas por su padre.

Aquél las ponía en trance de cabalgadura para su equinomanía. Les exigía y les correspondía hasta dejarlas en el cero apetitivo, y, de paso extenuadas, los omóplatos de las infelices flaqueaban como quillas de juguete contra el suelo, y con ellas también caía el jinete.

Como que entre sus aficiones contaba la de la fotografía, camuflajeó un dispositivo, que le permitió recoger en una cámara de secuencias de aquellas desviaciones paternales. En su perversión masoquista, llegó al extremo de proyectarlas, mientras se despachaba a gusto con las dos fulanas.

El viejo tiene un lunar en la nalga derecha, y a ti te salió mi mordida en la nalga izquierda. Observa que el magistrado tiene un huevo de toro y otro de quiquiriquí. O el pobre está más arrugado que una vejiga vacía y tú más fresca que una lechuga. O la disnea le trota en el pecho y las fuerzas se le van por los talones.

Su repertorio se ensanchó con las tres compañeras de estudio con las que se entendió sin mayores dificultades. Una cayó en sus manos por dárselas de liberada, la segunda por hostilidad contra los padres, y la tercera por mentecata.

También formaron parte del condumio cuatro de las mujeres casadas que su madre incluía en su círculo de amistades escogidas. Cresilda, porque su esposo era un homosexual con lapsos de normalidad cada vez más espaciados; Cristina por un romanticismo morboso que le llevaba a confundir los sueños con las realidades; Luz sin mancha, casada con un viejo dulce, que sólo la desesperaba con su metodología lesbiana; y Celeste, por ser un pozo sin fondo que nadie era capaz de llenar con nada. De no zafarse a tiempo, lo habría convertido en un esqueleto rumbero. Quedaron incluidas dos de sus maestras: una de ellas más enferma que Celeste, lo cual ya era mucho decir; y la otra viuda, poseída de unas exigencias maternales que por un tiempo compensaron las que no recibió de su mamá.

En una polarización de resentimientos, se

desquitó contra ella, convirtiéndola en la comidilla del plantel. Tenía fama de severa y cundió la voz de que sólo Arquímides podía mover la tierra con su palanca. Ponía las notas a gusto, la dejaba sin carro usándolo para sus amoríos en playas desiertas y moteles; y en el colmo de la morbosidad, sin estar necesitado de dinero, porque el padre, en su conveniencia, se lo daba a manos llenas, llegó a quitarle la mayor parte de lo que ganaba. Primero lo hizo en privado.

—¿Cobraste?

—Sí.

—Dame lo mío.

—Toma, angelito.

Luego, en el límite de la impudicia, lo hacía ante testigos.

—Mi parte.

—Aquí no, angelito —le susurraba al oído—. Luego.

—Ahora.

—Me avergüenzas sin necesidad.

—¿No?

Llevándole a un lado y bajando la voz:

—Ve a las tres por casa y te daré lo que quieras.

—¿Sí o no? —gritaba con voz destemplada.

—Bueno. No te enojes. Cálmate. Aquí tienes.

Y se metía el dinero en el bolsillo, satisfecha su vanidad, pero no así su ego, que se acrecentaba ante el estupor y la vergüenza de sus amigos. La expulsaron del colegio, y ahí terminó la aventura, sin mayores consecuencias.

Ampliando la onda, frecuentó prostíbulos y cantinas, hasta unos meses después de su último encuentro con Clotilde, cuando una blenorragia humilló su virilidad hasta las entrañas. Curado, una tarde, luego de darle vueltas al asunto, lo discutió con su padre.

—Quiero irme a estudiar fuera.

—Para perder el tiempo cualquier sitio es bueno.

—He decidido sentar cabeza.

—¿Seguro? ¿Qué te gustaría estudiar?

Para asombro de todos, terminó los estudios del instituto con un promedio formidable y fue admitido en Yale, de donde acabó graduándose con honores.

Una nueva visión de las cosas le hizo subordinar el sexo al poder, entendiendo que éste era definitivo y aquel eventual.

En los cinco años que estuvo fuera, para obtener un máximo de concentración y las comodidades a que estaba habituado, convivió con una compañera. Al graduarse, cuando aquella se hacía ilusiones con el matrimonio, una noche la enfrió con una sentencia lapidaria, luego de culminado el lance habitual.

—¿Dónde viviremos, cariño?

—Tú, donde lo prefieras, y yo en mi casa.

—Siempre pensé…

—Hiciste mal en adelantar conclusiones.

—Te he consagrado cinco años.

—También te di cinco de los míos.

—Pero ¿y por qué?

—Porque es necesario que concluya lo que jamás debió comenzar.

Concilió el sueño pese a los sollozos y las lágrimas de Proserpina, desde la medianoche íntima hasta el lujurioso amanecer primaveral.

De regreso, a la vez que trabajaba en su doctorado, comenzó a levantar negocios que subían como la espuma de la noche a la mañana. Tierras, propiedades, industrias y juegos de bolsa multiplicaron la fortuna que heredó al morir el padre. Derrame cerebral, estableció el certificado de defunción. Colapso hípico, rectificó en voz baja, cuando se lo comunicaron.

A los treinta se casó con Esperancita, tres veces más rica que él, por herencias combinadas que le vinieron de los bisabuelos.

Desde el noviazgo entendió que le esperaba una experiencia de continuo alunizaje. Esperancita vivía fuera de este mundo en su propio orbe de conciertos, desfiles de moda y eventos del más exclusivo club internacional. Si no era tonta por educación, puesto que hablaba con fluidez cinco idiomas y había frecuentado algunos de los mejores colegios, lo era por modus operandi, empeñada en aplazar las exigencias normales de la vida.

Tras muchos rodeos, combinados con su erudición mundana, la convenció para que tuvieran un hijo, el cual desafortunadamente nació muerto y por cesárea. La experiencia traumática bastó para que Esperancita le pusiera un no definitivo al problema de la descendencia. Se hizo esterilizar y para evitar el más mínimo asomo de duda, lo convenció para que también él se esterilizara.

—No soy más que un capón —les decía a sus íntimos en las ocasiones en que los tragos le soltaban los zócalos recubiertos del lenguaje.

Cuando alguien agraciado con un vástago le obsequiaba el habano protocolario, sus reacciones podían ser las del silencio o de la amargura resignada. Callaba, sin expresar lo que sentía, o bien con la enhorabuena iban las señales de su monólogo reprimido.

—Dichoso tú, que tienes otro varón. Por mi parte me daría por satisfecho hasta con una chancleta.

—Felicidades. Ya tienes semilla para cuando no seas árbol —respondía, embridando la voz.

—Tienes suerte, porque los hijos son la sal del guiso de la vida.

Tenía millones, poder, buenas hembras, relaciones en todas las esferas de arte, la política y la economía, pero a diferencia del más desposeído de los hombres, jamás tendría a un hijo. Y contra la idea de adoptarlo, se sublevaba por el olor a carne lánguida y a belleza prosternada presente en sus recuerdos de los burdeles y las experiencias de sus continuos amoríos.

En sus momentos de crisis, por su alma de esponja seca, una amargura, inmune al tiempo y al juego de manos del presente, asomaba de cuerpo entero. La masa del rostro y cuerpo incierto que el médico raspó del vientre de Nancy, aquella tarde en que la blancura del invierno dolía contra las ventanas de la habitación número ochocientos veintitrés del hospital autorizado para atender casos de aborto. Los contras del médico, ante lo avanzado del embarazo, quedaron anulados por el pro de los quinientos pesos que le puso en la mano.

Siete de diciembre de 1971. Recordaba el día, de frente y de perfil, en el plano de la calle, en la asepsia metálica de cuarto, y en el hongo posesivo de un cielo, que ni preguntaba ni decía.

En la nieve encharcada, remosqueaban las luces, sin atreverse a revolar hacia los faroles. La avenida, con tráfico, peatones y todo, estaba de boca abajo arrastrándose a lo ancho, a lo largo y a lo lejos, horizontalmente y sin profundidad. Los copos atrapados en los árboles y sobre las azoteas visibles y en las marquesinas, daban una impresión de planos inmóviles, desarticulados entre sí. Una fronda, aletargada y otra; un edificio y otro; y no una onda rítmica de árboles y de hogares. El cielo, sin ser negro, apretaba, suspendido y baboso, castrando con su segadora gris la vitalidad del firmamento anestesiado.

La butaca de la habitación, el tono neutral de los papeles, la cama de metal, las sábanas y las fundas con el nombre del huésped bordado en las orillas, y la respiración de Nancy, aún dormitando bajo los efectos del sedativo, continuaban pinchando a modo de alfileres en la masa irritada de su memoria.

Literalmente los recuerdos le dolían. La belleza del rostro de la americana, a quien recibió virgen, para acabar echándola fuera de su vida, como a una prenda de uso o a una baratija de la que nos cansamos; la suavidad de su cabello entre negro y castaño que le servía de espejo al cosquilleo de la luz; la boca dulce, definiendo una amargura donde antes reía; y la realidad del cuerpo, denotando su forma incomparable en aquellos sitios en que la sábana se apretaba para interrumpir la impresión de neutralidad, continuarían mortificándole mientras viviera.

Ella no quería y él, imponiéndosele, mató de un tajo su única ocasión de legitimidad.

Entre él y Esperancita, luego del parto malogrado, medió una especie de irreprochable sobreentendido.

—La relación sexual para mí, es lo de menos. Lo que acaba de pasarme es una advertencia del cielo. En lo sucesivo, orientaré mi alma hacia Dios —le decía.

Y le dio por la beatería, entregándose de lleno a los compromisos de la caridad organizada. La fauna de parásitos, de uniforme y sin ellos, le dulcificaron la empresa, echándose muy buenos cuartos en sus bolsillos.

Esperancita, por su fortuna, su porte y sus actuaciones, estaba más allá de la sospecha; y la cohorte de cristianísimos cristianos para si se hartaba con el pastel.

El, por su parte, ducho en empresas y en parasitología, trató de alertarla en vano, para tropezar con una respuesta donde el candor no conseguía suprimir la simpleza.

—Tú eres muy desconfiado, querido. La humanidad camina por la fe. Debes creer en los demás si aspiras a que ayuden a la causa de tu salvación.

—Estás rodeada de sabandijas, mercachifles y aprovechados.

—Querido, no olvides que los mayores defectos de los demás son tolerables en uno mismo.

—No me dedico a esquilmar las recaudaciones benéficas.

—Ahí precisamente está tu tejado de vidrio. Tú eres un profesional del empobrecimiento ajeno. La diferencia es asunto de volumen y no de intenciones. Donde ellos se contentan con mendrugos, tú únicamente te afanas por los millones.

—Dime una cosa. ¿Estás conmigo o en contra mía?

—Sólo con Dios.

—Sigue así y acabarás por darte baños de agua fría al sereno.

El volvió a las andadas y ella continuó dándole cada vez menos importancia a la cama, y una mayor relevancia al problema de su camino.

A él, la que de momento le absorbía era Fela, a la que en su diccionario de trote definía como a un bombón relleno de champán brût. Su rostro moreno, sin ser armónico, tenía una irresistible peculiaridad. Fueran los grandes ojos o la boca sensual o el pelo suave, o sus mejillas pomosas, o todos esos rasgos combinados, lo cierto es que en raras ocasiones pasaba desapercibido. Y como si fuera poco, su cuerpo esbelto y agraciado constituía un mandato. Jóvenes y viejos, jubilados y vigentes tenían que contemplarla de frente o de soslayo cuando se cruzaban en su camino. En más de una ocasión paró el tránsito, y cuanto sitio ensayaba para almorzar se convertía en una feria de mirones. Aunque todo el ceremonial le resbalaba, luego de su fracaso matrimonial, y de lo que en verdad quería, optó por llevar su almuerzo a la oficina para ahorrarse inconveniencias de los piropos inflamados, y muchas veces fuera de tono.

Su entendimiento con don Arquímides, desde el primer instante, revistió el carácter de lo inevitable. Donde su marido se las daba de playboy, y de pisabonito, pavoneándose como un gallo en cuanto patio ajeno oliera a gallina, don Arquímides actuaba con maestría, tacto y absoluta naturalidad. Frente a su ex-marido, todo un carabonita de la televisión, don Arquímides le daba la impresión de un dios griego, asoleándose en un mediodía de verano.

Donde aquél nada hacía, fuera de matar

el tiempo y de su media hora cotidiana en los programas regulares, éste trabajaba con el tesón y la fe de los pioneros.

Su ex-marido se aguaba en una salsa de pepillas, homosexuales, modistos y maniáticos empeñados en confundir la extravagancia con la genialidad. Su jefe, brillante, mundano y disciplinado, crecía ante sus ojos, como una aurora pródiga en sorpresas. Algo nuevo de él surgía en cada jornada de trabajo, como si además de ser él mismo, fuera siempre diferente.

En realidad don Arquímides era un tipo impredecible. Por más que se supiera el resultado que se propusiera, jamás se acertaba en la definición del camino o de los modos para obtenerlo. El artista en suma, un paniaguado de cuerpo entero, comparaba desventajosamente con el hombre imaginativo, atento, sopesado, maduro y muy capaz.

En lo que estuvo casada, ignoró como pudo las discretas insinuaciones, limitándose a desempeñar sus obligaciones con eficiencia y regularidad. No era ella el tipo de las que, cayendo en gracia, se aprovecharía para faltar al trabajo, o matar moscas valiéndose del teléfono, y de los mil y uno pretextos usuales. Si tenía que quedarse más allá de la jornada regular, lo hacía con gusto, sin pensar en el tiempo doble o en el tráfico congestionado, o en cómo se trastornaría su horario casero.

Por su parte, don Arquímides sabía aquilatar los méritos de Fela y le retribuía con generosidad. Durante su matrimonio, ninguna fuerza del mundo pudo quebrantar su firmeza. Ni la frivolidad, ni la deslealtad de dos orillas de su marido, que lo mismo andaba con hombres que con mujeres, ni su irresponsabilidad en lo que a compromisos concretos se refería, ni su narcisismo insoportable, pasando más tiempo que ella ante el espejo, la desviaron de su línea escogida.

Don Arquímides, pronto entendió que ninguna urgencia quebrantaría aquella terquedad puritana, que en cierto modo emparentaba con el misticismo de su mujer, y dejó de hostigarla. Claro está que antes echó mano de cuanto recurso discurrió por accidente o por desvelo. No escatimó en gastos para hacer que las amigas de ella le vendieran la pésima imagen del actorzuelo. Se valió de reporteros para poner en primera plana las fotos donde aparecía con lesbianas y amujerados, y hasta indirectamente autorizó un préstamo de dos mil dólares a favor del fulano, a sabiendas de que el dinero lo usaría para asistir a un festival a celebrarse en el extranjero.

—Don Arquímides, perdone usted, pero el solicitante es un insolvente.

—Déselo.

—Mire que está en el libro negro de las financieras.

—No importa.

—Es un invertido.

—¿Y qué demonios tienen que ver las nalgas con la solvencia?

—Perdone usted, sólo es un decir.

—¿Con cargos a quién?

—A pérdidas, hombre.

Por otras artimañas concurrentes no perdió la ocasión de ponerla al tanto del misticismo de su mujer, y de la paradoja de su celibato matrimonial.

—Usted sabrá arreglárselas, don Arquímides.

—No me salen al paso más que arpías vestidas de paloma. Busco un ideal y no una sanguijuela.

—Ya lo encontrará.

—Si al menos...

—Mejor será que cambiemos de tema. Los dos somos casados.

—Ya te he dicho que lo mío ni es matrimonio ni soltería.

—¿Me permite que le diga una cosa?

—Soy todo oídos.

—En realidad admiro a su mujer.

—Por amor de Dios, sólo me falta oírte decir que harías lo que ella.

—No diría tanto. Me refiero a su sencillez y a su carácter.

En definitiva fue el viaje lo que le colmó la paciencia de Fela, cuando tuvo que hacerle frente al parto mientras que el casquivano de su marido andaba de tournée por la Europa oriental. A su lado, estuvieron sus padres, y don Arquímides, que acaso por primera vez en su vida, aunque sin admitirlo, trataba de apoyar a alguien sin interés. Corrió con los gastos, sin reparar en pequeñas atenciones, tales como flores, ajuar del bebé, un cheque que representaba el sueldo de Fela por tres meses de trabajo, y llamadas diarias interesándose por la salud de la madre y la criatura.

—Te lo bautizaré —le dijo, la tarde anterior al día en que le darían de alta.

—Por mí, encantada. Le debo mucho.

—Déjate de banalidades. Me mueve el egoísmo. Bien sabes que daría incluso lo que no tengo por un crío.

—Y lo tendrá.

—Para complacer a mi mujer me hicieron una operación.

—Créame que lo siento.

En los dos meses que siguieron, la llamaba a diario con cualquier pretexto, y ella llegó a esperar aquellas llamadas, que por unos momentos cortaban el hilo de su soledad.

Cuando a fines de septiembre regresó el marido, ella le pidió el divorcio a rajatablas.

—Deseo divorciarme y quiero al niño.

—No hay problema. Sólo una pregunta.

—Di.

—¿Es para casarte con otro?

—Sabes que no soy de esas. Pero si así fuera, tú no eres el más indicado para pedirme explicaciones.

—Estoy por encima de los celos; pero no te hagas la mosquita muerta.

—¿Qué insinúas?

—Hay que ser un tonto de capirote para no darse cuenta de que don Arquímides se babea por ti.

—Ya quisieras tú, durante un día, ser medio hombre de lo que él es.

—¿Cómo sabes que es tan hombre? Vaya pregunta ridícula. Claro que la respuesta está en la cama.

—Sí que tienes la mente pervertida. Cuando nos casamos te di palabra de lealtad y la he respetado. Tú, en cambio, me has estado jugando cabeza con ellas y con ellos.

—Mucho te falta por aprender; los hombres son más leales entre sí para estas cosas que las mujeres con los hombres.

—Pues que te aproveche. Carga con lo tuyo y en paz.

—No pierdas la cabeza. Lo correcto será vender las cosas, repartir lo que nos den por ellas, y cada uno por su lado.

Así lo hicieron, y Fela volvió a la casa de sus padres, que en la criatura vieron renacer pasadas y nostálgicas alegrías. Cuando Fela le comunicó por teléfono la noticia, don Arquímides, exaltado de goce, no cupo dentro de sí. Al fin las puertas del cielo se le abrían, acercándole al milagro que esperaba.

La primera reacción fue la de correr hacia ella, sin mayores explicaciones ni esperas. Una sed que parecía no ser de este mundo despertaba en su sangre entrenada, emociones nuevas, desempolvadas de los desengaños anteriores.

—¿Se ha quedado mudo? ¿Está ahí?

Claro, que estaba, sin estar, porque en la experiencia para él desconocida, su ser se dividía entre la necesidad emocional de hacerla al fin suya, ofreciéndole villas y castillas, y la conveniencia lógica de razonar el pro y el contra de la disyuntiva.

—Puedes estar con cuantas se te antojen a condición de que no crees vínculos con ninguna —le había advertido Esperancita, en más de una ocasión—. Desahogar tu parte animal es una cosa, y enredar tu vida otra. En lo que estés dentro de la raya, los dos en paz; pero si te sales de ella, nos divorciaremos. Tú, eres un réprobo. En cuanto a mí, ni el Papa me quitará el derecho a rebelarme contra el concubinato.

—Si al menos fueras más explícita, definiéndome el puedo del no puedo.

—No te hagas, sabes a lo que me refiero.

—¿Una vez?

—Pasa.

—¿Dos?

—Puede.

—Tres.

—Al abogado.

—Sí, claro que estoy —respondió don Arquímides—. Es que me has tomado por sorpresa.

—Y usted ¿qué cree?

—Estupendo.

—Me he mudado a casa de mis padres.

—Claro.

—Tuve que hacerlo. Lo siento por el niño; pero ya lo nuestro no tenía remedio. Hasta llegó a insinuar que nosotros...

—¿Tú y yo?

—Sí. Todos los resentidos son mal pensados. Quieren juzgar a los demás, arrimándolos a su orilla. En realidad que debí decidirlo antes. Creí que al tener el niño las cosas serían diferentes, y ya ve usted lo que ha sucedido.

—Ten calma.

—Ayer me quedé esperando su llamada.

—La reunión de directores terminó a las dos de la mañana.

—Así y todo, estuve despierta hasta más de las cuatro, pensando si algo malo le había ocurrido.

—No quise interrumpir tu descanso.

—Me hace bien hablarle.

—Dentro de dos horas saldré para Canadá. Precisamente estoy ordenando mis papeles.

—Claro. Los negocios primero.

—Las puyitas están fuera de lugar. Regresaré el lunes a las siete de la mañana, y del aeropuerto iré a la oficina.

—Estaré allí. Es tiempo de que regrese a mi trabajo.

—Lo primero es tu salud.

—Me hará bien.

—Como quieras. Entonces, hasta el lunes.

Lunes, y allí estaría ella, llenando la oficina con la fragancia alondra que untaba a su carne, era uña y sendero. Conociéndola como la conocía, seguro que ya habría confirmado con la aerolínea la llegada del vuelo, a menos que el servicio telefónico también estuviera interrumpido.

Durante la jornada de regreso, no hizo otra cosa que pensar en ella. Ni la insinuante camarera, que, detrás de los ojos de yemas fosforescentes, acaso dominaba el morse internacional de la cama, ni la estudiante que regresaba a las vacaciones navideñas, con la insistencia carnal que le humedecía los labios despintados, ni la joven ejecutiva, que al tercer martini comenzó a disertar sobre el machismo latino, consiguieron moverlo un ápice fuera de su carrusel de margaritas y estrellas.

—Usted es don Arquímides —comenzó diciéndole la camarera.

—El mismo.

—Tenía curiosidad por conocerle. ¿Me permite sentarme a su lado?

—Es más dueña del avión que yo.

—Leí el artículo del *Time*. Su vida debe ser fascinante.

—Un poco de todo como en todas.

—¿Qué se siente cuando se es dueño del mundo?

—Usted exagera. En realidad ni siquiera se es dueño de uno mismo.

—Pero usted de hecho revela super control y seguridad.

—Y el Vesubio en mis entrañas.

—¿Es así de apasionado? ¿Por qué no me invita a cenar esta noche? Me hospedo en el Lorcy.

—Me temo que el día que me espera no tendrá noche.

—¿Ocupado?

—Y dígalo.

—Créame que lo siento.

—Será en otra ocasión.

La estudiante detrás de su armadura hiperbólica pimponeaba los ojos, desde la página del libro abierto, hacia la figura de don Arquímides, perfectamente impuesto de la rutina. Sentada frente a él en la sala de espera, parecía ignorar que la minifalda no alcanzaba a cubrirle los pantis azulados. En la moda, cebada por la lujuria, cabía cuanto elemento cumpliera el rol de anzuelo. Una camisa apretada, para destacar dos rotundas copas en el pecho que, sin ajustadores, temblaban cuando el cuerpo se movía; dos piernas de sírvanme que lo deseo, un maquillaje neutral requete elaborado, y unas manos, de dedos largos, bien atendidos, y adornados por seis anillos.

De ex profeso, haciéndose la dormida, dejó caer el libro.

—Su libro, señorita.

—Gracias. Llevo más de veinticuatro horas sin dormir.

—Malo para los nervios y peor para su cutis.

—Exámenes finales. ¿Sabe usted?

—Claro.

—Su cara me es familiar.

—Pues no soy artista.

—Déjeme pensar. Fue en algún periódico, no; en un noticiero tampoco; acaso en una revista.

—Fue en Fortune.

—Claro. Si seré estúpida. Usted es don Arquímides. El magnate.

—Otros me dicen el tifón.

—Habiendo subido tan alto, será un super liberado.

—Sólo un ser super dotado, sin remedio, hija mía.

—¿A qué viene lo de hija? Usted no es tan viejo, que digamos.

—Cincuenta y dos, ni más ni menos.

—Está en la plenitud. De hecho es bastante difícil tropezar con una persona de su experiencia.

—Hasta donde sé en la universidad la fauna es variada. Hay para todos los gustos y colores.

—No lo crea. Sólo chupa paletas, niños aún no destetados, profesores, o faunos, o alcohólicos, o miserables, y ogros enfurruñados. Ahora los dormitorios son libres. Uno se acuesta con quien le plazca, pero ese no es el problema. Lo que está en juego es el principio de identidad.

—Siempre ha sido así, señorita. Uno es uno, a no ser que dos puestos de acuerdo se conviertan en tres.

—Me refería a que el sexo es una encrucijada. Pues lo de caer embarazada ya no es problema.

—Entiendo; mata el hambre sin apagar la sed.

—El asunto es que uno termina dando más de lo que recibe. Bien mirado el mecanismo es inicuo por inmoral.

—Escuche, jovencita, es difícil establecer ecuaciones con los deseos. Con los años, llegará a entender que de las emociones nadie sabe nada, en definitiva. Ellas son la luna, la tierra, el sol y las mareas de la existencia humana. Lo de que unos den menos cuando otros necesitan más, o que dando al máximo nada reciban, representa la parte más interesante del embrollo.

—Lo pone en una perspectiva personal. Es usted fascinante.

—Gracias.

—¿Va con frecuencia a Boston? Aquí tiene mi dirección. Estaré de regreso el seis de enero.

—Mis viajes son a Nueva York.

—Por si acaso, también le anotaré mi número en San Juan.

Agraciada Cinco Domínguez, leyó en la

tarjeta, sin molestarse en repasar el número telefónico.

—¿Es usted familia de Pascual Cinco?

—Es mi padre. ¿Le conoce?

—Hicimos juntos el instituto y buenas francachelas que compartimos. ¿Cómo está de salud?

—La gota le hace sudar tinto.

—Me lo saluda por favor. Conmigo, por lo visto, usted quiso adelantar los deseos de verlo.

—Sí que es una pena.

¿Con que la hija de Pascual? Buena gente el fulano. Un pelmazo de pies a cabeza, siempre, o salía antes de tiempo, o llegaba tarde, en lo que a mujeres se refería.

Terminó casándose con Ismaela, que a los diecisiete años se sabía el Karma Sutra al dedillo. Y ella, sin dejar de hacer de las suyas, lo tenía en un puño, asilado en sus investigaciones sobre ornitología. Tenía una cátedra y varios libros en su haber; pero, ni reencarnado llevaría los pantalones. Y la hijita, ida de plano por la línea materna, a juzgar por el desparpajo con que se le insinuó.

Tanto afanarse por enseñar don Pascual, cuando a él en su persona, la vida le tartamudeaba, convirtiéndole en la burla de sus amigos. Existía entre dos paralelas de anulación; una de las líneas dibujada por la servidumbre doméstica y la otra por sus destemplanzas oníricas.

Un bache hizo que la hermosa mujer, impecablemente vestida, derramara el contenido del vaso sobre el saco de don Arquímides.

—Cuánto lo siento.

—No tiene importancia.

—Ha sido un bolsón de aire.

—Mejor será que se siente y se abroche el cinturón.

—¿Me permite?

—Claro.

—Le he manchado el saco.

—Olvídelo.

—Al menos déjeme limpiarlo. Le pediré a la azafata un paño húmedo.

—También usted perdió su martini.

—Era mi número cinco. En el aire los necesito para calmarme los nervios.

A los diez minutos, su interlocutora lo había puesto al tanto del epítome de su vida. Treinta y cinco años, divorciada, vicepresidenta encargada de reclamos públicos en una afamada agencia de publicidad, desprejuiciada, y dispuesta a pasársela bien durante su corta estadía, intercalando los placeres del sol, el baile, y la cama y la buena comida, con los compromisos de su agenda de trabajo.

—Salta a la vista que usted es un hombre cosmopolita y ello me anima a platicarle con franqueza. Me repugna el machismo de que hacen alarde muchos latinos. Para mí el hombre hombre, es cabal y callado. Pongamos por ejemplo que si nos acostamos juntos, la decisión de hacerlo no le dará ningún derecho sobre mí. El disfrute sexual nada tiene que ver con la idea de la propiedad, ni con la de la hegemonía. De igual a igual, sin humillaciones ni malos entendidos.

—Por mi parte odio compartir mis mujeres.

—Ya le salió lo de caporal.

—Han apagado la señal de abrochar los cinturones. Mejor será que vaya por otro martini.

Fela y sólo Fela, en su dédalo mental y en el retorno de sus entrañas. Tibia y pervasiva, añorada y presente, ensanchando su imaginación y afinándole el arpa de sus deseos. Lo del divorcio resuelto suprimía de un golpe la barrera que se interponía entre la maquinilla de trabajo y el sofá adaptado ex profeso.

Daría la orden de que no se le molestara y procedería con tacto, sin omitir los pasos preliminares. Un par de botellas de champán, el abrigo de visón que le llevaba de regalo, el tren eléctrico para el niño, y la noticia de un aumento de sueldo como bienvenida, la pondrían en sus manos.

El deseo abrasivo se adelantaba, rompiendo la cadena del tiempo en mil imágenes llenas de dulzura y colorido. Entregado a la anticipación del deleite, pasaba por alto la advertencia de Esperancita, y la matemática de los gananciales, dispuesto a jugarse el todo por el todo. En el peor de los casos, se decía, pesos de más o pesos de menos, su parte limpia pasaba de los treinta millones. Con esa suma y el sumando indefinido de los placeres que le aguardaban con Fela, el mundo rejuvenecería para no avejentarse jamás.

Emociones ásperas y sutiles parecían renacer en su sangre por caminos intrincados. Como si en sus arterias y sus venas, fatigadas por el rescoldo de muchas hogueras anteriores, un soplo reconfortante barriera los escombros y despejara las paredes. Tan amplia era su dicha, que en ella cabían la criatura, de la que cuidaría como de un hijo, y los dos abuelos vencidos pero serviciales.

De buenas a primeras, sin proponérselo, comenzó a tararear la vieja melodía que Clotilde canturreaba para adormilar a la renacuaja.

—¿Cómo es que tiene ánimos para cantar? —preguntó la maestra.

—Es que me siento salvado, señora.

La palabra salvado cayó en los oídos del cura como un toque de queda en la masa acéfala de la oscuridad.

Hacía un buen rato que en silencio repasaba el argumento de su problema sin llegar a conclusiones. Por un proceso de interiorización, semejante al de un berbiquí en la pulpa de la madera, dejaba atrás las virutas de las generalizaciones anteriores y las sutilezas metafísicas, para entrar en la llaga desnuda del meollo. En su abstracción, y en su ir de la periferia hacia la vena del conflicto, los detalles impregnaban su gusto, su olfato y su tacto, con la acidez, la fragancia seca y la liviandad de la madera serruchada.

Donde siempre se vio a sí mismo y al mundo, ordenados en función de un esquema de redención y castigo, un volcán hacía erupción, y comenzaba a trastrocar la interior perspectiva. Dudas eventuales y soterradas las tenía siempre, pero sin la necesaria coherencia para apartarlo de su camino. En más de una noche, despertaba, repasando las confesiones de adulterio, dominado por la extraña sensación de que era parte de ellos. Un rosario, dos, y en el peor de los casos, cuatro, bastaban para alejarlo de la hoguera crepitante, devolviéndole la serenidad del sueño tranquilo.

La joven divorciada, cuando puso en sus oídos la confidencia de que le amaba, terminó por sacudirlo de cuerpo entero. Veinticinco años con aquel rostro, de sobra memorizado desde el púlpito, y su cuerpo de uva madura, con docenas de ondas carnales, cada una de ellas capaz de acabar con veinte super Goliats. Para domarse esta vez requirió algo más que los cuatro rosarios, pues ni siquiera la ducha fría de las dos de la mañana había conseguido apagar el ardor que le punzaba en las entrañas.

Al siguiente día, en la verbena organizada por el colegio, ella vino hasta su kiosco, levantándolo en vilo con la negrura abismal de sus ojos. Al darle la vuelta por los billetes que compró para la rifa del automóvil, las manos se rozaron, y bastó la caricia para que su pulso se acelerara y se despotricara su respiración. Por unos instantes, alelado, en un estado de pre-éxtasis embrionario, no atinó a definir la circunstancia en que se hallaba. Bajo el cielo, se inflamó la tierra, y entre ambas, el cuerpo y el alma se le tornaron pulpa agridulce.

—¿Se siente mal? —le preguntó ella.

—No, estoy bien —atinó a responderle.

—Te amo y ya no puedo vivir sin ti.

Con el dardo clavado en el blanco se alejó, para hacerle sitio a las dos beatas que también venían por billetes.

—Jesús, padre Fermín. Tiene usted mal color.

—Es que trabajo demasiado. Los líos de la parroquia son como para acabar con cualquiera.

—Vaya usted a descansar, que nosotras le sustituiremos.

—Sí, eso haré —balbuceó maquinalmente, poseído por la extraña urgencia de repasar el incidente en la conveniente solitud de su habitación.

Y en la puerta la volvió a ver, llevando de la mano al crío, de cuatro años, y de nuevo las piernas se le aflojaron. La misma mano, que ahora ayudaba al niño con inocencia, era la que dentro de su sangre de moro sevillano hacía de las suyas, galopando desenfrenada y sorda entre murciélagos y estrellas.

Del baño salió envarado y para sudar el hormigueo, por más de media hora hizo gimnasia, poleas y acrobacias en las paralelas. La sombra de su cuerpo proyectada en la pared discurría tranquila, pero su carne jadeante no dejaba de ladrar en seco, padeciendo y pidiendo. Y aunque no lo hacía desde su época de seminarista, volvió a las andadas, masturbándose por una y otra vez, hasta que con el desgano sustituyó por lirios lánguidos las rosas inflamadas.

Al día siguiente tuvo que ir a Santo Tomás para dispensarle los santos óleos a un moribundo. Se trataba de un ingeniero retirado que vivía en las cercanías del mar. Agonizaba, y como que en otra época sus donativos fueron sustanciales, la orden ahora le correspondía, ayudándole a morir en paz. Llegó justo a tiempo para la extrema unción. Con la última palabra cerró los dos ojos del hombre, y miró hacia los arrecifes, semi-sumergidos, revoloteados por unas cuantas gaviotas.

—¿Ya el caballero le entregó su alma al Señor? —preguntó la negra que se desempeñaba como ama de llaves. —¿Estará con Dios? ¿Quiere un poco de café?

—No se moleste. Quiero tomar el próximo ferry.

—Como pinta el cielo, no creo, que nadie podrá salir de aquí.

—¿Está segura de lo que dice?

—Como que estoy bautizada.

—¿Ni siquiera un avión?

—La virazón que se acerca es cerrada. Lo oí por la radio. Mejor será que no salga. Los de la funeraria ya están en camino, y se ocuparán del cadáver. Podrá usar la cama del difunto.

—¿La cama dice?

—Claro. Porque en algún sitio tendrá

que descansar. Cuando lo levanten, pondré sábanas y fundas limpias. ¿O es que teme a los fantasmas?

—No, pero acaso será mejor que me llegue hasta la funeraria.

—No se preocupe. La viuda del caballero, que es una mujer rica, contrató a un acompañante. Llamó desde Miami ayer por la mañana para decirlo.

—¿Por anticipado?

—Naturalmente. Guerra avisada no mata soldados.

—De todos modos.

—Y si tiene algún tiquismiquis por miedos de enfermedad, le puedo decir que el caballero era fuerte como un roble. Murió del corazón. El retozo, que hará una semana, se trajo con Virula la del bar, en este mismo cuarto, fue toda una faena. Setenta y nueve años bien conservados, sí señor. Así que nada de melindres, que lo único que en todo caso pueda pegarle sería la buena salud.

Miró hacia el litoral donde el cielo, convertido en una garra siniestra, amenazaba con levantar el mar de su nido de piedras y arenas. La lluvia brumosa, zarandeada por el viento, venía acercándose velozmente con su infantería de plata. Ya no se veían ni alas, ni velas, ni siquiera los penachos desenfrenados de las palmeras. Bajo el diluvio los de la funeraria cargaron con el cadáver.

La negra en jarras, con sorna complaciente, insistió en lo del café.

—¿No? ¿Acaso té? Para el caso es lo mismo. Mire como se puso de mojado, ayudando a los mortuorios. Tenga y cámbiese el saco, el suyo lo pondré a secar cerca del fogón. Menos mal que hoy en día ya los curas no andan de sotana. Fregados estaríamos si tuviera que conseguirle un reemplazo.

—Gracias.

—Póngase cómodo, que en un dos por tres le traeré el café. Recalentado, si no le importa. Está tan caro, que sólo colamos por la mañana. ¿Lo quiere bautizado?

—¿Cómo?

—Sí hombre, con un poco de espíritu zambullido en la negrura.

—Sigo en Babia.

—¿Cognac o ron?

—Es que no bebo.

—Le caerá bien. Con esa mojadura puede pescar una pulmonía. Y para difuntos, con uno por hoy tenemos.

—Está bien

—Sentado en el sillón bebió el café, y la onda cálida diluyó los terrones de sus entrañas. Pero el sosiego duró apenas el tiempo que tardó en percatarse del cuerpo espléndido de la fulana. Frente a él desde la butaca, sus dos piernas rotundas hacían que sobraran las sandalias.

—¿Por qué no te las quitas?

—¿Qué dices? ¿Que me quite qué?

—Las sandalias.

—De acuerdo —dijo la negra, tirándolas hacia un rincón de la salita. —Me gusta andar descalza.

—También te has mojado la blusa. Cámbiatela o pescarás un resfrío.

—No tengo otra que ponerme.

—Una pulmonía es una pulmonía.

—Sería un sacrilegio. Tentar a un cura. Pero en fin.

Sin decir más se la quitó, recogiéndola hasta acomodarla en el puño de una de sus manos. Sonreía, dejando entrever los dientes blancos y fuertes, y también sonreían sus senos de caramelo, con sus dos enormes rosetones.

—¿Te fijas? Aún no estoy acabada, todavía los tengo levantados.

—Acércate.

Era otro y no él quien hablaba. El otro hombre, salido del deshielo doctrinario sobreviviendo a los rosarios, a las paralelas, a las duchas frías, y a la masturbación desesperada.

—¿Y si te da un patatús?

134

—Anda. Apúrate. Ven.

Sentada en el pasamano del sillón, ladeó la cabeza sobre él, quemándole con su vaho de salvia silvestre y albahaca. La mano diligente encontró el punto de protesta y la voz susurrante, como la de un amén redentor, le dijo al oído:

—Jesús, estás entero.

—Más.

—Ahora voy a quitarte los pantalones.

Y ayudándole en la operación:

—¡Santo cielo! ¡Vaya vergajo! No te desafores así que te vas. Que te has ido, vaya desperdicio. Pero no importa. Ven al baño y te lavaré. En lo que canta un gallo, volverás a la pelea. Blanquita y, por lo que se ve, primeriza. Esa no me la pierdo yo.

Fueron cuatro los entreactos del baño a la cama y de la cama al baño, y con cada uno, en una oleada de nuevas sensaciones, el padre Fermín moría y renacía, renacía y moría.

—¿Cómo te llamas? —le preguntó, culminado el último intento, a eso de las siete de la noche.

—Salvación.

—Perdición.

—Mira, hijo, no te compliques la vida. A fin de cuentas, no eres más que un hombre de carne y hueso. Empezaste encaramado como un perrito y ya lo haces como un cristiano. ¿De veras que eras virgen? ¿En serio que nunca?

—No.

—Ni antes de enfundarte en la sotana.

—Tampoco.

—¿Es por eso que te persignas cada vez que estás por desabrocharte?

—¿Lo hice?

—Y que lo digas. Al principio me asustaste, pero después pensé que lo hacías por tus creencias.

—Gracias, Salvación. Muchas gracias.

—Por nada, hijo, por nada. También he tenido lo mío. Un estreno. Y tú eres algo especial. Me recuerdas lo que el viento se llevó.

—Pasaba por un momento difícil.

—Claro. Siempre es así. Una mujer hinca la espina y otra se encarga de la hinchazón. ¿Está casada?

—Divorciada.

—¿Te gusta?

—Mucho.

—¿Y tú a ella?

—También.

—Si de algo te sirve un consejo, bájatela con astucia. Demuéstrale la mitad de lo que a mí me has demostrado y la tendrás comiendo de tu mano como a una paloma.

Prepararé algo para contentar el estómago.

—Salvación.

—Sí.

—¿Qué tal si lo hacemos otra vez?

—Primero comerás y después de las diez nos meteremos en la cama. Sólo que esta vez será con sábanas limpias y con otra almohada. La noche es larga y deberás tomarlo con calma. Un hombre, o sirve o no sirve, pero si sirve tiene que ser medio sinvergüenza y medio actor.

—No entiendo.

—Ni falta que te hace por el momento. Ahora a la mesa, que lo otro a su debido tiempo te lo explicaré.

Comieron fiambres acompañados de cerveza, hablaron de todo, y a las nueve y media, impaciente, le preguntó:

—¿Falta mucho para las diez?

—Espérate a que termine con el fregado.

—Estaríamos mejor en la cama.

—Mira que la lluvia es responsable de muchos partos.

—¿Por qué lo dices?

—Aviva los deseos. Ya lo entenderás por ti mismo.

—¿Lista Salvación?

—Sólo un momento más.

—Te estoy esperando.

—Bueno, pues volvamos al jueguito de

la puya y el molinete.

La noche fue delirante y agotadora. El hombre acometía de vuelta a lo mismo, en cada ocasión mejor disciplinado. Afuera, la lluvia coreaba el combate, tecleando sonora sobre el zinc del tejado. El mar deshuesado colaba su olor resinoso por las rendijas, y el viento metía y sacaba de la habitación silbantes serpentinas.

A las cuatro de la mañana, cuando cantaron los gallos, sin amilanarse por la tormenta que ya cedía, en uno de los momentos de tregua se volvió sobre el torso sudoroso de Salvación, diciéndole:

—Esto es la gloria.

—Estoy hecha un asco. Deja que me dé una ducha.

—Quédate.

—¡Santo cielo! Lo tuyo es de miedo. Estoy desencuadernada y conste que no soy mojigata, con decirte que he sido hasta matrona. Necesito descansar.

—Una vez más, si no te molesta.

—Ya le has puesto la tapa al pomo. Con las otras deberás ser más considerado.

—¿Por qué?

—Pues porque las cristianas no son velloneras. Además, a este trote no llegarás muy lejos. El sexo es como un postre fino, demasiado de él en poco tiempo empalaga.

—¿Qué tal me he portado?

—De película, hijo, de película. Seis flechazos en siete horas. Todo un récord, lo puedo jurar.

—¿Me dirás ahora lo que antes no me llegaste a explicar?

—Claro, no faltaba más. A la divorciada trátala con picardía. Se ve que está loca por acostarse contigo. Cuando la tengas no te le encarames como un perrito desesperado. Mortifícala y luego que la sientas enajenada, a lo tuyo, poquito a poco, como si estuvieras tomando buchitos de café carretero. Ya pasó la tormenta y está escampando. Podrás irte en el avión de las seis de la mañana.

—¿Puedo hacer algo por ti?

—Nada.

—¿Necesitas algún dinero?

—Las cosas sentidas no se pagan. Hemos gozado y me doy por satisfecha.

—Gracias. Si te ves en aprietos, me escribes o me llamas.

—Eres buena gente, padre. Dejemos las cosas como están.

—¿Hablas en serio?

—En serio hablo. Y una última advertencia.

—Tu dirás.

—No se te ocurra volver.

—¿Por qué lo dices?

—Porque tú sabrás de la religión, pero yo sé mucho de la vida. Querrás regresar. Te lo pedirá la sangre, pero aunque tengas que caparte, no te atrevas.

—¿Tan mala eres?

—Ni buena ni mala. Sólo que no tiene caso que te enredes conmigo. Desahógate con la otra.

—Eres muy extraña. Me gustaría recompensarte.

—Ya que insistes, podrías hacerme un favor.

—Tu dirás.

—No soy americana y estoy tramitando mis papeles para la ciudadanía. Presenté los documentos y al parecer se han extraviado. ¿Podrías averiguar con inmigración?

—Claro.

Y por esa razón estaba ahora en el ascensor, casi a un tercio del camino de las oficinas de inmigración, ubicadas en el piso dieciséis. La experiencia acaecida tres días atrás, había conmovido profundamente al padre Fermín. A partir de ella, no fue el mismo en el avión y con el aliento de Salvación encaracolado en la sangre. Buscó en los ojos de la azafata las señales de fuego recién descubierta, y ese mismo día, desde la tarde hasta el amanecer, repitió en el hotel lo aprendido con su mentora.

—Eres estupendo —le dijo la joven, mientras acomodaba algunas de sus pertenencias en el maletín de mano.

—¿Lo crees?

—Tanto que me das miedo. Estoy medio muerta y no sé como podré hacer mi turno despierta. Me esperaba un día duro. Vuelo a Montreal. ¿Volveré a verte?

—¿Quién lo sabe?

—Aquí tienes mi tarjeta. ¿Me das la tuya?

—No tengo.

—¿Acaso eres casado?

—No.

—Entiendo. Bueno. Tengo que dejarte. Se hace tarde. Chao. La habitación corre por la aerolínea. Deja la llave en el frente, llévala que no la voy a necesitar.

Cerrada la puerta y mientras se peinaba, se sintió más alto, más fuerte y, al mirarse en el espejo, hasta se imaginó rejuvenecido.

—No estoy mal para mis cuarenta y dos —murmuró, dándose una última ojeada antes de abandonar la habitación.

Viendo que eran las siete de la mañana, bajó al lobby y apretó el paso para tomar el taxi que dejaba una pareja en la entrada. Pensó que podría estar a tiempo para darse una ducha, desayunar y decir la segunda misa de la mañana. Toda su urgencia estaba resumida en la necesidad de ver a la joven divorciada. Aún cuando ni siquiera podía nombrarla. Veía en ella una mejor oportunidad que las dos anteriores. A la vez, en su corazón notaba un latido diferente, bien ajeno al de sus genitales. ¿La amaba acaso? ¿Y qué era el amor? ¿Tenían que ver su nerviosismo, su impaciencia y su exultante brío con esa nueva necesidad?

Sabía del amor al prójimo, que es un amor que tolera y otorga; conocía el amor a Dios, que es un amor que resigna y eleva; también sabía del amor a la belleza, dilatado a la vez que preciso como la imagen de un arroyuelo sereno. Pero de esta modalidad erótica de carne y hueso con raíces y luces de colores, estallido de sangre y de resinas, volcán de fuego y cenizas, con una orilla sísmica y la otra de seda, poco o nada sabía el padre Fermín.

Al entrar por la puerta de la sacristía, lo recibió la sonrisa bonachona del padre Tomás.

—Buenos días, padre Fermín. ¿Fue brava la tormenta?

—Y que lo digan.

—Oímos el noticiero antes de anoche y nos tenía preocupados. ¿Llegó a tiempo para cumplir su encomienda?

—Sí.

—Gracias a Dios. Noto ajado su rostro.

Y la cosa no es para menos. A mí el dormir fuera de mi cama me descuadra. Si está cansado puedo sustituirle en la misa.

—Se lo agradezco. Pero estaré listo para la de las ocho.

—Muy bien.

Dijo la misa, y por primera vez sus palabras andaban por un rumbo y sus imágenes por otro. Las flores del altar olían a salvia y a albahaca, cabello y piel de la Santomeña, cuando en realidad eran begonias y claveles. Las letanías y las respuestas de los fieles zumbaban en sus oídos, como el jadeante mosconeo de la respiración de Salvación, y sin poderlo evitar confundía el ay dulzón de la azafata con el amén del ritual. La pudo ver, arrodillada en la segunda fila, y por unos segundos se atrevió a sostener la mirada para anticiparle algunas señales de lo que buscaba.

Bajó al confesionario, impaciente por recoger el aliento de la joven a través del sedoso panel de madera. La beata que se interpuso, decía y decía, sin que tuviera oídos para ella.

—Rece veinte padre nuestros y doce credos.

—Si aún no he terminado, padre Fermín.

—No importa. Dios será misericordioso.

—Es que si los pecados no son dichos, no

podrán ser perdonados.

—Doctrina anacrónica. Dios es la anticipación del pensamiento y la misma posibilidad de pensar.

—Será cosa de la nueva reforma. Pero bien sabe usted que yo no comparto el modernismo religioso. Confesión, penitencia y absolución. Uno, dos y tres.

—Bueno. Bueno, de acuerdo. Diga usted.

—Ayer en la noche me sentí homicida.

—¿Atentó contra el prójimo?

—No precisamente; pero quise matar al gato de mi vecina, Tomasa.

—Olvídelo.

—El condenado maullaba y maullaba, estirando mi insomnio a lo largo de la madrugada. Traté de ahuyentarlo, pero vaya caso que me hacía. Como último recurso me fui a la nevera, saqué un pedazo de carne y lo unté de veneno.

—Eso no es pecado.

—¿Acaso no son los animales criaturas del Señor?

—Y también las lechugas, los guisantes y los claveles. Haga lo que le ordené.

—Bueno, pero permítame decirle que luce usted muy raro. Si aprecia un consejo le diré que necesita descansar.

—Gracias. Vaya con Dios.

La olió, con sus fosas nasales aleteando como mariposas en un jardín inflamado. Era su fragancia inconfundible, y bien que podría rastrearla desde el lucero más lejano. La condenada criba del confesionario sólo le permitía notar pedazos del rostro, acá un círculo de mejilla, arriba otro de la frente, a la altura de los suyos ambos iris fosforescentes, y más abajo el labio húmedo, temblando con el susurro de la voz.

—Padre Fermín.

—¿Cómo te llamas?

—Luz Divina.

—Sí que es divina en ti la luz.

—No le oigo.

—Quiero hablarte.

—¿Dónde?

—En tu casa, a las tres.

—Estará mi madre.

—Hazle una encomienda. Mándala a la tienda, al supermercado, o a cualquier parte.

—Quería decirle.

—Me lo dirás luego.

El resto de la misa le pareció encantada. Hasta la voz de luz Divina estaba cortada por aquel perfume que humillaba al de los jazmines. Dominando al del incienso y al de la promiscuidad dilatada por el aire acondicionado, le hacía cosquillas en el olfato y gorgoritos en el alma. Altar, bancos, púlpito, imágenes, lámparas y vitrales perdían relevancia, anegados por su dicha. Los mismos fieles se alquimizaban en ondas irreales. Los veía y oía, apenas insinuados en el torrente de luz que le estregaba los sentidos y las entrañas.

Sólo ella, dominándolo todo, llenaba el ámbito con su presencia, accesible a la vez que lejana. Sin proponérselo, y sin conciencia de la desviación en que incurría, un panteísmo, de flores y raíces sensuales resumía en la divinidad de la joven, el pulso y la realización del universo. Desde el púlpito habló con elocuencia, sobre el amor y las alegrías cristianas de la vida. De su boca las palabras fluían en remansos y se precipitaban en torrentes orquestados. Predicando, le hablaba y le hablaba, mientras que la feligresía femenina, embrujada por el sortilegio, se dejaba llevar por la verborrea rítmica, consciente de la inspiración, pero ajena al motivo que la incitaba.

—Es un santo —decía la solterona Soledad.

—Su mejor sermón.

—Habla con los ángeles.

—Le hace a una olvidar los pecados.

—Llegará a obispo.

Y juicios por el estilo recogían los oídos de los fieles a la salida. Ni el propio padre

Fermín lo sabía, pero aquella fue la última de sus homilías.

A las tres llegaba a la casa de Luz Divina, con la impaciencia de un recental. No tuvo que tocar porque ella entreabrió la puerta cuando oyó sus pisadas en el portal. Se detuvo para acompasar la respiración, consciente de que su corazón, fuera de paso, trotaba alocado, sofocando su aliento.

—Pase.

—Necesito tomar un resuello.

—Siéntese.

—Antes deja que te mire. Eres muy bella, Luz Divina, muy bella.

—Gracias.

Tan bella, pensaba para sus adentros, que nada tenía que envidiarle a las vírgenes de Murillo, y en lo tocante a trascendencia espiritual, bien que podía tratar de tú a tú, los milagros de Fray Angélico.

—Estoy emocionada.

—También yo. Soy hombre de palabra fácil y sin embargo en estos momentos ni siquiera atino a concluir que dos y dos hacen cuatro.

—Me basta con dos.

—Luz Divina.

—Sí.

—Comenzaré por decirte que no soy el que imaginas.

—¿Y quién no?

—No me refiero a la contradicción que siempre existe entre lo que se representa y lo que se es. Se trata de algo más profundo. Hasta hace uno días profesaba con vehemencia. Dudas ocasionales no faltaron, como tampoco momentos de perplejidad, pero ni unas ni otros me desviaron de mi camino. Sin embargo, han sucedido cosas y he pasado por experiencias irreconciliables con mi profesión de fe.

—Es la fatiga del que lucha contra los molinos de viento.

—Ojalá que mi enfermedad fuera la de Don Quijote. Loco estaría más cuerdo que los millones de hombres y de mujeres respetables que no se atreven a poner en entredicho su cordura. Se atienen a una línea aséptica de existencia, empeñados en guardar a todo trance la compostura.

—La hipocresía es tan vieja como el hombre.

—Como el demonio querrás decir. El es padrino y beneficiario de la gazmoñería. Porque si el hombre es criatura de un Dios directo, la malignidad no debiera ser parte de su naturaleza. Bastará con que se exprese con sinceridad para que su acción tenga resonancia en la última de las estrellas.

—El eterno dilema de malos y buenos.

Buenos y malos. Oyó las dos palabras y las conclusiones de su última vigilia lo volvieron a sacudir como un epítome explosivo. Un mundo de buenos sin malos, sería tan anodino como un bostezo. Un mundo de maldad cerrada, equivaldría a un naufragio masivo. El pecado le es tan necesario a la virtud como ésta tiene menester de aquél. La antítesis conceptual de una y otra es un resabio de la ética literaria. Porque una ética de carne y hueso debe entender a derechas que sin resistencia no hay acometida, y que sin acidez es vacía la dulzura. Por un lado la dogmática cristiana asimiló la vieja tesis de los contrarios, dándole sabor terreno. Pero por el otro cayó en la tentación de establecer un dominio demoníaco y otro seráfico. Los definió conceptualmente, como dos dimensiones puras, inmunizadas entre sí por realización. Al hoyo o al poyo, acorde con la actuación terrenal, sin entender que un demonio, sin debilidades hacia el bien, es tan inútil como una divinidad que no trastabilla.

El cristianismo, horrorizado por la proliferación de las divinidades, desestimó el sentido antropológico de la mitología griega, con sus dioses compasivos a la vez que crueles. Si el hombre venía programado le sobraba la personalidad; pero si por el contrario advenía dispuesto y no predispuesto, en la posibilidad de hacer elecciones estaba su destino.

Tampoco estaba muy en claro, que digamos, la anterior posibilidad, considerando que no era lo mismo asar sobre el humo que sobre el granito. En los pueblos condenados por la postergación tecnológica, y por la inercia mística, el hambre golpeando en pleno estómago suprimía la realización de los sentidos. De modo que un hecho tan viejo como el de la injusticia geográfica obstruía en pleno siglo veinte el ritmo de la expansión humana. Los miles de millones de hombres infartados por la pobreza y sumisos por la ignorancia, eran tan hijos de Dios como los millones de hombres corrompidos por la abundancia y endiosados por las sonajas musicales de una ética de mandarines.

Con la escatología de los planos puros, el mundo no atinaba a salir de su marasmo. El epitafio de salvado Fulano y condenado Mengano, en otra dimensión desencarnada y sin fatigas, ratificaba el status quo terrenal. En lugar de relegar la bienandanza más allá de la verificación, era preciso actualizarla ahora y aquí. Lejos de ver en la resignación el camino para dejar hacer a la injusticia de la depauperación física y espiritual, se requería redefinirla como una debilidad aliada del pecado. Y a la indiferencia y al auto contento y al dejar hacer y al jingoísmo estúpido y a los malabarismos de la diplomacia, lisa y llanamente los llamaría cobardía.

Así como en la creación todo es concurrente, de igual modo la civilización, la cultura y la bienandanza de un momento no debieran ser convertidas en asunto de mera historia y geografía. El mundo pedía a gritos un humanismo directo, libre de las ínfulas del mesianismo y de la politiquería. Nada de mendrugos, porque el prójimo no es una mascota echada bajo la mesa en que te hartas, sino tu mismo hermano. Dar para salvar y no para acallar remordimientos, y mucho menos, para sojuzgar. Entender los males abismales de las áreas crónicas y atacarlos de frente y de consuno, para que la miseria pese menos y el optimismo logre más. El individualismo antropológico y el nacionalismo delirante afean y asfixian el mundo, sin añadirle el milagro de una corola. La idea de hombres y familias privilegiadas, y la de naciones dominantes cerrados en sus estómagos y en sus conveniencias de política y mercado, es tan letal como el curare.

De bueno tenía el Cristianismo su aspiración universal, y de malo su desgano cotidiano. Postuló la tarea de un mundo pleno, y se quedó corto en su metodología. Salvar al hermano para salvarte es acción bien diferente a la de salvarle para que el mundo quede a salvo. Sin redención global no hay salvación asegurada a la altura en que nos encontramos.

Los llamados superpoderes tecnológicos, con todas sus armas y logros, no le atinaban al destino. No se trataba ya de conquistar, sino de zafarse de las mil y una monstruosas alucinaciones que deliran en vivo sobre el caleidoscopio de la misma pesadilla. Humildad, mente abierta y conciencia lúcida de la mortalidad. Fuera el orgullo aliado con la jactancia, la estrechez hermana de la ceguera, y la soberbia que pretende escamotear las realidades de un universo donde todo es tangencial y nada definitivo.

¿Cumplía la Iglesia su cometido? La tierra no le pertenece al hombre más allá de la pisada. En arena, fango, césped, alfombra o cemento, la huella queda restañada cuando aún late en ella la onda tibia del pie. Mío y tuyo son monosílabas sin sentido cuando pretendemos entenderlos a perpetuidad. Las mismas tablas de Moisés tenían que ser redefinidas en el lenguaje de los tiempos. ¡No te hartes con el hambre ajena! ¡Una es la gran familia humana!

Los recursos, las alegrías y los dolores del mundo tienen que ser prorrateados, suprimiendo el estigma de víctimas y verdugos. Eugenesia y planificación familiar para evitar parias y tarados. Prepárate para tu cuota de servicio, y lima tus uñas y colmillos para resistir la enfermedad del provecho. Desconfía de las estadísticas de crecimiento y mercadeo y de la tremenda estafa humana. Erradicar de raíz el sofisma de cantidad igual a calidad y el de supremacía militar igual a grandeza ética. Educar no por el miedo de quedar a la zaga, sino para desarmar la fauna de aprovechados y gandíos. Prensa evangelizante y misionera, y no de sabandijas y buitres con entrañas de vinagre y vitriolo. Religión para la unidad humana y no de legalidad convencional. Admitir el hecho de que el alcohol es tan abominable como la droga, pese a su fachada de respetabilidad.

—Estás en otra parte.

—Perdóname. Solamente pensaba.

—¿En quién?

—Cosas. Dime.

—¿Qué?

—¿Te casarías conmigo?

—Eres un sacerdote.

—En caso de que dejara de serlo.

—Te amo.

—¿Contesta eso mi pregunta?

—Por completo.

Cogiéndola de las manos le dijo:

—Dame unos días. Veré lo que hago.

Mirándola a los ojos continuó:

—Tienes chispas en ellos. Podrían servirle de brújula a un extraviado. Norte, sur, oeste. ¿Qué más da? Siempre apuntarían al norte. Eres absorbente y excepcional.

—¿De veras que así me ves?

—¿Acaso podría mentirte?

—No lo sé,

El mismo aliento que antes le estremeció en el confesionario, le llegaba directo y rítmico, acompasado por la ondulación del pecho en pleno. Le vino a la mente la imagen de Salvación halándole hacia el pozo de la dicha sin fondo, y acariciándole el brazo estuvo a punto de ceder al embrujo.

Dispuesto estaba. El alazán pedía pista para su carrera en pos de blancas estrellas. La respiración ya no era de uno, dos, sino de tres en uno. Ella le acercó la boca y él frenó la búsqueda con la palma de su mano.

—No. Aún no es el momento.

—Si estamos solos.

—Para el amor verdadero jamás se está a solas. Mañana te llamaré.

—¿Por qué no esta noche?

El padre Fermín no dijo más, sin notar al marcharse como los labios volvieron de su fase de breva a la de capullo, absorto como se hallaba en las extrañas reverberaciones jaspeadas de la mirada de Luz Divina.

La llamó, explicándole que necesitaba unos días para aclarar sus ideas. Hablaría con el obispo y una vez ordenados ciertos asuntos, resolvería. Porque a fin de cuentas, la Iglesia, a semejanza de los ministros del gobierno, también se ahogaba en el aluvión del papeleo.

—¡Padre!

—Sí.

—Ahora sí que me ahogo.

—Piense en cosas agradables. Recuerde el caso del preso que con la imaginación recorría cielos y caminos.

—Pero él por lo menos tenía su ventana y esto es peor que una bartolina.

—Tenga calma. Ensaye a pensar en momentos placenteros.

—Ya me comí las patitas de cerdo y cobré por el día.

—¿Qué dice?

—Nada. Simplemente pensaba en voz baja; a veces susurro para darme ánimo.

En efecto, los pensamientos rebuscaron en la redoma de sal y vinagre de su vida. Se decidió por el magisterio para escudarse de los golpes de la pobreza. El hambre que pasó en su infancia y durante la juventud tenía mano pesada y huesos duros. Allá, en el pueblecito semiurbano, hasta donde recordaba, las cosas iban de mal en peor. Apenas una docena de familias, viviendo con cierto desahogo, el resto aguantando las pedradas de la miseria al descampado.

El padre, que se desempeñaba como peón de albañil, le pegaba a su madre a cal y canto. Al comienzo, siempre en la madrugada de los viernes, al regresar del bar de Cosme, hecho una cuba. La infeliz, graduada en el dolor, apenas gemía, mientras que unas veces a mano pelada y otras con la correa, el energúmeno descargaba contra ella su ira de cáscara violácea y pulpa irreal porque era un desahogo sin motivos.

—Anda, toma para que llores desvergonzada.

—Por lo que más quieras, no me pegues más.

—Esto es lo que más quiero. Renacuaja.

—Por tu madre.

—Yo no tuve madre. Esta vez te desollaré.

—Si no hice nada.

—Pues por lo que no hiciste.

—Vas a despertar a los niños.

—Que se atrevan a asomar la nariz y verás que también los despabilo. Grita, degenerada.

—¡Llora perra! ¡Ladra antes de que te limpie el pico!

Hasta que la infeliz, sin poder más quitando la barra del portón, echaba a correr por los traspatios de los vecinos.

Con el tiempo, y a medida que se hundía más en la dipsomanía, el tratamiento llegó a repetirse en cualquiera de los días de la semana. Cuando despertaba, pasada ya la media mañana, metía la cabeza en una tina de agua fría, y a tientas buscaba la toalla colgada en la tendedera del patio. La mata de pelo negra chorreaba sobre la nuca y la frente estrecha y los pómulos botos, y al secarse, sus ojos achinados rebotaban contra la hucha del sol como dos centavos de níquel.

—Perdona, vieja —le decía. Fue la maldita bebida. Cuando me aparezca así, coge el hacha y móchame la cabeza.

—No tiene caso. Llénate de coraje y deja la botella.

—Es que los tiempos están de película. Pujo que te pujo y en total para nada. Vivimos como animales.

—Dios proveerá.

Ella hacía lo indecible para ayudar la esperanza de ayuda celestial, lavando tongas de ropa en la batea que luego planchaba sobre la tabla enguatada. A su lado la hornilla de carbón, montada sobre una lata de gas vacía, con las seis planchas de lomo negro, todas de panzas abajo.

Con sus tres hermanos, caminaba más de un kilómetro para asistir a la escuela pública. Su maestra, Virginia, pertenecía a la clase desahogada del pueblo; alta, solterona, afable y a la vez enérgica, vivía consagrada a su ocupación. Pero por más que hiciera en el aula para modelarles el carácter y ensancharles el espíritu, la calle y el infierno de la casa escamoteaban sus logros.

¿De qué servía que les hablara de la necesidad de que cada uno bebiera en su propio vaso, si en la casa no había más que dos jarritas de aluminio abolladas? ¿O de la conveniencia de respirar aire sano cuando eran cinco los que dormían en una habitación? ¿Qué sentido tenía predicar la bondad y la ternura, sabiendo como sabía de los desmanes paternos?

En el aula, a Virginia la asistía toda la razón del mundo; pero allí terminaba el asunto, porque afuera nada tenía consecuencia moral ni sentido.

A los catorce años, en el confesionario, el padre Hermenegildo le preguntó:

—¿Tú haces cosas feas?

—¿Cómo cuáles?

—Por ejemplo, masturbarte...

—Y eso ¿qué es?

—Mañana, lunes, a la una cuando salgas de la escuela, pasa por la sacristía y te lo explicaré.

De los manoseos que duraron un buen tiempo, tuvieron por escenario la sacristía; a los quince entró en experiencias más definitivas.

—Lástima que seas menor de edad —le dijo el padre Hermenegildo la última vez que le vio.

—¿Y qué tiene que ver si soy menor de edad?

—Prejuicios, estupideces, hija mía. Toma por lo de hoy.

—Usted se ha equivocado padre, me ha dado una peseta en vez de un real.

—Es por la despedida.

Tres días después, al padre Hermenegildo lo repatriaron para España, a una iglesia de aldea, decían que por sus tejemanejes con la mujer de Zacarías, el médico.

¿Qué otra cosa podía esperarse teniendo el galeno ochenta años y ella veintitrés? Máxime cuando el padre Hermenegildo a sus treinta y ocho era todo un ejemplar de feria, merecedor de diploma y medallas a tutiplén. Sí que era un villanazo el buen pastor. El gran salto, o el gran sismo, lo experimentó en compañía de Blas Ferrero, el hijo de Iñigues el vizcaíno de la bodega y sobrino de Virginia.

Trotamundo crónico, expulsado de dos colegios de la capital y de un internado militar, recaló en el pueblo, con más mundología que grados. El padre cansado de los ensayos y viendo que su hijo jamás llegaría ni siquiera a rábula, lo puso al frente de la finca, que poseía a unos quince kilómetros del lugar. Pero aún así el calavera se las arreglaba para pasar más tiempo en el pueblo que en la heredad.

Lo pequeño del sitio, y la circunstancia de que con excepción del hospital situado en las afueras, la escuela, las tiendas, las bodegas, la casa de socorro y las dependencias gubernamentales, estuvieran ubicadas a lo largo de la única calle principal, hacía forzoso el encuentro entre las mismas personas.

Muchas veces, regresando a su casa desde el colegio, al pasar por la bodega del vizcaíno, sintió que los ojos de Blas, la recorrían de cuerpo entero. Eran miradas incitantes y extrañas, que de frente la desnudaban y de espalda la seguían como dos paralelas ígneas.

Ella, que no era ninguna mosquita muerta, aunque con cierto recelo, hacía lo indecible por provocarlas. Fuera con un mirar de pespunte, o mediante una risita nerviosa, o usando a escondidas los zapatos de tacones altos de su tía Margarita, o renunciando al uso del ajustador para que sus senos dijeran sin cortapisas, según le explicó varias veces el padre Hermenegildo, no perdía ocasión para alentar la codicia del pretendiente.

Le gustaban por monos, su bigotico requete atusado, sus ojos negros, sus cejas espesas, y las patillas de poeta que se gastaba. También su colonia, que en el sahumerio de la brisa del mediodía viajaba a lo ancho y a lo largo de la calle hasta muy lejos. Para no desmerecer lo anterior, las ropas que vestía eran diferentes a las que allí se estilaban. Donde los pantalones de caqui, las camisas de lona y los zapatos de corte alto al estilo militar, igualaban a la masa de burócratas y obreros, sus botines acharolados, de tacón alto, los pantalones de franela con su impecable caída y las camisas de seda, ponían una nota de dandismo e impecable colorido.

Una de las tantas tardes cuando jóvenes, niños y viejos acudieron en tropel a curiosear en las novedades del circo de tres palos, con la premonición de lo inevitable, moderó el paso al acercarse a la bodega. No le veía, y sin embargo su presencia literalmente la olía en el pañuelo de la calle empolvada.

Hasta el negocio parecía cerrado y la desnudez de la esquina no estaba velada por los parroquianos usuales, ni por la ciega pordiosera, ni por el tuerto que día a día casi se integraba a las columnas del portal, voceando billetes de la lotería. La del sitio era una desnudez solitaria, como la del cementerio contiguo al leprosario.

Moderando el paso, se acercó, cosquilleándole los senos incipientes y serosos. Sentía la humedad en ellos, y el deseo de reanudar el juego al que la había acostumbrado el padre Hermenegildo. Si de algo se dolía era del hecho de que fueran dos chiringas y no dos cometas inflamados.

Los de su tía eran enormes y sarmentosos como los mangles que en una ocasión vio en el litoral; los de su madre, caídos y asténicos, tampoco eran un paradigma. Sin embargo, los de Virginia, precisos y pujantes, cada uno con su rosetón de un medio peso, color de mora y el pezón de chinata encarnada, sí que los envidiaba.

En más de una ocasión, durante el recreo, encaramada con Lolita, su amiga, sobre el techo del baño reservado para la maestra, vieron atisbando por las rendijas el torso desnudo y las yemas de los dedos frotando con avidez sobre los senos. Los movimientos suaves al comienzo, iban arreciando y alcanzaban su clímax contra el horcón de madera que apuntalaba el soportal. De espaldas, suspiraba frenética, hasta que con un ay trastabillante y rumoroso, caía en un estado de absoluta inmovilidad.

Sin verle el rostro, podía jurar, que los ojos los mantenía cerrados, y que las manos estaban ya abatidas, más abajo de la cintura, sosteniendo un extraño objeto que le pareció un cañón. ¿Llevaba o no pantalones?

—¡Pss! ¡Pss!

Escuchó el seseo del reclamo que provenía de la puerta del fondo de la bodega.

—¡Oye!

Vio el rostro moreno y la boca que le recordó a la del cuento de Caperucita y paró en seco.

—Quiero decirte una cosa.

—¿A mí?

—Sí, acércate, no tengas miedo, que no te voy a comer.

—No tengo miedo.

—Mejor. Entonces ven.

—Ahí no entro.

—¿Quién te pide que entres? Sólo quiero conversar contigo. Anda y no seas chiquilla.

—Pues para que lo sepa, soy una mujer.

—Ya lo sé. Me lo dijo el padre Hermenegildo.

De repente el cielo y la tierra, vueltos piedras y dientes, golpearon y mordieron en su cabeza. ¿Cuánto sabía? Saberlo era lo de menos; pero si le iba con el cuento a su padre, no le quedaría piel sobre las nalgas para resistir una sentada.

—¿Qué le chismeó el padre? —balbuceó.

—Todo. Pero despreocúpate. Soy un hombre y nadie jamás lo sabrá por mi boca.

—¿Lo jura?

—Por los santos actuales y por los venideros.

—No cruce los dedos detrás de la espalda.

—No los estoy cruzando.

—¿Qué es lo que tiene que decirme?

—Que eres muy bonita, y que mi única intención es la de ayudarte. Quiero ser tu amigo. ¿Amigos? Chócala. Vaya manos monas que tienes, lástima que no te las cuides. Desde hoy nos ocuparemos de embellecerlas. Te compraré tijeras y esmaltes y tu serás la más sorprendida con el cambio. ¿Amigos?

—Bueno.

—Entonces entra.

—No.

—Déjate de ñoñerías. Estaremos solos. El vizcaíno se fue con su negra al circo. Si cooperas terminaremos antes de que regrese.

—¿Terminar qué?

—Entra por las buenas y nos entenderemos en paz. No te hagas la mosquita muerta.

—¿Por qué cierra la puerta?

—Porque para el caso no necesitaremos compañía.

Con ambas manos la acercó a su cuerpo y luego la abrazó suavemente.

—Así estaremos mejor. Las distancias son malas para el amor. Primero repasaremos lo que te enseñó el padre. Dime ¿te besó así en los ojos?, ¿no o sí? y más. ¿Y te sopló en las orejas?

—Como un fuelle.

—Apuesto a que te hacía quitarte la blusa.

—Cuando no tenía catarro.

—Pues tampoco ahora lo tienes. Quítatela. Eso es. También la sayuela. Quédate calzada para que no pesques un resfrío.

—Me molestan los tacones.

—Al diablo con ellos.

La levantó como si se tratara de una pluma, acomodándola sobre los sacos de una estiba de azúcar. Unos minutos después, repetido minuciosamente el ritual del padre Hermenegildo, y ya casi en el penúltimo peldaño de la desesperación le dijo:

—Mereces algo mejor; ahora verás de lo que te perdías.

Y en plena oscuridad del cuarto mal oliente, cuyas rendijas estaban tapiadas para evitar la boca ácida del viento y de la lluvia, en el transcurso de aquella absorbente media hora y después, experimentó dos encandilamientos de los que salió relajada y diferente.

—¿Ves como no te lastimé? ¿Te das cuenta? ¿Sentiste algún dolor?

Lo que no le dijo al paniaguado fue que en realidad la primicia le correspondió al anular de pelotari de su primer anfitrión. Y fue tremendo el susto que pasó al notar entonces manchas de sangre en la sayuela.

El jueguito llegó a convertirse en rutinario. Se veían en el almacén que el padre de Blas tenía junto al río, o en casa de Josefa la costurera. Al principio llamó su atención el hecho de que al entrar, una vez cerrada la puerta, en la mano extendida de Josefa caían unos billetes, que ella automáticamente guardaba en el corpiño.

—Los tiempos están de madre —la oyó decirle una vez.

—¿Está bien así? —le respondió, sacando del bolsillo dos billetes más.

—No eres tan espléndido que digamos. Mi atención vale oro.

—Querrás decir que no soy tonto. Lo tomas o lo dejas.

—Sólo por esta vez.

—Juega. Pero clávate en la chola, que en boca cerrada no entran moscas.

—Sé de lo que es capaz la gente como tú, y créeme que prefiero morir de vieja en mi corral.

No volvieron al lugar. Luego la osadía de

Blas llegó al punto de pensar en la propia casa para algunos de sus desahogos. Todo marchó a pedir de boca, porque los viernes, invariablemente, los padres, con su hermana y la tía, iban a la finca desde bien temprano a pasar el fin de semana. Hasta que un error de cálculo los puso en evidencia. Un domingo, a las once de la mañana, Virginia entró inesperadamente en la habitación de la servidumbre.

—Degenerado —le gritó a secas.

—Pero tía, creí que estabas en la finca.

—No tienes respeto ni para tu propia casa. Se lo diré a tu padre.

—No quisiera interferir en tu decisión. Pero antes acuérdate de poner en orden tus asuntos.

—¿A qué te refieres?

—Sin comentarios. Sin comentarios, tía.

Blas volvió a lo suyo como si nada, y ella, sin entender ni pizca, continuó correspondiéndole en la rutina.

El lunes siguiente, terminada la clase, Virginia, con una desbordada dulzura en los ojos, se le acercó, ofreciéndole un caramelo.

—Usted dice que son malos para los dientes.

—En exceso, pero uno no te hará daño. Anda, tómalo y lleva algunos para tus hermanos.

—Gracias.

—Mañana será día de fiesta y quiero aprovechar para ordenar los libros en el escaparate. Necesitaré de tu ayuda. Además de agradecértelo te regalaré medio peso.

—¿Medio peso dice?

—¿Te parece poco?

—Si es mucho dinero.

—¿Entonces vendrás?

—Sí. Estaré temprano.

—Mejor déjalo para las dos y así tendrás tiempo para lavarte bien la cabeza. Todos estarán en las peleas de gallos y nadie nos molestará.

Decía el sol la hora convenida en las sombras verticales de los árboles cuando, dominada por la idea de los cincuenta centavos, ganó el portal de la escuela. La puerta parecía cerrada, pero la voz de Virginia desvirtuó la suposición.

—Pasa. Está abierta. La dejé así para que no nos importunen. Ponle el pestillo. Abriré las ventanas del fondo y tendremos frescura y luz. Estás muy hermosa. ¿Te lavaste la cabeza?

—Sí.

—También yo, y aún no me he recogido el cabello. Veamos si lo hiciste bien.

Pronto el pelo suelto de la maestra le cayó sobre la nuca y las mejillas, envolviéndo-

la en una onda de perfume tenue y embria-
gador.

—¡Um! Huele rico.

—He usado jabón de castilla.

—Deja que aspire otra vez. ¡Delicioso!
Eres una muñeca. Ahora veamos las orejas.
Limpias.

El desahogo del aliento dentro de la oreja
le producía un hormigueo parecido al que
en las mismas circunstancias sentía con
Blas, y los besos sobre la nuca amplios y
suaves, le escocieron en las entrañas.

—Estáte quietecita y déjame enseñarte
los verdaderos caminos de la luna y el sol.
Tranquilita que nada te pasará. ¿Ves como
no te lastimo? ¿Lo ves? Mis mordiditas son
suaves y no bestiales; porque yo sólo pienso
en tu placer.

Ahora, levantándole la blusa, le acariciaba, a lo largo y a lo ancho de la espalda, en
sitios que no alcanzaba a puntualizar, como
si la recorrieran al unísono cuatro manos.

—Tus ojos son deliciosos, son el horno
de tu alma. Besitos para cerrártelos. Y más
besitos. ¿Te das cuenta de la diferencia? ¿La
notas? Anda, dime que sí.

—Eso no me lo había hecho Blas, ni…

—¿Ni quién? Dímelo, tesoro. ¿Sabes que
desde hoy podrás confiar en mí? ¿Has sido
de otros?

—De nadie.

—Me alegro de que lo reconozcas. Dices verdad. Ningún hombre, con todas sus ínfulas, podría hacerte sentir lo que yo, anda, pimpollito. Sube sobre la mesa. Está limpia. Acabo de pasarle un paño. Será el altar para consagrarte a los dioses primaverales.

Los besos prendían en su carne como alfileres. Sin dar tiempo a que se le secaran en la piel, Virginia andaba el camino, y lo reandaba, con la boca y con las manos, con un ritmo de febril multiplicación. La tenía en cueros, e inclinada sobre el cuerpo tembloroso, lo sobaba y requetesobaba con los dedos, simultaneando la tarea con la boca, cuyo aliento la humedecía a la vez que la quemaba.

—¡Ay!

—Si no te he lastimado, tesoro. ¿Lo he hecho, ricura? ¿De qué te quejas? Todavía no, pero algún día entenderás que el placer también duele.

—Es que la tabla está muy dura.

—Perdón, ángel. Soy una desconsiderada. Debí pensar en tus comodidades. El sacerdote oficia sobre alfombras, encajes y satín. Toma este cojín y póntelo bajo la cabeza. También tengo una almohada en el escaparate. En su momento nos servirá. Ricura, bombón, tesoro, ninfa. Cuán feliz me haría proporcionarte el estreno. Vienes a mí como plato de segunda mesa, pero que más da. No es tu culpa. Los hombres son unos canallas. Sólo yo soy capaz de entender tu caída.

Sin las gafas, los ojos azules de Virginia gateaban sobre la piel erizada, buscando con tacto y diligencia el vértice de la definición. Jadeante, su sudor se reabsorbía en el del otro cuerpo, mientras mordisqueaba en la cara interior de los dos muslos relajados.

—¡Ay, señorita!

—¿Qué te pasa, muñequita?

—Me siento muy rara.

—Es sólo el comienzo. No te asustes. Desespérate sin esforzarse contra mí.

—No entiendo.

—Ni falta que te hace. Piensa en el bosque, en los pájaros y en la aurora y déjame hacer. Ahora dime.

—¿Qué?

—¿Estás gozando?

—No lo sé.

—Claro, el placer verdadero es indescriptible. Nos sume y nos subyuga. Poco a poco te vas acercando al punto en que te sentirás dueña del mundo y de sus tesoros. Necios quienes lo buscan por otros senderos. El cuerpo, y sólo el cuerpo, es su cuna y su destino. Pero para que brote y se reintegre

171

es preciso que alguien nos sacuda. Seré tu catalítico y tú mi clarín.

—¿Qué?

—Nada, ángel, nada. Olvida lo que digo y sigue en tu babia placentaria. Con tal de que ahora me ayudes, suprimiremos la otra realidad y andaremos la nuestra entre lirios y zorzales.

—¿Cómo quiere que la ayude?

—Es tu turno. Aprieta. Apriétalos con fuerza. ¿Los sientes suaves y tibios? ¿Verdad que son hermosos?

—Sí.

—Apriétalos más, sin miedo. Sé despiadada. Arráncalos de raíz.

—Me da susto.

Sin la blusa, ni el sostén, las mamas, apretadas en las manos, enrojecían como pájaros sofocados.

—Ahora, muérdelos, primero suavemente. Mi angelito lesbiano, mi ninfa seráfica, así, así, mi princesa. Yo te he liberado del conjuro y a la vez me siento hechizada por tu sortilegio. Un poco más que casi estoy por terminar.

En efecto, muy pronto una languidez se adueñó del cuerpo, de las manos, y del pecho de Virginia, que por unos instantes se mantuvo trémula junto al de la discípula estremecida. En el pequeño intervalo de lasi-

172

tud, la paz como una esponja reabsorbió la humedad de sus manos y la calentura líquida de sus ojos.

—Piensa —le dijo, besándola en los ojos— disfruta de lo que acabas de hacer por mí, en lo que voy por tu milagro.

En la transparencia de los ojos creyó ver millones de mariposas de colores. La siguió con la mirada, en el trayecto de la mesa al escaparate, sin entender a derechas lo que buscaba. La vio acercarse con la almohada y con una bolsa de raso, de la cual sacó un pomo y un objeto extraño que parecía un cañón, y muy parecido al que la maestra sostenía al final de aquellos extraños rituales que ella y Loli atisbaban desde el techo.

—La almohada póntela bajo las nalgas.

—Y eso ¿para qué?

Sintió la vaselina diluirse tibia en la puerta de sus entrañas y el desasosiego la hizo incorporarse.

—¿Qué es esa cosa? —insistió balbuceante.

—Tu machito, amor. Tu cascanueces. Hecho a tu gusto y medida, mejor que el de Blas y requetemejor que el de cuarenta Blases en mancuerna. Anda y acuéstate antes que se te pase la fiebre.

—Tengo miedo.

—Obedece. No seas pazguata y obedece.

Es preciso que aprovechemos la cresta del oleaje. Si vieras el mío te morirías del susto. Este es de principiante. Déjate de melindres y míralo.

El bálano de goma le recordó en algo al de Blas, pero las dos bolas sustanciaron la pesadilla del cañón, y en cueros, agarrando como pudo las ropas que estaban sobre el pupitre, rompió a correr hacia el traspatio.

—Regresa —la oyó decir—. Hazlo o tendré que castigarte.

—Los fósforos para su escopeta, ni por todo el oro del mundo —dijo, adentrándose en el matorral donde, como salido de la misma tierra apareció Blas.

—Ni que hubieras visto al demonio. Tranquilízate. Echate en el pajón y terminaremos lo que ella empezó.

—Te marchas o canto —le dijo a la tía, aquella misma noche.

—Deja que te explique. No es lo que imaginas.

—Te lo advertí. Podrás hacer lo que te venga en gana, menos pervertir a una inocente.

—¿Inocente dices? Es una meretriz en ciernes.

—Es más mujer que tú porque lo hace con un macho y no con otra mujer.

—Te prometo no molestarla.

—Perro huevero es perro huevero. No hay peros que valgan. Mañana recoge tus bártulos y te largas.

—¿Y qué le diré a mi hermana y a tu padre?

—Excusas no te faltarán, que para eso eres una cerebral. La cátedra que te consiguió el tío Arcilio te vendrá de perillas.

—¿Y ella?

—No hablará. La asustaste tanto con el artefacto. Como para que en lo futuro recele de las mujeres. Sin quererlo la inmunizaste. En el peor de los casos llegará a ser puta, pero jamás tortillera.

—Eres un super egoísta. Satisfaces tus debilidades sin tolerar las ajenas.

—Si algún día llega a tus oídos la noticia de que me doy de nalgas, entonces hablamos. Sólo una pregunta.

—¿Qué?

—¿Por qué no pruebas como lo manda Dios?

Quedó arreglado el asunto. El viernes de la misma semana Virginia tomaba posesión de su cátedra en la escuela normal de la provincia, y el lunes de la siguiente, un maestro apellidado Santamaría vino a ocupar la vacante.

—Cuidado con lo que manda —le advirtió Blas por teléfono al superintendente provincial.

—Tú algo te traes. ¿Tienes a alguien en mente? Sé franco. ¿Alguna recomendada? Le debo mucho a tu tío, el senador.

—Deja en paz al tío Arcilio y haz lo que te pido.

—Tengo una maestrica joven que es un monumento. Veintitrés años, divorciada y con dos de experiencia en la capital. ¿Qué te parece?

—Necesitamos un hombre.

—¿Hablas en serio, o lo haces para tirarme de la lengua?

—En serio hablo. Con tal de que pase de los cincuenta.

—El único que se aproxima a tu especificación es un borracho sin remedio.

—La botella es lo de menos.

—En tres ocasiones, por denuncias de los padres, hemos tenido que iniciarle expediente, y en las tres el ministro ha paralizado el asunto. Hay orden de darle largas hasta conseguirle la jubilación.

—Acá medrará sin problemas.

—Dalo por hecho. Estará ahí para el lunes. Y gracias.

—¿Por qué? En todo caso soy yo quien te las debe.

—Me quitas de encima un tremendo dolor de cabeza. No le encontraba hueco y desde arriba me presionan.

En cuanto a la carrera de Virginia tres años bastaron para que ascendiera de auxiliar a titular, y de titular a directora del plantel. Y por lo demás el amplio vivero le permitió satisfacer a gusto las exigencias de su extravío.

Sólo que ahora un sentido de bien estudiada discreción la salvaguardaba de las murmuraciones. Por más de dos años mantuvo relación estable con otra maestra, sobrina del obispo, y ocasionalmente, cuando necesitaba de bocados nuevos, iba de viaje por tres o cuatro días a la capital. Regresaba desmejorada, pero en paz consigo misma. Y por unos días daba la impresión de que su agudeza y su capacidad para el trabajo se redoblaban, y de estas pequeñas treguas salieron dos libros de versos y varios ensayos literarios.

Al siguiente año otra vez la tuvo de maestra, cuando por padrinazgo de Blas conseguía ingresar en la escuela normal. A su clase asistió con miedo; pero ni en los ojos, ni en las palabras, notó nada que la molestara.

Virginia, por su parte, con la más absoluta naturalidad, se limitó a preguntarle por sus ex-alumnos y por la gente que conocía, y de hecho, muchas veces, le sirvió de consejera. Por lo visto, la vieja fiebre, con muchos poros de salida, ya no la necesitaba como paloma mensajera para sus intensas señales.

A la tirria contra el sobrino le dio curso amadrinando los amoríos de su concubina con el bibliotecario.

Con la ayuda de Virginia y del tal Casiano, terminó a empujones la carrera. El estudio no era su fuerte y sobre la ruta la mantuvo la idea fija de la mesada.

Al pueblo volvió durante las primeras vacaciones cuando estudiaba y nunca más. Muerta la madre —decían que por la disentería— pero para sus adentros por las golpizas, cortó por lo sano a raíz de la última conversación que sostuvo con el cafre alcoholizado en uno de sus raros momentos de lucidez.

—Hija, tenemos que pensar en tu futuro. Si te matrimonias con Arsenio, vivirás como una reina.

—A ese vejestorio no lo soporto. Está caduco.

—Pues mejor para ti. Lo entierras y lo heredas.

—¿Te imaginas que me chupo el dedo? Claro. Igualito que Nieves enterró a don Limón. A los treinta y dos se la comieron los gusanos, y él, con ochenta le llevó la corona. Los seniles engañan, una chispa basta para que dejen las pantuflas y se pongan los zapatos. Se la chupan a una para rejuvenecer.

—Dulce es feliz con don Iteliodoro.

—Bonito ejemplo. Empezaron diez años atrás, ella con dieciocho y él con sesenta y dos y ya casi se acomoda en la rutina de los ancianos, le brotan canas y se le enroña la piel.

—¡Quia! Canas o no, un estómago lleno es un estómago lleno y para eso no hay edades. Me dijo que pondría algunas propiedades a tu nombre.

—Ni muerta.

—De todos modos mejor le tratas que esta tarde vendrá.

—Yo que tú aceptaría —le dijo Blas, al enterarse de la discusión.

—¿A santo de qué?

—El representaría el papel del padrino y yo el del marido. Podríamos comenzar de nuevo.

—Para tus calenturas búscate una yegua, que ya lo nuestro terminó.

—No lo tomes tan a pecho. Si era sólo un decir.

—Y lo mío un dicho.

—¿Amigos?

—¡Que te parta un rayo!

Los hermanos desperdigados fueron a dar, una a un convento, donde las monjas la aceptaron con la idea de prepararla para el noviciado, otro a la casa del mecánico de un ingenio próximo, y el tercero, que permanecía deambulando por el pueblo, al cabo de unos meses murió ahogado en la creciente del río.

Con el bibliotecario las relaciones terminaron justo el día en que recibió el primer cheque como maestra sustituta.

—Deja que lo vea.

—Míralo, parece mentira que a una le dé tanta alegría un pedazo de papel.

—Endósalo.

—No te molestes que iré a cambiarlo en persona.

—Necesito ese dinero.

—¿Para qué?

—Tengo varios asuntos pendientes. Parece mentira. Eres una ingrata. Después de lo que he hecho por ti.

—¿Puede saberse qué es lo que has hecho, además de sobarme y satisfacerte?

—Si piensas de ese modo hemos terminado.

—A buena hora y en paz.

Consiguió una plaza en propiedad, y desengañada de las relaciones anónimas, se decidió por lo respetable, instalándose en una pensión frecuentada por gente de clase media, y allí conoció al primero de sus esposos. Trigueño, veterano de la guerra de Corea, y con dos medallas en su haber por servicios distinguidos, el excombatiente tenía los nervios destrozados y de punta. Fuera de algunas ocasiones, contadas por cierto, la convivencia con él resultó un verdadero martirio. En ningún trabajo duraba, y nada en concreto le satisfacía. Pensándolo bien, la única vez que la dejó respirar fue durante aquel mes en que se desempeñó como capataz en una cuadrilla de demolición.

—Te ves cansado. Un baño te hará bien.

—¡Qué va! si estoy como coco. Sírveme un trago.

—¿Cómo te fue? Se ve que estás a gusto.

—De maravillas. Hoy acabé con la quinta y con los mangos. Al peñón lo dejé de rodillas y eso que era pura piedra. Cuando accioné el detonador las rocas saltaban como rositas de maíz. La nube de polvo no te permitía ver más allá de la nariz. Fíjate si el estruendo fue gordo, que hasta el aguador se apendejó. En Vietnam sí que lo hacíamos en grande. ¡Ahora! gritaba el jefe, y la tierra se escapaba hacia el cielo. Creo que esta vez la pegué. La pega es para hombres.

—Me alegro.

Al día siguiente lo vio entrar desinflado y más temprano que de costumbre.

—¿Y eso?

—Cierra la bocaza.

—Si no te estoy pidiendo cuentas. ¿Estás bien?

—Ve a la porra.

—Jesús. Vaya lenguaje.

—Pues no me busques las cosquillas.

—¿Qué ha pasado?

—Nada que te importe.

—Claro que me importa. A lo mejor no es para tanto. Cuéntame y te sentirás mejor.

—No estoy de humor. De tener la pistola en la mano te juro que le habría levantado la tapa de los sesos al puñeta.

—¿Tan seria fue la cosa?

—Mira que echarme así como así. Con su título de ingeniero y todo, de hombre a hombre no me llega al tobillo. Lo único que siento es que no le dejé ciego, en vez de tuerto.

—¿No lo dirás en serio?

—Si no fuera por los que me aguantaron, le habría limpiado el pico.

Tocaron a la puerta y uno preguntó:

—¿Vive aquí Eulogio Cabezas?

—Sí. ¿Para qué le buscan?

—Tenemos una orden de arresto contra él. Intento de homicidio. ¿Es usted?

—Sí.

—¿Nos acompaña a las buenas?

—¿Por qué no? El muy maricón merecía más.

—¿Puedo ir con ustedes?

—No será necesario, señora. Llame a un abogado.

El expediente militar bastó para que el juez firmara la orden de internarlo bajo observación en la unidad de siquiatría de un hospital militar en los Estados Unidos. A los tres meses regresó inesperadamente sin haberse molestado en contestar ninguna de las cartas que ella le enviaba con regularidad.

—¿Por qué no me avisaste que venías?

—No valía la pena.

—Te ves muy bien. ¿Has comido?

—En el avión. No te apures que sólo vengo por mis bártulos.

—¿Te marchas? ¿A dónde?

—Sin preguntas. Es algo gordo.

—¿Hablas de algún trabajo?

—Más o menos. Lo siento pero no puedo explicarte más.

—¿Sabré de ti?

—Sí. Siempre que regrese vivo.

—Me asustas. No eches sobre tus espaldas los pesos ajenos.

—Deja de preocuparte. En el peor de los casos te quedará mi pensión.

De lo que se trataba lo supo a los cinco meses, cuando en los periódicos leyó la noticia de su fusilamiento en territorio cubano.

Volvió a casarse, esta vez con un comerciante sonso y rutinario, obsesionado por la idea del dinero. Dos años de convivencia anodina con el mercachifle bastaron para asegurarle la respetabilidad que tanto anhelaba.

—Ya valgo un pico.

—Mejor será que también pienses en tu salud.

—Descuida.

—No hablas conmigo, no me alientas, ni sabes de mis problemas. Te vas de madrugada y regresas de noche hecho un erizo.

—Tú no sabes de estas cosas. El negocio hay que atenderlo.

—No eres tú el único dueño de una tienda. Jaime tiene una, Casildo tiene otra, a Gumelio le va bien con la suya y los tres hacen una vida normal.

—No los menciones, que son unos fracasados. Sólo yo sé lo que me traigo entre manos.

—Cuestión de opiniones. Acuérdate, que será muy tarde cuando quieras rectificar.

Por la dominicana que venía los sábados a encargarse del planchado, llegó a la conclusión de que en las manías de su marido había gato encerrado.

—El caballero deja abierta la tienda pero cierra la oficina.

—¿Qué jeroglífico es el que te trae?

—Por la puertecita del lado ya va para dos veces que veo salir a Demetria.

—¿Quién es Demetria?

—Una cualquiera. Trabaja en un bar y le entra a lo que le salga al paso.

—¿Es joven?

—Como de veintidós años,

Atando cabos, y confirmándolos por evidencia ocular, dos veces por semana, los martes y viernes para ser exacta, Demetria entraba con sigilo por la puerta que cedía con suavidad, y a la media hora salía con una jaba repleta de mercancía. Pensó en la bodega del Vizcaíno, decidida a no hacer tema del asunto. Una por otra, se dijo, tarde o temprano el que la hace la paga. Sin embargo, por el placer de observar las reacciones de su marido, recurrió al procedimiento de obligarlo a que le atendiera en esos días señalados.

—Tuve un día duro. Déjalo para mañana.

—Al santo se le reza cuando llaman a novena.

—Además el almuerzo no me cayó bien.

—O el postre. No hay peros que valgan. Lo necesito, atiéndeme, mi capitán.

Lo estimulaba y desperezaba hasta salirse con la suya. Y su placer subía de punto al notar que la extenuación lo mantenía en la cama hasta las ocho de la mañana.

—Se me hizo tarde. Ni siquiera oí el despertador.

—Lo desconecté para que descansaras. Se te ve tan agotado.

Más adelante decidió requerirlo en cada noche de la víspera, con la idea de humillarlo ante la fulana.

—Esa Demetria es una fresca —le comentó la dominicana.

—¿Por qué?

—Mejor será que me calle.

—Vamos. Dilo ¿qué más da? ¿O es que no hay confianza entre nosotras?

—Me avergüenzo de nada más pensarlo.

—Dilo en voz alta y se acabó.

—Ella dice que… No me atrevo.

—Decías que dice.

—Ahí va —y persignándose—. Que el caballero está terminado.

—¿Terminado? No lo entiendo.

—Sí, que ya no puede.

—¿Que no puede qué?

—Pues desempeñarse como lo manda Dios.

—Habladurías. Pero si te saliera al paso, le dices a esa desvergonzada que bastará con que se desempeñe conmigo.

—Usted es un lince, señora.

—Hija, me crié a pedrada limpia y eso es todo.

La conversación sostenida, en la tarde anterior con su fámula la hacía reírse para sus adentros. A los sesenta y un años, claro que su marido no estaba para trotes militares. Bastaba con mirarle al entrar y al salir para darse cuenta de su declinación. Ni las vitaminas, ni las inyecciones que se ponía, ni la dieta de mariscos, conseguían darle marcha atrás al reloj. Pero el caso es que tampoco ella era la misma, y aunque le corría sangre por las venas, pensaba más en la mesa que en la cama.

Un mundo la separaba de las viciosas como Virginia, como asimismo de la última maestra ninfómana que vino a llenar la vacante creada por la muerte de doña Josefina. Al primer golpe de vista notó algo raro en su talante. Siempre tenía los labios húmedos, y se rehumedecía las comisuras con la propia lengua, masticaba chicles, o granitos o bolitas de papel, y sentada, friccionaba una pierna contra la otra con rítmica regularidad. Los ojos se le iban hacia los hombres y no precisamente en busca de sus parejas, sino del triángulo de los pantalones. Sin respetar edades, miraba a los alumnos mayores del instituto con intenciones decididamente primitivas.

El martes, justo el segundo día de su debut, la vio llevar en su carro a Eladio, el capitán del equipo de baloncesto; el miércoles cargó con el center espigado; y el jueves le tocó el turno a Maceta, el catcher del equipo de baseball; y el viernes patrocinó a Miguelito Arnica, el centro campo.

Le comentaba Tino Martínez, el profesor de educación física, el sábado, cuando coincidieron en el supermercado, que la moral de ambos conjuntos andaba por el suelo, para él a causa de un virus, que a los muchachos les enrojecía los ojos y les aflojaba las rodillas.

Se abstuvo de dar su opinión para no echarle paja al fuego, y al despedirse decidió que lo mejor sería hablarle a la vendimiadora, para que dejara de ocuparse con los sarmientos escolares. Más le valdría apostar con los de su tamaño, que para eso había gente y sitios apropiados.

A Virginia hacía ya buen tiempo que no la veía. Cuatro años atrás, vino a la escuela a presidir las ceremonias de graduación. Para entonces ya era directora de la escuela normal. En su cutis el tiempo escribía su alfabeto de jotas y tes semiborradas por el maquillaje. Los dedos de las manos, sarmentosos eran ahora, canutos en lugar de pistilos y aunque favorecida por la delgadez, a primera vista notó la ausencia de su antigua estampa felina. Los únicos puntos inmunes a la atrofia eran sus ojos, dándole la sensación de ser más profundos y azules.

Llameaban, en su humedad, con piel de rocío, y pulpa de lucero.

Concluida la ceremonia intercambiaron unas palabras.

—Me da gusto verte. Estás muy cambiada.

—Usted parece la misma.

—¿Lo crees? Es generoso de tu parte. Pero una termina por desencantarse de todo. La vida es un enigma sin perfume. Naces en un bosque, creces entre flautas y colores, buscas el alma de las cosas, y se te llaga la propia y las manos. ¿Alguna noticia de tus hermanos?

—Ninguna reciente.

—Liliana es toda una señora. Enseña en el kindergarten. Es una criatura increíble. La luz late en sus venas y la derrama en silencio por los poros.

—¿La vio usted? ¿Cuándo?

—En las Navidades pasadas. La que es directora del convento fue mi alumna y me pidió que asistiera a los festejos. Supe que tienes hijos.

—Dos.

—¿Llevas a mano alguna foto de ellos?

—Sí. Esta es Dulce. Tiene catorce años, y el varón se llama Wilfredo y tiene diecisiete.

—La niña es muy hermosa. Es raro, pero mirando la foto tengo la impresión de que el tiempo se ha paralizado, antes de transcurrir. ¿Sabes una cosa?

—¿Qué?

—Es muy hermosa. Tanto como lo eras tú.

Toma tus cincuenta centavos. Para su escopeta. Tranquila, acuéstate y terminaremos lo que ella empezó. Las frases intactas en el pozo de su memoria, haladas por el tono de las últimas palabras y por la embriaguez de los ojos, ganaron el brocal, sin atreverse, pasmadas como rosas de mediodía, frente a la escena de los senos ígneos y del pequeño cañón.

—Veo que sigue con el mismo pelo.

—Lamento decepcionarte pero es sólo una peluca. El tiempo es como escobillón de palmiche, que araña cuanto toca. Nos priva de la humedad, del lustre y de la tersura. Es un tirano con manos de hueso. Embate, acosa, diezma, y estruja hasta convertirnos en estropajo. Es el camino y a la vez el salteador de los caminos. Con una voz de sirena te dice acércate, y con otra crepitante masculla vete.

—Usted, como siempre, conceptuosa.

—Palabras, palabritas ric...

Juraría que estuvo por decirlo, y que si no

terminó la frase fue por la intromisión de la mujer que desde la esquina del pasillo la observaba.

—Es hora de que nos vayamos, doctora.

Había autoridad en la frase y también en la mirada pétrea que amilanó la de Virginia, para no hablar de la estructura ósea, que aunque disimulada por el traje sastre, también desconcertaba e imponía.

—Deja, María Antonia, que te presente a la señora. Se trata de una de mis primeras alumnas.

—Es un placer.

Lo que tenía en la derecha por mano era una garra, que al apretar la suya le estremeció las articulaciones de los dedos.

—Tenemos que irnos.

—Sí, tienes razón. Adiós, querida.

—La jaca y el jockey —le susurró maliciosamente al oído Tino, y mientras Virginia y su perro guardián se alejaban por el corredor, notó con desagrado que a su antigua maestra la tal María Antonia la llevaba por el brazo.

Ahora Virginia era la segunda figura del país en la burocracia escolar. En septiembre del año anterior, había sido nombrada por el presidente, como titular de la vice secretaria. Las fotos de ella, en los periódicos y noticiarios, eran casi cotidianas, pues su éxito tecnocrático venía aparejado con sus logros cívicos y literarios.

¡Mujer del año! Tesorera de la Asociación de Intelectuales Iberoamericanas. Vicepresidente del capítulo nacional del movimiento feminista, y una docena de rangos más.

En los actos, en las fotos, y en las imágenes proyectadas en la pantalla, la otra también aparecía siempre, taciturna, en actitud de testigo y celoso cancerbero.

Otra vez pensó en la directora y la misma espina de bacalao se le atravesó en la garganta. No la soportaba por maniática. Vigilaba el informe diario para asegurarse de que no le faltaran puntos ni comas. Al reloj le daba cuerda tres veces al día, mirándolo como a su espejo alterno de señales. Las otras imágenes las recogía en el patio durante el recreo, en las aulas mientras transcurrían las clases, y en los pasillos a las horas de entrada y de salida.

—Una fila tiene que ser perfecta o no es una fila, medio brazo de distancia entre cuerpo y cuerpo.

—Cuanto más asignaciones lleven a sus casas, mejor se convencerán los padres de que les enseñamos. Nada de risas espontáneas en el aula, porque ellas son la antesala del relajo. Los actos del viernes hay que organizarlos en grande, y así sonará el nombre de la escuela.

—A los padres de los niños, cuanto menos se les vea mejor, para ahorrarnos sus problemas.

—El horario es el horario, gústele a quien le guste y pésele a quien le pese.

—La disciplina es la disciplina, y es como el cemento que permite levantar la pared. Los métodos globales para la enseñanza de la lectura son un paso atrás. La cartilla es la tabla de salvación. En una verdadera clase el maestro habla y los alumnos escuchan. Las preguntas de los niños constituyen una pérdida de tiempo y por consiguiente hay que prohibirlas.

—El reglamento escolar representa el equivalente didáctico de la Biblia.

Y docenas de frases por el estilo, que repetía a razón de varias veces por día, durante cada semana.

La interfecta, graduada en abogacía, y por lo visto sin preparación para la palestra jurídica, vino a dar en la enseñanza por eliminación. Apadrinada por un representante, se coló por la puerta derecha sin necesidad de someterse a la espera del escalafón. En menos de tres años, en lo que canta un gallo, podría decirse, obtuvo el nombramiento de directora y llegó a la escuela estrenando sus galones.

En mala hora, porque además de bofe y engreída, llevaba chismes a la junta, y con su aire de infatuada superioridad, miraba a los maestros desde arriba. ¿A santo de qué su prurito de excelencia? Por el título que según decían consiguió, asignatura por asignatura y año tras año, el bonchista con quien se entendía, o por las locuciones latinas que enunciaba a diestro y siniestro, como un papagayo, cada vez que abría la boca.

Lo de divorciada se explicaba porque ningún hombre en sus cabales podría resistirla y lo de la úlcera duodenal obedecía a la desbordada acidez que le quemaba las entrañas. No es que en lo personal la directora la tuviera entre ojo y ojo, porque para ella que venía desde abajo, ninguna asignatura resultaba difícil. Un flancito de vez en cuando, una colonia en el día de su onomástico, alguna bisutería ocasional, y el preguntarle de pascuas a San Juan por el significado de una que otra de sus machacantes locuciones, le asignaban cuando menos, una zona neutral. Sin mencionar el hecho de que en realidad le cortó el ombligo al hacerle grabar una pluma Parker con nombre, apellido y el título de abogada.

Con esta última atención, pensaba, la tenía de su parte contra viento y marea. Pero según comprobó más adelante, trataría de

194

agenciarse un traslado para un centro nocturno, lo cual le permitiría atender su casa de día y matar dos horas por la noche, como mejor pudiera. Claro que los linces se las disputaban, lo cual de entrada complicaba sus pretensiones. Dentistas, contadores, abogados, periodistas, amas de casa y maestros de colegios privados, firmaban la nómina regular de dichos planteles. De día atendían a sus asuntos de rutina de oficinas, y de noche se aseguraban la mesada, las vacaciones y el derecho a un retiro, sin agotarse demasiado. Si su vecino el concejal que tanto les debía fallaba, le quedaba el recurso de conseguir la permuta por dinero, mil quinientos a lo sumo dos mil, y la firma de Virginia bastarían.

En el fondo de su alma lo que de veras anhelaba era poderse librar del magisterio. Cayó en la ocupación para salirse de la pobreza y continuaba con ella para disponer de unos pesos, de los que no tenía que rendirle cuentas a su marido.

Cada mañana, la idea de lo mismo la ponía en ascuas, llenándole de polvo negro los pulmones. El aire que respiraba en el ómnibus no encontraba en su estado de ánimo resonancias de alegría. Camino al calvario, peatones, casas y lugares golpeaban monótonos y burlones sobre su condena.

Llegaba, saludaba, la pasaba de perillas en el pequeño entreacto de preparar la tacita cotidiana de café y al potro de su tormento, agonizando con la lentitud del reloj. Odiaba lo que hacía, y el aburrimiento, combinado con la pereza imaginativa, encaracolaba su furia, dándole resonancias de una cascabel. Decía maquinalmente y oía del mismo modo, sin importarle un bledo lo que explicaba o percibía.

Treinta alumnos, que no eran sus hijos, ni sus parientes, la irritaban con los treinta limones de sus bocas, los sesenta dardos de sus ojos y los trescientos alfileres de sus tres decenas de manos. Para defenderse contra la inmovilidad del tedio crónico les recitaba trozos, los hacía garrapatear con los cuadernos, diezmaba la tiza contra el pizarrón, bebía agua en dos o tres ocasiones, iba al baño, y se asomaba a curiosear en el zaguán. Sintiendo así que su camino podría coincidir con el de los alumnos que discurrían por avenidas espléndidas, mientras ella andaba por atajos y veredas.

—Si no quieren aprender, allá ustedes. Hago lo mío.

—Señorita, es que no entendemos lo que dice.

—Porque no atienden. A la escuela se viene a escuchar y no a despotricar.

—Bien dicho —le dijo la directora en una de aquellas ocasiones en que alcanzó a oír la frase sonora.

A fin de cuentas la abogada no es tan estúpida, pensó, y de vuelta a su tiovivo de colorines.

En otra ocasión al borde del paroxismo gritó:

—La escuela es una fragua y no un circo.

—Me gusta su estilo —le comentó más tarde durante el recreo. El símil de la fragua y el circo fue muy atinado.

—¿Lo oyó usted?

—Desde la dirección.

—Perdone.

—Nada de eso. No la culpo por gritar. Mi teoría es que cuanto más aire viciado expelan los pulmones, más aire fresco entrará en ellos, y hasta donde escuché usted no hizo más que cantarle las verdades.

Sin embargo, el prestigio que la directora comenzaba a ganar, en su gratitud, se vino al suelo con el sermón que le espetó delante de los alumnos el último viernes.

—Es esta la segunda ocasión en que llega usted tarde. Pase por hoy, pero en la próxima le pediré un sustituto.

—Es culpa de mi reloj. Al parecer se atrasa.

—Pues hágalo arreglar que el horario es

el horario y las obligaciones son obligaciones.

Vieja bruja, mal parida, ingrata, al primer descuido recupero mi pluma, porque lo único que mereces es quemarte en ácido nítrico y vitriolo, pensó.

La cabeza le dolía y el sudor le chorreaba hasta los tobillos. Desde bien pequeña se defendía del terror provocado por la oscuridad cerrando los ojos y haciendo puños en las dos manos. En su desesperación ahora, la brusquedad del gesto le hizo ver puntos candentes que la sobrevolaban en todas direcciones. Un aluvión de meteoritos estallaba en su cabeza. Asustada, abrió los ojos, sin establecer diferencia entre las sombras imaginarias y las reales. El ascensor, en su oscuridad, con las paredes latiendo y sus olores mitad ácidos y mitad nauseabundos, impersonal y conminatorio, era como un intestino cerrado.

El cuerpo replegado como un ovillo en su rincón, sin atreverse con los ojos, ni con el pensamiento, temblorosa y febril, terminó por orinarse, sin conciencia alguna de lo que hacía.

—Me he mojado —murmuró entre dientes el artista.

—El ascensor es hermético —aclaró don Arquímides.

—Pudiera ser la condensación del aire

acondicionado —opinó el sacerdote.

—Estoy empapado de sudor —dijo Jaime Uno.

—¿Y la maestra?

—Déjela usted en paz, don Arquímides.

—Se ha tumbado sobre mi hombro y hay un charco a su alrededor. Ahora la mano se me empapó.

—¿Estará dormida?

—Para mí que ha perdido el sentido. Alumbre con su encendedor, don Arquímides, por favor.

—Ya está.

—Es un desmayo. Necesito algo con que echarle fresco. Uno de los cartones servirá. Cójalo de mi carpeta. Usted manténgala sobre su hombro que yo me encargaré.

La llama con su lengua dividió la piel de la oscuridad en varios paneles. El cuerpo desmadejado y el rostro lívido daban la impresión de ser dos masas yuxtapuestas y desarticuladas. Zapatos, medias, blusa y falda deletreaban sin sentido dentro del conjunto supeditado al vaivén de la respiración. Del rostro abatido, el hormigueo de la luz revelaba el brillo del cabello, la astenia de la boca, y el aleteo balbuceante de la nariz.

—Se ve neutral como un cadáver.

—Que no estamos para bromas, don Arquímides. Dame una mano.

—No puedo. Estoy entumecido.

—Yo ayudaré.

—Está bien, Jaime Uno. Tratemos de acomodarle la cabeza sobre mi gabán. Eso es. Parece que va reaccionando.

—Dale un sorbo de mi caneca. Siempre la llevo en mi portafolio para una emergencia.

—¿Qué es?

—Whisky.

—Mal no le hará. ¿Se siente mejor?

—Sí creo que sí. Se me fue la cabeza.

—Y también la orina.

—Y usted incorregible, don Arquímides.

Orina, pensó el artista, secándose la mano mojada con el pañuelo. No en vano la sentí tibia.

La llama, apagado el encendedor, robusteció el cuerpo acéfalo de la oscuridad. Para el artista pesaba una tonelada y pronto divagó en el intento de explicarse la incongruencia entre la falta de luz y la sensación de gravidez.

De nuevo repasó la idea implícita en el absurdo de los términos extremos. Blanco y negro, o negro y blanco, en sí mismos, desprovistos de los matices intermedios, eran meros sinsentidos. Un acá y un allá, deslindados por abstracción, en nada ayudaban, ni nada definían.

Y sobre el sofisma del razonamiento culminado, adherían sus ventosas, las nociones metafísicas del bien y el mal, y las convencionales de tipo moral. Negro, sin menos blanco, y blanco sin más negro, simplemente correspondían a estereotipos mentales. En el afán de racionalizar lo irrazonable, el pensamiento obstruye su propio camino, y so pretexto de simplificar la realidad, termina enredándola de un modo endemoniado. El esquema de dislalia gregaria, bautizado por la estupidez, extendía sus ramificaciones a los ámbitos y modos de la cultura, suprimiéndoles de entrada el derecho a la alternativa.

La duda honesta es más cierta que la certeza cuando ésta es un engendro del prejuicio y la altanería. No existe la verdad absoluta, porque desde la escalera en que nos encaramamos para tutearla, proyectamos nuestra sombra sobre el motivo.

En la marcha progresiva el paso habrá de ser cauto y firme para que la polvareda no anule la alegría y el objeto de la jornada. Ir hacia delante, a tontas y a locas, presionados por la taquicardia tecnológica, y por la enorme alcancía industrial que significa el estómago de la sociedad consumidora, hacerlo a todo trance representa nuestro matrimonio con la derrota.

En cien años de frenesí apetitivo hemos perdido más de lo que hemos obtenido. Del metal y del plástico emana un tufo letal que nos estremece el alma y degrada nuestra sensibilidad. En un universo justo la tierra se ha tornado inicua por insufrible y ello es un pecado. La alegría decadente estrangula cada vez más el aliento de la genuina dicha humana. Queremos tener y dejamos de ser; el delirio de posesión asfixia la cordura del deleite; el afán ciego conspira contra el propósito humanizante, e imaginamos adelantar cuando en realidad retrocedemos.

Con más cosas a nuestro alrededor, adueñados de la horizontalidad, nos hemos vuelto espúreos y contagiosos como el virus del resfriado. Ya nada nos satisface; porque básicamente, aunque sin admitirlo, estamos insatisfechos con el modo operacional. El provecho es un colmillo super paquidérmico, asentado en una linfa de pies, y con la punta sobada de veneno moral y técnicamente cuando se sale de contexto es lo más injusto dentro de la maldad imaginable, si admitimos que su programa es un doble frente de la miseria, aliada con el despojo.

Y en nada mengua su arbitrariedad el hecho de que la conveniencia lo represente asumiendo facha humana. El exterminio de las culturas aborígenes, a nombre del cristianismo y de la civilización, fue en realidad el primer anuncio sísmico de la corrupción masiva que advendría.

La colonización basada en los clisés de orgullo, razón y destino, obedecía lisa y llanamente a premisas de conveniencia y mercado. A la India, al Africa y a las Américas, los hombres llevaron el alfabeto y la Biblia, no sin que antes se afilaran los colmillos. Eticamente equivale a vileza cruda, el que una civilización de técnica superior, suprima a otra, materialmente menos equipada, so pretexto de integrarla a su cultura. La idea del progreso humano no debe estar basada en la de la sumisión, y menos en la del envilecimiento humano.

La revolución industrial, para traerle paz a los estómagos, ha hecho lo indecible por embotar la sensibilidad. La maquinaria, la electricidad, el salto en las comunicaciones y los logros físicos, químicos y matemáticos de las postrimerías del siglo pasado y en los albores del nuestro, organizaron la férrea cadena de las industrias, la política y el mercado.

Dos guerras no han servido para advertirle a los tecnócratas, a los militares, a los financieros y a los políticos, de sus yerros de raíz, en metodología y perspectiva. Y ahora mismo, ni los rusos, ni los americanos, ni los árabes, ni los chinos, ni los europeos, quieren admitir el hecho de que en la próxima confrontación no habrá puntos neutrales, ni provecho ideológico en definitiva.

Las telecomunicaciones, la propaganda maliciosa y la educación viciada y hueca han puesto al hombre más cerca del otro aprovechable, y más lejos del hombre hermano. Las computadoras han venido para buscarle soluciones de superficie, a los que en realidad constituyen problemas de profundidad. Cuando hablamos de espacios, inventarios, controles de producción y mercadeo, rendimiento hora, precisión balística, y extensiones del control, de un centro sobre la periferia más inimaginable, entramos admitámoslo o no en el crucigrama de la enajenación.

En política, la democracia ha engendrado el descontento, y la dictadura ha sistematizado la impersonalización. De un lado tenemos tedio, indisciplina, lenidad en la aplicación de las leyes, oportunismo político, educación incolora, fraude legalizado, énfasis en la trivialidad, espectacularización de lo morboso, en los dominios de la droga, el crimen, y el vandalismo organizado; y por encima de todo, un miedo visceral, que está llevando a los ciudadanos a refugiarse no en las iglesias, ni en las tradiciones sanas, sino en la idea del prestigio y de la propiedad.

De otro, vemos sufrimiento, resignación a la pobreza, injusticia jurídica, maquinaciones políticas, educación politizada, insistencia en el odio misionero, alcoholismo, y también un miedo abismal que ha disciplinado a los intelectuales burócratas y a la propia masa trabajadora para la representación de un papel del que en el fondo se recela.

En las democracias la libertad está resultando estrangulada en su propia ratonera. La tolerancia ha desatado la inseguridad personal en los núcleos urbanos y en los semiurbanos y rurales, que antaño se daban por seguros. La gente vive entre rejas y sistemas de alarmas, armada e insegura.

La inescrupulosidad ha perforado las estructuras económicas, docentes, políticas e institucionales, y los gusanillos de la duda, el cinismo y la apatía, alojados en cada celdilla, le dan la apariencia y el tufo de un queso Roquefort en mal estado. Y campea por su respeto un hedonismo grosero, dentro del cual cada quien trata de pasarla lo mejor posible, en lo que puede.

Nadie, cree con sinceridad, ni las élites ni los cuadros políticos y económicos, saben que las cosas no marchan bien, y nada concretan para evitarlo. Los políticos son re-

205

nuentes a darle a la política ese aire limpio necesario para que las masas vean en ella la religión del porvenir. Sana, como lo mandan Dios y el sentido común, no les permitiría ni aprovecharse del mandato, ni usarlo como mampara de sus intereses personales. Los artífices de la propaganda, y los noticiarios que tanto alardean de veracidad, son tartufos que se prestan a endulzar los aguijones del poder económico, a razón de tanto por minuto o de más cuanto por pulgada cuadrada.

Las escuelas entretienen porque sólo sirven para que en razón del uso establecido de las necesidades creadas por el patrón industrial y de la conciencia de saber a los hijos en un sitio determinado, los padres las acepten como reclusorios de sus hijos. Y cuanto más arriba tanto peor, porque la universidad, en su casi generalidad, es una estafa de marca registrada. Ni es humana, ni concreta, ni honesta, ni académicamente veraz. Por un lado las nociones del "viste bien", "el que dirán", "por si acaso", "mal no le vendrá", y "ésta es una sociedad de papeles", y burradas por el estilo, le aseguran a la universidad el volumen de hogaza necesario para lubricar su estómago voraz.

Por otro lado, la cuestión política la convierte en refugio de las propias tensiones que la política es incapaz de resolver. Para hacer justicia de tipo geográfico, económico o racial, se pervierte la noción de calidad, dándole entrada a la bazofia y de paso obstruccionando los derechos del espíritu imaginativo y creador.

La universidad para todos significa excelencia para ninguno, y la excelencia hay que salvarla a todo trance, porque sin ella, la vanguardia necesaria para asegurar el destino se extinguiría. Todos, hasta la escuela superior, o secundaria elemental o taller vocacional, o como se las quiera bautizar; pero de ahí en adelante y hacia arriba, ojo y mucho cuidado, porque la universidad es para búhos tomeguines, dotados y lumbreras; y no para maquinadores y borregos. Y al respecto hay que ser estricto para resistir los empujones de la política, de los apellidos, de la costumbre y del dinero.

El porvenir, las realidades, la salvación y la dignidad humana, señalan desde una zona determinada, y la educación, animada en contrario, le apunta al pantano. El matrimonio con la mentira, y el hacerse de la vista gorda ante la perversión y el legalizar el status quo, porque tenemos asegurado en él un asiento de platea, o el que los jóvenes combatan el sistema que por injusto les relega, es el causante de esa sensación de asco, de ese desaliento metódico, de esa tristeza medular y de ese complejo de culpa que empaña el horizonte de las democracias con su cielo letal.

En la otra cara actual del problema, el comunismo es aún más desalentador. En China, el concepto es el de una nuez, la cáscara para los que sufren, y la masa para los mandarines. Con el orgullo legitimado en el odio, cuanto se crea es, a la corta o a la larga, destructivo y perverso. Un poder que se imagina ungido, impar y ubicuo, está alentado por el resentimiento y no por la cordura. Produce ejércitos, amaestrados, huestes fanáticas y abanderados hostiles. La matización, es decir la tendencia implícita a la aceptación de realidades políticas dispares, y la necesidad de coexistir con ellas, no caben dentro del dogmatismo que se autotitula de inequívoco.

La tolerancia de China, con los restantes sistemas políticos, comunistas o capitalistas, es asunto de metodología y no de buena fe. Los sabe ahí y los acepta, pero sólo como un futuro patrimonio del que por el momento no dispone. Su geografía nace de una peculiar interpretación de las ideas de tiempo y masa. En un puño de granito el tiempo produce una desintegración desacelerada, que por instantes asemeja una absoluta inmovilidad. Se jactan así de que en lo que ellos se preparan y aguardan, los demás se desalientan y dividen. Es el principio taimado de la manzana caída en la mano.

China no ha comprometido ni su fe ni su futuro, porque su crecimiento posrevolucionario ha sido satánicamente regulado. Sobre la necesidad, intolerable para el occidental, ha creado una maquinaria de sacrificio y productividad, enardecida por el fanatismo. Con sus mil y tantos millones China confía en convertirse en la Roma del futuro, sin detenerse a tomar en cuenta fenómenos biológicos tan elementales como el de los espacios mínimos requeridos para la cordura, ni el de la disminución de las materias primas, ni el de la contaminación, ni el de las miserias propias y ajenas, ni el de que cada vida cuenta, porque es sólo una en cada quien. Quiere que su gente hormiguee sobre la faz del globo, omnímoda. El precio a pagar no es lo importante. ¿Doscientos, quinientos millones de vidas concretas? ¿Qué más da? A condición de que se cumpla la misma lógica del esquema.

Rusia, por su parte, representa otra versión del mismo fenómeno de impersonalización. Con la premisa de resolver problemas de necesidad horizontal, el sistema ha creado horripilantes fallas de profundidad. Pensando en términos de bienestar de gentes, ha venido destruyendo desde su origen la legalidad espiritual de todas ellas.

Metafísicamente el comunismo es un fraude porque no enraíza en el subconsciente personal, ni en el subconsciente colectivo. Es una flor de estanque desatendida del asunto de las profundidades. Sus teóricos lo advirtieron de entrada y por eso excomulgaron a Dios.

Planeado en Europa y hecho en Rusia, olvidó la religiosidad innata del ruso y su íntima perplejidad personal. El ruso, hasta dentro de su ignorancia, es profundo porque la tierra está metabolizada en su corazón. Brutalmente el sistema lo amasa y lo acosa dentro de la metodología de que se trata de un hecho impersonal. Para reivindicar su destino acorrala su alma y con ello su legitimidad.

Si el ciudadano soviético se ve triste, o explosivamente alegre, y en paz precaria por el miedo a la guerra, resignado a la humillación cotidiana y liberado por el alcohol, se debe a que en realidad al cabo de casi sesenta años, la dicotomía entre lo humano y lo político continúa siendo su eje pivotal. Aunque el estado, la educación, la propaganda y el acoso milimétrico lo tratan como número de rebaño, su espíritu continúa siendo una flama.

El sistema establece que el hombre es un dato para un esquema y desconoce su evidencia que por elemental no necesita ser demostrada. Lo pone aquí o allá, donde le plazca, para hacer con él operaciones mecánicas a capricho; lo integra a estadísticas consolidadas y laberintos burocráticos, como si se tratara de los cubos con que los niños juegan en el kindergarten, y al mismo tiempo hace lo indecible por desintegrarlo de su ley natural.

La regulación del ritmo es una sugerencia éticamente inmoral. Limitar el espacio y el movimiento para asegurar la invulnerabilidad política, es darle carácter de átomo a algo tan sorprendentemente impredecible como lo es la vida. Extender la noción del determinismo político al cuerpo y a la mente para crear un orden cerrado es sacrificar la existencia concreta a la abstracción de la idea.

Por ello el comunismo es un fenómeno de uñas y dientes, disfrazado de bienandanzas y bonhomía. Rusia es la negación de la libertad a nombre de la justicia, y la destrucción injusta a nombre de la utopía aplazada.

Tenía que existir un punto neutral, pensaba, inmune al odio y a la mentira. Una zona donde lo que se le dice y hace al hombre, no obstruccione lo que en verdad espera.

Un hato de cordura, sano entendimiento y tolerancia recíproca, en medio de la vorágine suicida. Sitio, no de grandes o pequeños, sino de existencia lúcida, condicionada por la premisa de vivir y dejar vivir.

Los años de militancia en el partido dejaron un mal sabor en la boca. Checoslovaquia y Cuba, como antes lo de Hungría, hicieron rebosar la copa de su amargura. Tampoco respiraba a pulmón lleno en la democracia de bolsas repletas y estómagos vacíos. La mandíbula política y la de las corporaciones, en su voracidad insaciable, ante nada se detenían, y como una enorme prensa hidráulica, exprimían a todo tren sin entender las necesidades de los sudores reales.

De arriba hacia abajo, engrasada por la educación y la propaganda, la maquinaria se valía de la pulpa humana para producir dinero. El capitalismo, por soberbio se había vuelto grosero y malsano. Los trepados alentaban a los trepadores y desalentaban los sueños de justicia y destino social.

Grasa, tedio, autocomplacencia, sordera sensitiva, desgano para el trabajo, caridad de boca afuera, egoísmo del tubérculo que ensancha su masa a expensas de las hojas, inseguridad, cobardía, ceguera de topo frente a la llamada del destino y una total cosificación de los modos e ideales de vida, destruían en el árbol la esperanza de la semilla.

De aquí ese aire de rosal necrosado, de frenesí sin punto de llegada, de vacío espiritual, de mugre evidente o disimulada, de inseguridad, y de pujanza impotente que en progresión inevitable va adueñándose del rostro de las ciudades.

Con cada aurora el sol promete, y cuando de noche late la luz en las marquesinas y neones uno queda atrapado en la pesadilla de comprobar que el día únicamente ha servido para robustecer a los gavilanes y a los vampiros.

El capitalismo en Europa, en Asia y en el continente americano, gana en mercado y pierde en vis humana. Alienta el provecho y descorazona el servicio. Se arrastra y flota, enajenando a la sociedad consumidora, enajenado pacta con el hombre estómago y suprime al hombre levadura. Está basado en la sicología de la estupidez contagiosa, y en el corolario de la distensión abdominal. Cada vez más estribillos y consignas, y cada día mayor estómago que llenar con los productos consignados.

El mundo capitalista ha llegado así a un punto de peligrosa anormalidad. El excedente de grasa amenaza con neutralizar la cerebración, y el frenesí por las cosas empeña la nitidez de perspectiva. Ni vemos, ni sentimos, ni sabemos, ni somos a derechas, enajenados como estamos.

Somos más envidiosos que caritativos, porque nuestra generosidad es de estilo y no de alma; predicamos con la izquierda y nos beneficiamos con la derecha, o viceversa; hablamos de humanidad en abstracto y practicamos el exterminio concreto; exigimos y ejercitamos autoridad y actuamos fomentando el desorden y la anarquía; estamos con la fiscalización de lo ajeno y gritamos a pulmón lleno en favor de la inmunidad personal; censuramos el provecho de otros, y al nuestro lo hacemos galopar a fusta y espuelas.

Nos hemos convertido en estúpidos ignorantes, egoístas, jactanciosos y vacíos. Afanados por la tecnología sofisticada, hacemos a un lado las evidencias simples y soñamos con esclavizar las estrellas. Sin ser amos de nada, incapacitados para el amor real o la ternura transparente, nos revolcamos en el lodo; descuidamos nuestra familia, eunucos, eludimos nuestras obligaciones, y nos colgamos al cuello el cartelito de mártires por nuestra actuación cotidiana.

El médico se cree un sacrificado, el jurista irreemplazable el comerciante único, el industrial un fenómeno, el ejecutivo un titán, el financiero un águila, el publicista un mago, el político un lince, el periodista un predestinado y el militar un prometeo. Y en la acedía de tal hartada se asfixian el hombre concreto y el ciudadano universal que hay en cada uno, y de paso acogotan al vecino, al compatriota y al co-universal, arrinconado en un escritorio, sirviendo en una fábrica doblado el lomo sobre el surco, o tuteando a las negruras de la hulla con la lengua de pájaro muerto de un farol.

¿Es lo anterior la culminación del sueño de los grandes teóricos del culto a la libertad ordenada y a la justicia humana, o sólo un disparo a quemarropa, una mordida de serpiente, o un cepo asfixiante en la procesión de una horrenda pesadilla?

A partido entró, recordaba, empujado por la mística de la gloria universal y por sus relaciones con Idelmira. La conoció en el penúltimo año de bachillerato, y desde el primer momento imaginó ver en ella la definición de lo que buscaba. Sin confesarlo a los demás y sin dar pie para que ataran cabos, hasta entonces las mujeres no le habían interesado. Tontas y vanas, ostentosas o histéricas, superficiales y sin disciplina mental, así se las imaginaba. Los hombres, en cambio, solían ser más leales.

Idelmira, hija de un profesor de la escuela

de bellas artes, y con un talento natural para la pintura, se le apareció de buenas a primeras, como la excepción que necesitaba para confirmar la regla. Apasionada por la lectura, su fuerte era la filosofía, sin desdeñar la historia de la misma. Con avidez de termita emparejada a la suya, devoraba literalmente las páginas de los libros en la biblioteca. Ocasionalmente, al entrar o al salir, se ojearon a la recíproca, sin entablar una conversación seria, hasta el día en que, buscando los dos el mismo título, coincidieron en el anaquel.

—No hay más que uno, te cedo el turno.

—Tú llegaste antes.

—Leeré el siguiente.

—¿Así como así? ¿De veras que no te importaría?

—Hace tres años me hice el propósito de revisar todos los textos comenzando por los estantes de la derecha.

—¿Primero por los de literatura?

—Exacto.

—¿Y ahora los de sicología? Sí que es divertido.

—¿Por qué?

—Es que yo he estado haciendo lo contrario.

—¿Sí? ¿Y ahora estás en los de sicología?

—Ni más, ni menos.

—Pues por afinidad sicológica tienes la preferencia.

—Gracias.

Aquella misma tarde en uno de los bancos del parque próximo al instituto, continuaron la conversación.

Vio que ella leía y se le acercó.

—¿Me permites?

—¿Por afinidad sicológica?

—Naturalmente.

—No faltaba más. ¿Area de sol o de sombra?

—Area crepuscular. Son casi las seis.

—Tienes razón.

—¿Qué lees?

—A Engels. Es fascinante. ¿Lo conoces?

—No.

—Te lo prestaré. He terminado. Sólo revisaba la bibliografía.

—No te molestes.

—Al contrario. Me daría gusto que después intercambiáramos impresiones.

—No soy amigo de pedir libros prestados, ni de prestarlos.

—¿Y por qué no?

—Hay la tendencia a no devolverlos. Sé del caso de un amigo, que a los ajenos tan pronto caen en sus manos les imprime un sello con su nombre. Los que le conocen, en broma, le apellidan No Regreso.

—Si fueras así, la bibliotecaria no te permitiría llevarlos a tu casa.

—¿Cómo sabes que me los presta?

—Observación. Simple observación. Los llevas el viernes y los regresas el lunes.

—Tú, en cambio, los llevas por la tarde y los devuelves por la mañana del día siguiente.

—Así que la vigilante a su vez era vigilada.

—Exacto.

—Tómalo.

—La verdad es…

—Sin ánimo de ofender te confesaré que lo conseguí en la feria del libro por sólo veinte centavos.

—¿Cuándo fuiste a la feria?

—Antes de anoche.

—Acepto el préstamo con una condición.

—Tú dirás.

—Vayamos juntos esta noche.

—Es un trato.

—¿A qué hora paso por ti?

—Mejor anota mi número de teléfono y llámame como a las siete.

Aunque habían transcurrido doce años, los detalles de la cita fueron despejándose gradualmente en su memoria. Pulidos por la ansiedad, los recuerdos reflejaron detalles y frases supuestamente disecados por el olvido. La brisa, combinada con la lluvia, le devolvía raíces y aliento a las rocas petrificadas.

Cerró los ojos bajo la impresión de que la atmósfera viciada del ascensor se arrodillaba fustigada por el salitre zafado del pecho del mar. La olía en los kioscos del pabellón, dominando con su intensidad los acentos de perfumes y colonias, y el ay ácido de los incurables diluidos en la brisa. En las treguas del altoparlante oía el oleaje, amansando con sus murmullos maternales el insomnio de los álamos y el parloteo de las cuerdas estudiantiles. Arriba un cielo sin peso, porque era todo luna y estrellas, pedía a través de los claros de follaje, sueños para sus almohadas.

Una doble resurrección de intensidad y de ingravidez lo hacía enraizar y flotar, sus cinco sentidos clavados en la escena y su sinsentido lírico saltando de los bancos de granito, a la calva iluminada de los faroles; de aquí a la sombra del mar acostado a menos de cuatrocientos metros; y de allá, a buscar sortilegios incandescentes en la altura inflamada.

—Me duelen los pies. Mejor nos sentamos.

—Si te apetece un refresco vamos al café.

—No, tal vez más tarde. Estaremos bien en aquel banco.

—¿Y la gracia de las palomas?

—La pareja que acaba de levantarse nos resolvió el problema.

Y ya sentados:

—Se está a gusto aquí. De niña, a los tres años, venía los domingos con mi abuela y le pedía que comprara uno de los bancos.

—¿Para qué?

—Vaya pregunta. Pues para mudarme a él. ¿Para que si no? Desde que murió dejé de venir. Y ahora recién lo redescubro.

—Por mi parte, una o dos veces por semana, paso de largo camino del litoral. Me gusta sentarme sobre el muro del malecón. Tomo el fresco, divago a gusto, compro una barquilla de helado, o un cucurucho de maní, y me voy a dormir.

—Me extraña que siempre estés solo.

—Sin compañía querrás decir; porque nadie está solo.

—Explícate.

—Uno huye, uno sueña, uno busca, uno espera. Y en cada uno de esos momentos, está uno acompañado de un motivo.

—Eres un idealista. A mí me gustaría redimir al mundo, rehacerlo, ordenarlo de nuevo para que no sea un estorbo.

—Tienes ambiciones de demiurgo.

—Son muchas las cosas que están fuera de sitio.

—Acaso porque tampoco el hombre está en lo suyo.

—¿Leíste el libro?

—Sí, mañana te lo devolveré.

—No te hice la pregunta pensando que seas un segundo No Regreso. Quiero conocer tu opinión.

—Señalar lo injusto en un sistema no asegura la justicia en otro. La utopía representa lo aplazado y no lo comprobado. Puedes soñar con un mundo sin dolores, pero en la realidad no suprimimos el dolor. La justicia perfecta es inhumana por inalcanzable. Creo más en los puentes intermedios, con todo lo que de bueno o malo coexista en cada uno de ellos.

—Entenderlos y esforzarse para que lo mejor exceda y disminuya a lo peor, es la tarea concreta de una civilización.

—Fíjate que el capitalismo está en bancarrota. Ha perdido su mística y camina por calentura y no por fe. Es un sonámbulo incapaz de saber a derechas de donde proviene ni a donde va. Las leyes están hechas para los que no trabajan y para los que fingen hacerlo, aprovechándose del trabajo de los demás.

—El hecho de que su base humana sea distorsionada no significa que sea necesariamente inhumano.

—Soy pragmática y me interesan los resultados. El capitalismo necesita de la pobreza y de la subcultura. Sin ellas, desaparecerían las funciones de servicio, y quedarían malparados los servidos.

—Hasta donde sé, tampoco el comunismo es una panacea.

—Marx fue un Cristo práctico.

—Cristo jamás predicó la destrucción. En la prédica cristiana no hay sitio para la esclavitud de la persona, ni para el odio, ni para la infalibilidad dogmática.

—Cuando conozcas a Raúl y le escuches, entenderás mejor lo que trato de explicarte.

—¿Es él quien te ha metido esas ideas en la cabeza?

Sobre Raúl, supo unas semanas más tarde, que además de las extrañas ideas, había sembrado una criatura incipiente en las entrañas de Idelmira.

—¿Cómo has podido ser tan tonta enredándote con un canalla?

—Es mía la culpa. Sabía que era casado.

—¿Y aun así?

—Cosas que pasan.

—¿Y qué piensas hacer?

—Eres mi único amigo y necesito que me aconsejes.

—Si tu padre lo sabe, morirá de vergüenza. ¿Cuánto llevas de embarazada?

—Apenas dos meses.

—Un aborto es la solución. Conozco a

un enfermero que trabaja en el hospital general. El nos ayudará.

Salió del trance, y la relación de camaradería y de intercambio mental fue haciéndole paso a otra, más intensa, aunque inadvertida.

Una tarde, terminadas las clases, mientras esperaban el ómnibus, él le preguntó:

—¿A dónde vamos?

—A un motel.

—¿Qué dices?

—Ya va siendo hora de reforzar nuestra identidad.

—Olvidas lo que pasaste.

—Tomaremos precauciones.

Del motel recordaba el arbolado circundante, las baldosas húmedas del traspatio, y la tristeza de la habitación que en definitiva le sirvió de antecedente a la propia, que como una mariposa lánguida rompió a volar desde la crisálida de la almohada.

—El aire acondicionado no funciona.

—Pon el ventilador. Voy al baño —le respondió ella.

Los dos minutos que tardó en regresar, contados por el reloj que llevaba en la muñeca, le parecieron toda una protohistoria. Su cabeza cerebrando en una dirección y su cuerpo resistiéndose en la contraria, lo mantenían de pie, e inmóvil, en un rincón.

En pantis negros, libres los senos, descalza, con el pelo suelto, y sin pintura labial, su cuerpo menudo y espléndido era como una especie de visión, incitante a la vez que arrobadora.

—Si aún no te has desvestido ¿o acaso eres de los cerebrales que esperan a que la mujer los desnude? Te ayudaré. Hace calor y sin embargo estás más frío que un granizado. ¿Es que no tienes experiencia?

—No. Me apena confesártelo; pero es que nunca antes…

—Me alegro, y créeme que me entristece no poder decirte lo mismo. Nadie debiera perder el pudor. Apaga la luz y abrázame. Fuerte, eso es, más, hasta romperme los huesos.

Lo besó suavemente, haciendo que la sangre le circulara más aprisa, enajenándole con la magia de su carne tibia y con la de su aliento con dejo de menta. En la cama, visitó con maestría cada punto de su desnudez, provocándole sin desanimarse. Al cabo de quince minutos, también contados por el reloj, de buscar, resoplar y mordisquear, sudorosa y jadeante, con ambas rodillas sobre el torso, le susurró al oído, ya requemado por su aliento:

—Cielo, coopera, o no llegaremos a nada.

De vuelta ella, a lo mismo, ensayando a

diestra y siniestra, sin obtener lo que buscaba.

—Mírame, ¿acaso me ves fea? Quiero complacerte y ser complacida. ¿Soy así de repugnante?

—Eres una ninfa.

—Pues sé franco conmigo y dime qué debo hacer.

—Lo siento. Es algo que no puedo evitar.

—Son los nervios. Aflójate.

Cuando desesperanzada dejó caer al azar una de sus manos sobre las nalgas, notó primicias alentadoras. Continuó la exploración y profundizó en su empeño, presionando lentamente con el pulgar en el meollo del trasero. Respondió como por arte de magia y así quedaron establecidos los requisitos del extraño ritual. Por tres meses, una o dos veces durante la semana, la misma escena se repetía en el motel, hasta el día de la ruptura.

—No te ofendas cariño —le dijo entonces— pero ésta ha sido nuestra despedida.

—¿Es Justino?

—Ya que lo mencionas te lo diré sin tapujos. No estoy muy satisfecha que digamos con nuestras relaciones.

—Es mala gente.

—Al menos no necesita que le refuercen la vanguardia.

—Estás en tu derecho de terminar lo que empezaste.

—No lo tomes tan a pecho. Seamos razonables. A ti no te gustan las mujeres y a mí me asustan los intermedios. He leído sobre el asunto y hasta he consultado con un siquiatra y no veo modo de que puedas zafarte del embrollo.

—Cada cual es como es.

—Entiende que no trato de criticarte. La manera de ser de cada quien debe ser plenamente respetada. Comprendo cuanto sufres, y a veces pienso que serías más feliz con un hombre que te entendiera.

—No tengo ni deseo compromisos masculinos.

—El engaño además de estúpido es grosero, cuando no hay razones para practicarlo. El otro día Renato vino a darme las quejas y por cortesía lo tuve que escuchar. Hecho una cuba me decía que Domingo solo te acarreará problemas. Desbarró a gusto contra sus vicios, y terminó por concluir que sólo él te convenía.

—Nada que te concierna.

—Es justo lo que trato de hacerte entender. Seamos simplemente amigos. Vive tu vida y déjame que viva la mía.

Domingo, en efecto le hizo sufrir horrores. Absorbente, posesivo, y profundamente ignorante, no le concedía el más mínimo margen de actuación personal. Los cuadros y los grabados de tres años, los cambió por ron barato y por los pesos necesarios para pagarle a las meretrices que frecuentaba.

Le siguieron Genaro el estibador, que se ganó el derecho dándole un fuerte escarmiento a Domingo. Aunque resistiendo su vulgaridad, no le quedó más remedio que tolerarlo durante once largos meses, hasta el día en que le dio por irse a Nueva York detrás de un locutor que ganaba buen dinero.

La vacante la llenó Pascual, que amén de ser culto y sensible, era atento y considerado. Por amor llegó al extremo de corresponderle en el juego de la brasa y el bracero, atizándole luego de ser atizado. Compartían, convivían y se entendían, sin necesidad de palabras. Fue la relación ideal, interrumpida porque la compañía en que Pascual se desempeñaba como gerente general, decidió trasladarse a Ginebra.

Se escribían e intercambiaban regalos por las Navidades; pero ni la tinta ni los objetos podían sustituir el calor de la compañía. Sus sufrimientos le parecían de dos siglos y no de dos meses.

Trabajando con ahínco noche y día, y mudándose de apartamento, trató en vano de anestesiar su soledad. Dormía con el retrato de Pascual bajo la almohada, y cerraba los ojos, oyendo la grabación de su voz, seguro de que también Pascual estaría haciendo lo mismo en Ginebra. Para hacer más perfecta la coincidencia, ajustó su horario de vida al de Pascual, así neutralizando la diferencia en horas. Se acostaba con el sol pestañeando en su ventana, y se levantaba con la luna, enredada entre el arbolado. Su felicidad fue exultante cuando Pascual, enterado de lo que hacía, le propuso una fórmula alterna durante los meses no invernales.

A todo esto, los moscones de antaño pronto olfatearon el panal solitario. Iba ya para la cuarta vez que Renato le pedía que iniciaran relaciones, ofreciéndole villas y castillas, pero entre otras cosas, ahora por golpes de astucia y suerte, sus bienes pasaban del medio millón.

Domingo tuvo el descaro de tocarle en la puerta y estuvo a un tris de salirse con la suya, a no ser por el ruido que hizo el gato rebuscando en el latón de la cocina.

—¿Y ese ruido?

—Es Genaro.

El nombre bastó para que el tránsfuga bajara los escalones de dos en dos buscando la calle.

Cuando otro día, Genaro lo cogió por la

mano en la acera, el quite lo urdió en un instante.

—Oí que te abandonaron.

—Oíste bien mal.

—¿Qué porquería de trabalenguas es ese?

—Muy simple. Pascual se fue, pero ahora tengo al teniente.

—¿A mano de plancha?

—Sí. Mírale, acaba de apearse en la esquina.

Se esfumó el Paquidermo, y él, por su parte, apuró el paso, haciéndose el de la vista gorda ante la presencia del teniente, que por lo visto, también algo se traía.

Parte del dinero que obtuviera con la venta de los cuadros lo necesitaba para hacerle un regalo de cumpleaños a Pascual y para reponer lo que le dio a Idelmira. Supuestamente implicada en un secuestro, se veía en la necesidad de abandonar el país.

La noche anterior, cuando en plena madrugada se disponía a ponerse en onda con Pascual, sonó el teléfono.

—¿Eres tú?

—Sí.

—Te habla Idelmira. Estoy en un aprieto y es preciso que te vea.

—Son las tres de la madrugada.

—Tiene que ser ahora. Un amigo me llevará. Espérame para no tener que tocar.

—¿De qué se trata?

—Necesito doscientos. ¿Podrías?

—Ven por ellos.

Vino, la escuchó, le dio el dinero y cuando ella le besó en la mejilla, tuvo la sensación del roce de una rosa disecada. Los ojos vidriosos con las arrugas que los circulaban no eran ya los de antaño.

De nuevo cayó al piso de su mente, como una piedra sonora, la sorna de don Arquímides, e irritado por su sonrisa de fauno y por su astucia zorruna, a media voz murmuró: —Es un maricón.

El oído de Jaime Uno, habituado al cuchicheo, recogió la frase, activando las ondas de su cerebración.

Finita ya estaría volando a Washington para comenzar la universidad y recomenzar su amorío con el estudiante de Georgetown que conoció durante las vacaciones. Por Tere Mansa, la prima de Finita, llegó a sus manos un retrato del bastardo. Lampiño como una lechuga y retaco, tapaba su impedimento físico con el dinero, que por lo visto le sobraba. Poseía un Jaguar, vivía en su apartamento propio y tenía cuenta abierta en las mejores tiendas de Nueva York. Gastaba la plata a manos llenas en buenos restaurantes, en discotecas y en espectáculos prohibitivos. Así, cualquiera podía hacerse montar la luna en el dedo anular y mantener en jaque a una docena de loquitas.

La tonta de Fini siempre fue amiga del plante y el caché. Viniendo de la clase media hacía lo indecible por pasearse entre las de la clase alta. Pero las nenas del rango máximo, ni en sueños le cedían un palmo de terreno a la advenediza. Con bromas crueles y palabritas certeras, la ponían en su sitio, obligándola a llorar de rabia por desesperación.

Los jueves dormía ella en el apartamento del boliviano y los fines de semana venía él a su dormitorio. Disponiendo de un cuarto individual y legalizado como estaba el relajo de entrar y salir a cualquier hora sin darle cuentas a nadie, el concubinato marchaba sobre rieles. Así anduvieron las cosas durante los dos meses que duró el cursillo de verano.

Tere Mansa le escribía con regularidad, aprovechando la ocasión para contarle sus problemas personales. El divorcio de los padres, sus migrañas, las proposiciones que le hacían durante los mixers, las celebraciones con alcohol y marihuana, en los dormitorios, y el descaro de la pata que tuvo la osadía de proponerle vivir juntas en un apartamento fuera del campus eran lugares comunes en su anecdotario.

Lo que Tere Mansa buscaba a fin de cuentas, lo olía a cien leguas, sin animarse a complacerla. Ni fea, ni bonita, elegante, bien formada, inhibida, sensitiva y acomplejada por sus seis pies de estatura, se diferenciaba de las demás en la firmeza de sus convicciones en lo que a mantenerse íntegra se refería. Le constaba que por nada del mundo Tere Mansa estaba dispuesta a regalar su virginidad, como no fuera dentro del arreglo matrimonial. Con firmeza evitaba a los manoseos y a las circunstancias que los propiciaban. Con regularidad asistía a los mixers, sin aventurarse más allá del primer trago, ni aceptar las invitaciones de los estudiantes a visitarles en sus universidades. Académicamente pasaba desapercibida, pues su cabeza no comulgaba con la vocación de profundizar en las disciplinas. Trabajaba lo necesario para sortear los escollos de cada crédito y el resto del tiempo lo invertía en paseos y en darse buena vida. Las lecturas, fuera de las exigencias académicas imprescindibles, las limitaba al periódico cotidiano, al Times Semanal, al Cue, y a los sueltos que circulaban en el campus.

Sin embargo, algo le chocó en la personalidad de Tere Mansa, a medida que fue conociéndola mejor. Las debilidades de los demás las conocía y recitaba al dedillo. Cuanto vicio y poca vergüenza proliferaba en los dormitorios, en los salones de clases, y en los hogares de sus condiscípulos lo detectaba a la ligera, archivándolo en su memoria de computadora. Los demás, atraídos por la necesidad morbosa de enterarse, le suplían información, y complaciéndoles ampliaba su arsenal. Apenas en su segundo año conocía al dedillo la vida y milagros de estudiantes, empleados, padres y profesores.

Definido el contorno moral inmediato, cayó en la necesidad de sondear el pasado, organizando el recuento maligno de los dos años anteriores al de su llegada. Los estudiantes del tercero y cuarto años, los hermanos de graduados y sobre todo varias profesoras, amigas del mismo juego, le allanaron los escollos. Ahora estaba en el punto de aventurarse con las predicciones, y tan en serio lo tomaba que los demás la apodaron Casandra. El mote de bocaza, las pocas que se atrevían a endilgárselo, lo pronunciaban en voz baja y en compañía confiable, por temor a represalias.

De manera que si bien físicamente Tere Mansa era virgen, en lo tocante a los dimes y diretes nada tenía que envidiarle a la más consumada pueblerina.

Aunque se hacía el de la vista gorda le sobraban pruebas para concluir que ella lo miraba con interés. Recordaba el aparte que hicieron en el último picnic del verano, mientras Fini parloteaba con los remeros, a orillas del río.

—No te ofendas pero no llegarás a nada con ella.

—Tú ¿qué sabes?

—Más de lo que supones.

—¿Envidia o caridad?

—Es mi prima y la conozco como a la palma de mi mano.

—No te hagas la mosquita muerta.

—Es una ninfómana.

—Claro, y tú, una santa.

—Algún día me darás la razón.

—Cuando la rana críe pelos.

Y la conversación sostenida en el jardín durante la pasada nochebuena. El cielo podía olerse en la respiración de los azahares y la tierra latía de gozo en los alrededores embrujados.

—Da gusto sentirse así.

—¿Cómo?

—En sintonía. Todo es hermoso y transparente. El aire no pesa y el suelo parece de algodón liviano.

—Los tragos se te han ido a la cabeza.

—Sabes que mi límite es uno.

—Uno de estos días haré que te emborraches para conocer tu averno.

—No me las doy de perfecta, pero tampoco soy tan mala.

—Ustedes las mujeres son como un pozo de arañas con un brocal de seda.

—En todo caso arañas con un veneno estimulante.

—Una cosa me intriga de ti, Tere Mansa.

—¿Cuál?

—¿Por qué siempre estás vigilando a alguien?

—Es un impulso irresistible.

—¿Así de conminatorio?

—Más fuerte que la necesidad de moverme y que la necesidad de dormir.

—Me das la impresión del soldado que huye, disparando a mansalva.

—Todos huimos, imaginando que buscamos. Tus problemas son tan serios como los míos. Pienso que si nos entend…

—Entremos, que la mocosa nos llama.

Pero nada comparable, dentro del recuerdo, a la advertencia inesperada que le espetó de improviso, la tarde en que tropezó con Tere Mansa al salir del trabajo.

—Hola.

—Ten cuidado con mi tía. Es peor que una sanguijuela.

—¿De qué me estás hablando?

—Tú sabrás.

—¿Y te marchas así como así, dejándome con la palabra en la boca?

—Sólo vine a prevenirte.

La carta que conservaba en el bolsillo, a diferencia de las anteriores, era más bien introspectiva que ensañada. Le contaba de sí, y de lo sola y cansada que se sentía en aquel patio de gallos y gallinas movidos por el juego de buscar pareja y por los complejos. Hipocresía, astucia, malas mañas, lenguaje viperino, prejuicios, campeaban sin freno, en un sitio cuya imagen se vendía al público en sentido contrario.

—Esto es un verdadero asco. Un estómago repleto de residuos malsanos. Una alcancía para amasar al egoísmo a nombre de la cultura. Los profesores engañan a los alumnos y los alumnos engañan a los profesores. Unos y otros puestos de acuerdo, legalizan el sin sentido, la mediocridad, el fraude espiritual y la gazmoñería. Los síndicos aplauden, los políticos cooperan, los padres cotizan, la prensa respalda, y para sostener un mito se deshuesa la vida.

Pasaba por una crisis. Ganas no le faltaban para regresar y ocuparse en algo concreto. Pero hogar no tenía ya que su casa no era más que un techo, sus padres y sus abuelos creían que con mandarle dinero cumplían su cometido. Necesitaba de alguien que la apoyara, y como que amigos lo que se dice amigos no tenía, sólo en él buscaba apoyo moral.

En su fondo Tere Mansa era buena persona. Sus inmensas reservas de ternura, reprimidas por la soledad y el desamparo, esperaban por la varita mágica que las realizara. A diferencia de Fini, era inteligente y dotada. Una carta como esa, jamás saldría de la cabeza de su ex-novia, ejemplar con los cinco sentidos puestos, en la urgencia de sostener su tren visceral. Tere Mansa, a pesar de su lengua, veía y aguardaba. Fini, en cambio, bajaba de escalón en escalón, hipócrita y modosita, hacia un abismo que en su final carecía de escaleras. Poco le servía a fin de cuenta su astucia para trabajarse un destino. También el bebito sabe chupar instintivamente del seno que le es más fácil. Lo que le comentaba sobre el college, también lo sudaba él en su propio pellejo, y asimismo el tufo le caracoleaba en el alma.

El profesor que el primer día de clase advirtió que en su curso de economía política no quería alumnos extranjeros, era incapaz de entender que la verdadera universidad no es asunto de patria ni de linaje. La respiración espiritual, como la del aire, debe trascender retículas y fronteras.

La profesora, que antes de dar los buenos días, comenzó a desbarrar contra el capitalismo y la mentalidad colonial, era un topo amaestrado incapaz de tutear al sol y a las estrellas. Los ocho guapetones que entraron en el salón de clases, vociferando consignas nacionalistas, nada tenían que envidiarle a los inquisidores del medioevo. Las alumnas alocadas y los jóvenes vulgares que confundían la calidad con la impudicia, quedaban humillados ante los ejemplares caballares y vacunos de un potrero, que al menos saben lo que son pastizales y bebederos. La compraventa de notas, la politización arbitraria, los tejemanejes, la mugre moral, la astenia por el orden y el desacato a la jerarquía pululaban a sus anchas, como en el solar yermo prosperan los yerbajos.

Sin embargo, contra viento y marea, tendría que aguantarse por el tiempo necesario hasta que obtuviera el diploma. La sociedad, con el alma vendida al diablo, protegía la burocracia de pergaminos y menciones. El cómo no importaba, ni el qué, a condición de que aparecieran primorosamente caligrafiados en tipo gótico, los blancos del papel de pergamino.

Sin resistirse, admitió que en Tere Mansa existían posibilidades. Con los dedos rastreó el sobre, asegurándose de que estaba en el bolsillo de su pantalón, y suspirando, vagó a gusto detrás de la ausencia idealizada.

La Cuarta Hora

Don Arquímides había dejado de sudar, y el enrarecimiento de la atmósfera comenzó a pasmarle las entrañas. Mentalmente, frente a un espejo imaginario obediente a los manejos de la mano que tiraba del cordel, vio contorsionarse a la misma calavera con que ilustraba sus clases en el instituto don Arsenio Alima, el profesor de anatomía.

Los huesos amarillentos del tórax vacío y los del cráneo insignificante lucían tan grotescos como los de la zona ilíaca, y los de las palancas de las piernas y brazos. Por broma, a veces los impregnaban con pintura luminosa y oscurecían el local, entre clase y clase, para divertirse con la fantasmagoría.

Alcides el bizco, que era la misma pata del diablo, subido a la mesa, tiraba del cordel y los canutos de los pies y de las manos flotaban desarticulados en la oscuridad. Falangetas y añadidos subían y bajaban tecleando al vacío como chicharras sonoras.

La risa resonaba en ondas histéricas, hasta que el alumno vigía daba la voz de alarma, advirtiendo que el maestro se acercaba. Las ventanas abiertas con diligencia y el silencio devolvían la impresión de normalidad.

—¿Qué ha pasado aquí? Hable Alcides. Estoy seguro de que usted me lo podrá explicar.

—Nada, señor maestro. Es que Luis me porfiaba que los fantasmas pueden atravesar las paredes.

—¿Y era eso todo?

—Sí, señor.

—Tonterías. Figuraciones del vulgo y nada más.

—Yo soy tú —le decía esta vez la calavera.

—Vete a la porra.

—¿Decía usted don Arquímides?

—Nada padre. Pensaba en voz alta.

Volvió al sopor embrionario, sin nociones precisas de tiempo y compañía. El ascensor no le parecía suspendido, sino sembrado en algún punto entre arrecifes y brumas. No le molestaban los olores, ni el confinamiento, ni la perspectiva, ni la bursitis, ni los ronquidos de la maestra, ni el abrir y cerrar del portafolio, que él mismo se traía con fastidiosa regularidad.

En la masa oscura de su alma, la imagen de Fela volvió a ser un punto de luz. Y por él comenzó a enhebrar las cuentas negras y azules de su fantasía. Del pasado, frío y rezumante, sólo rescataba imágenes mohosas, similares a las de las monedas enterradas. De una en otra, fue retrocediendo hasta dar con la que a primera vista se le antojó extraña.

Amelita, el nombre sonaba y resonaba familiarmente, sin que con la repetición atinara a definirlo. Amelita, Amelita, Amelita, Amelita Pisabonito.

Se asió al pie menudo, calzado en el zapato de charol y la sensación del montecito, en ese mediodía de julio, le ayudó a desenrollar el enigma. La tierra olía a reseco, las flores silvestres parecían hipnotizadas por el sol, los tomeguines suturaban con sus alas la piel de los claros y el mundo en pleno aguardaba por un toque de campana. Los tobillos blancos contra el color verde de los helechos, los muslos iguales, pelada hacia arriba la sayuela, los pechos de almendra y por fin el rostro hermoso, a pesar del acné. Se miró en los dos ojos grandes, recogiendo en su siesta líquida las sombras de los coralillos.

—¡No! No lo hagas, por favor.

—Calla o todos se enterarán.

—Papá me mataría.

—¿Eres o no mi novia?

—Sí.

—Pues demuéstramelo.

—Es que no debe ser.

La besó con frenesí, dando rienda suelta

a la curiosidad almacenada en el curso de las conversaciones entre sus mayores, cuando se imaginaba a solas con ella.

—Esto es un beso francés.

—¿Cómo lo sabes?

—Se lo oí al viejo.

—¿Me haces cosquillas en el oído?

—Te ayudará.

—¿Quién te lo dijo?

—Es lo que le hacía el chofer a la criada.

—Está bueno. Mira que me lastimas los pechos.

—Alguien tenía que hacértelo.

—¿Ahora qué te pasa? ¿Por qué tiemblas? Te has puesto blanco como la cal.

—Cosas de hombre.

De aquí no pasó, ni volvió a verla, pues al siguiente día al padre de Amelita, que trabajaba como contable con la compañía minera, lo trasladaron a la capital.

¿Con qué Amelita? Y él que siempre echaba cuentas a partir de Clotilde. Cosa de niños, un simple manoseo, un orgasmo chapucero porque la verdadera hombría temprana se la desarrolló con tacto y tino, la manejadora de su hermana.

Ya en el punto, se esforzó por aclarar si había otros antecedentes de sus escarceos. Tenía entonces diez años y de los nueve sólo actualizaba el beso que le dio a Conchita en la mejilla en el baile de disfraz. Y más allá ¿para qué molestarse? A los seis todavía creía en los Reyes Magos.

Amelita Pisabonito, Clotilde, las criadas, las señoronas, las amigas de su mamá, Nancy y otras que pasaron por su vida sin pena ni gloria. Pero lo de Olga Trinidad, mucho más reciente, por peligroso y difícil, fue una experiencia decisiva.

Casada con uno de sus empleados de confianza, todo en ella era retador y perverso. De un golpe de vista, intuitivamente por así decirlo, lo entendió desde el día en que ella se presentó para disculpar la ausencia de su marido por enfermedad.

Las cinco de la tarde, ponían a la oficina en meridiano neutral. Los empleados terminaban a las menos cuarto, y en cuestión de minutos los ascensores dejarían su carga humana en el lobby central.

Sólo Paca, la sordomuda a cargo de la limpieza, cumplía sus menesteres, con su eficiencia habitual. Iba y venía como un apéndice de la aspiradora, con que desempolvaba la alfombra. Silenciosa, le ayudaba a romper la cáscara fría del espacio endurecido por la soledad. El termostato regulado para las horas de congestión, ausente el gentío, hacía bajar la temperatura, dándole la sensación de que afuera nevaba contra los cristales. Para sus adentros, le gustaba saberla ahí, haciendo lo suyo, sin entorpecerlo en su tarea de echarle una última ojeada al papeleo tramitado durante el día.

Al golpecito de los nudillos siguió un timbre de voz que no le era familiar.

—Perdone usted.

—Sí —le respondió, sin apartar la vista del informe que revisaba.

—¿Hablo con don Arquímides?

—En efecto. Sólo que éstas no son horas de oficina. Son las seis.

—Soy la esposa de Leopoldo Magallanez.

—¡Ah!

¿Con qué la esposa de Magallanez? El nombre articulado inadecuadamente activó su memoria de computadora. Magallanez. Sección de estadísticas. El rechoncho de las gafas que le recordaba una lechuza. Eficiente, callado y amigo de las cuentas y los percentiles. Buena persona. Pastoso pero eficaz. Uno de esos ciudadanos sin los cuales los asuntos no marchan dentro del programa. Un insignificante necesario. Un incondicional de la mística corporativa.

La escudriñó de pies a cabeza, molesto por la estridencia del perfume que le hizo estornudar.

—¡Salud!

—Gracias.

El olor robusto y jacarandoso le daba picor en la garganta y de la bombonera sacó dos caramelos, ofreciéndole uno.

—¿Le apetece?

—No. Acabo de tomarme un café con leche.

Llevaba peluca, a juzgar por el brillo y la largura; vaya manía la de las mujeres. Mira que ocultar la seda viva debajo del nylon, o del pelo humano muerto. En muchos casos se trataba del miedo al agua, o de falta de tiempo para mantener el pelo en buen estado. En otros, la explicación había que buscarla en la calvicie incipiente, en la prisa malsana, o en la endemoniada coquetería. Los hombres también se sumaban a la novedad, y entre ellos era bastante socorrido el uso de los peluquines y pelucas.

Aquello, y la moda de las botas altas, rayaba en el colmo considerando que el verano, por crudo, tostaba en su sartén hasta las frondas más enteras. De ahí la secuela de los malos olores trotando en los espacios abiertos y arañando con sus uñas ácidas en los cerrados. Los ojos, botados, verdes y golosos, enormes pestañas postizas, el excesivo maquillaje, y el reto de la boca, de labios carnosos y hermosa dentadura, le conferían cierto aire grosero a la vez que singular. El escote bajo, con la mitad del pecho descubierto, el vestido provocador, y las medias, modelando las piernas bien proporcionadas.

—¿Qué se le ofrece?

—Es que Leopoldo está en cama.

Las piernas cruzadas y el desparpajo de la fulana, alentaron su curiosidad y sin amedrentarse por el reto continuó.

—Buen empleado su esposo. Eficiente y puntual. Espero que no se trate de nada serio.

—Principio de neumonía. El médico dice que tendrá que estar acostado por dos semanas, y luego tomarlo suave por otras dos.

—Ya veo. Casi un mes. Lo pondremos en vacaciones.

—Así no nos conviene. El siempre trabaja las vacaciones para cobrarlas. Contamos con ese dinero.

—Entiendo, pero no le veo otra salida al asunto. Sentar un precedente significaría enfrentarnos a una reacción en cadena. Los demás pedirían lo mismo.

—¿No es usted el que manda más?

—En cierto modo. Pero esto es una corporación. ¿Y qué quiere que haga?

—Que le dé un mes de baja con sueldo.

—Los otros se enterarán.

—Aflójele la plata por la izquierda.

—Son las seis y cuarto; si le parece bien tomamos unos tragos y discutimos el problema. ¿Acepta?

—¿Por qué no?

Fueron al bar Las Sílfides donde los empleados lo entendían sin necesidad de palabras, que para eso servían las buenas propinas. Tres martinis y dos cuba libres en menos de una hora le facilitaron la proposición.

—¿Nos vamos?

—Bueno. Tengo las tripas retorcidas por el hambre. Me comería un buey.

—Cada cosa a su tiempo. Ahora a terminar con la mortificación.

Ordinaria, eficiente, impredecible y voluptuosa, Olga Trinidad terminó fascinándole por inesperada. Olía mal por la boca, también por las axilas, y limpia del maquillaje parecía un animal insaciable y desenfrenado. Sin pudor, con una vitalidad increíble, mascullando palabrotas, intercaladas con monosílabas de ternura, era una síntesis absurda de sus concubinas anteriores. Tenía la desfachatez de Soledad, la vehemencia de Luz, el cinismo de Ramona, la voracidad de Celeste, el dejo vicioso de la primera maestra del instituto, y a veces cierto silabeo maternal que le recordaba al de la segunda. Pero en cambio se diferenciaba de todas ellas por su absoluta amoralidad. Sólo Nancy y Esperancita no asomaban en el espectro, la una por idealista, y la otra por devota.

Comían desnudos en la habitación los fines de semana cuando la llevaba a las islas. Pasaban por lo alto el baño, y sobre el piso se revolcaban como animales.

Una noche, bebidos, salieron a tumbarse sobre la arena.

—Juguemos al juego de la caguama —le dijo ella.

—¿Qué juego es ese?

—El caguamo entra y de allí no sale hasta dentro de unas cuantas lunas.

A la una de la madrugada, sobre ella, atento y luego de una serie de estornudos, decidió acabar con el ensayo.

—¡Entremos!

—Si todavía no estamos ni a la mitad de la primera luna.

—Qué luna ni qué ocho cuartos. Los caguamos tienen que morir de pulmonía.

—¿Qué? Cuando terminan, en puro carapacho, se arrastran hacia el mar.

Pasaban dos turistas ebrias, desnudas, y deteniéndose pretendieron interesarse en el juego.

—Un hombre para tres —dijo la joven rubia y alta, arrodillándose en la arena.

—O dos mujeres y un hombre con otra mujer —añadió la otra.

—Circulen, que esto no es un bazar.

—¿Eres o no una hembra tropical?

—Lo que yo soy no le importa ni a la recoñísima de tu madre.

—Andando o te despellejo las nalgas.

Se quitó de encima el cuerpo de Arquímides y echando mano del palo de golf, la emprendió contra las dos intrusas que echaron a correr despavoridas.

—Mejor entramos, que esto no es un circo.

Otro día, desde el yate fondeado a varios metros de la orilla, luego de retozar y disponerlo como sólo ella era capaz, se lanzó al agua, diciéndole:

—Hagámoslo en el mar.

—No seas loca y sube.

—Anda, ven, que el agua está tibia.

—¿Sin punto de apoyo?

—Tírate, y ya veremos.

La complació, pero el asunto lo terminaron sobre un berrueco, con los pies de ambos lacerados por las navajas del coral.

—¿Y tu marido? —le preguntó un día, justo al cumplirse el mes del entendido entre ambos.

—Sigue en cama.

—¿Va mejor?

—Ahora pescó las paperas y se le corrieron.

—Estoy pensando en asignarle a una sucursal en el extranjero.

—Allá o aquí, él no nos molestará.

—¿Acaso no tiene orgullo?

—Ni cojones.

—¿Por qué te casaste con él?

—Para tener una cama segura.

—¿Sospecha algo?

—Es tan idiota que aunque lo viera no lo creería. Sólo le importan los números.

—¿Qué le dices cuando llegas a deshora?

—No se atreve a preguntar, ni le doy explicaciones. Lo tengo comiendo maíz de mi mano.

—¿Y cómo?

—Acostumbro a arreglar mis asuntos con brebajes.

La frase en broma, disparada acaso por el alcohol, lo puso sobre aviso, y pensando con calma articuló escenas y detalles, que aislados, y sin el hilo de la palabrita, inicialmente se le habían pasado inadvertidos.

Las cartas que recibía de las islas, los abalorios y las estatuillas, los tres viajes a Haití, sus momentos de balbuceo incomprensible, el rugido de selva que le brotó en Jamaica cuando escuchó los tambores, el té de yerbas que le preparaba para zafarlo del insomnio, y algunas pesadillas ocasionales en las que se veía atrapado entre yerbas y pantanos espectrales, en un instante le dieron sentido al rompecabezas.

Que tenía sangre jamás lo puso en duda. Aquellas piernas, tales senos y dientes tan anchos y fuertes le venían por los genes de la jungla inflamada. Decía ser de Aruba, hija de padre holandés y de madre inglesa, cosa que por supuesto él nunca aceptó. Viéndola hecha una cuba aprovechó una noche la ocasión para confirmar lo que suponía.

—Bendita sea Holanda.

—Y ese entusiasmo, ¿a santo de qué?

—Por regalarme a alguien como tú.

—Sí que eres simple, mi rey. Mi madre era congolesa.

—Pues viva el Congo.

—Y que requete viva. No me salió en la piel, pero me arde en las entrañas.

Aunque hombre decidido, no estaba como para correr riesgos innecesarios.

Esperancita estaba de regreso de un viaje por Europa, y no era lo mismo mar de por medio que ella de vuelta, entre parásitos aprovechados y beatas hostiles.

La más fanática de ellas, doña Estelita, resultaba ser la peor. Separada del marido, rechazó el divorcio por sus convicciones religiosas se decía, pero llegaba a sus manos una mesada generosa que le permitía dedicarse de cuerpo entero a los oficios del chisme y la beatería.

Jamás le disputó a Esperancita el rango estelar, de entrada por su necesidad de endiosar a alguien que le sirviera de medida para purgar a los demás, y de colofón para escudar en ella su propia vulnerabilidad.

—Santa santísima —repetía al mencionarla cristiana cabal, sensitiva y mártir.

—¿Por qué lo de mártir, si no ha sido crucificada? —le preguntó una advenediza al coro en cierta ocasión.

—Su matrimonio es un calvario. Cuanto le cuente es poco; pero mejor será que calle por respeto a su santidad.

La verdadera historia de doña Estelita, acallada por el tiempo, la tenía en sus manos por escrito, debidamente archivada.

—Pidió el informe con el deseo de abrirle los ojos a su mujer.

—Habladurías. Las palabras no bastan para roer una virtud.

—Lee y convéncete.

—El papel resiste cualquier escritura.

—¿Sabes la razón que la distancia de su marido?

—Ni lo sé, ni me interesa.

—Le pegaba a puño entero y el pobre, cansado de ser recortado como un arbolito japonés, puso pies en polvorosa y ahora vive en Asturias.

—Infundios. Puras mentiras.

—Aquí tienes copia del acta policial, dando cuenta de la última paliza que ella le propinó. Esta es la hoja clínica; estuvo hospitalizado durante tres días.

—Pruebas o no, es y seguirá siendo mi amiga. Cristo tuvo sus buenas razones para flagelar a los mercaderes.

De hecho, Olga Trinidad le atemorizaba. En sus ojos verdes creía otear a veces profundidades infernales. Su cuerpo era un pozo inevitable y sobrecogedor. Las rimas mansas de los ininteligibles monosílabos eran la antesala de los tambores y ritos ceremoniales. Sus mismas caricias a veces terminaban por lacerarle la piel de los hombros y la de las espaldas. Y se la imaginaba en su frenesí, galopando entre riscos y helechos prehistóricos por parajes sobrenaturales.

—No se te ocurra dejarme, mi rey, te lo advierto —le dijo, camino al yate cierta madrugada.

—Desencarámate negrita, que no soy poltrona.

—De las demás podrás reírte, pero de mí jamás porque soy diferente.

—¿Serías capaz de matarme?

—No haría falta. Tengo mis modos.

Por lo visto que Olga Trinidad lo estaba endrogando. La pereza que se notaba en el cuerpo, la sed que le acuciaba a todas horas, la sensación de continuo desasosiego, el desaliño incipiente, el desgano por el trabajo, y la necesidad de estar con ella, cada vez por más tiempo y de continuo, confirmaban sus temores. Tendría que terminar, y dentro del plan que puso en práctica comenzó por no beber nada de lo que ella le ofrecía.

—Estás cambiando, mi rey. ¿Puede saberse el motivo?

—Mi mujer ha regresado.

—Déjala de mi cuenta.

—Ni siquiera te atrevas a pensarlo. Ella es punto y aparte.

—Fue sólo un decir.

—Pueden irle con el chisme.

—Si lo dices por esa Estelita, duerme tranquilo. La conjuro y como que dos y dos son cuatro, la hago salir desnuda a la calle.

—Esto se acabó.

—Tú bromeas, mi rey. Tú estás loco. No soy sobra de nadie.

—Tómalo como quieras, pero más te vale transar por las buenas.

—Soy dueña de tu voluntad.

—Ya dejé de tomar tus porquerías.

—¿Con qué esas?

—Y no dormiré más en tu cama, con monigotes bajo la almohada, ni en ninguna otra en tu compañía.

—Voy a desollarte vivo y echaré tus partes a los gatos.

—Quemé el retrato. Amánsate y escucha. En este sobre hay veinte billetes de cien; y en este otro una orden de traslado y aumento de sueldo para tu marido. Lo enviaré a las oficinas de Miami. Allá podrás hacer lo que se te antoje. De entrada, con dos mil a tu favor.

—Tú vales mucho más, mi rey.

—Para el caso también puede que nada valga. ¿Lo tomas o lo dejas?

—¿Hablas en serio?

—Disponemos de veinticuatro horas. Si el miércoles sigues aquí, te haré encarcelar por intentos de brujería.

—¿Serías capaz?

—Y tú ¿qué crees?

—La primera vez que te vi pensé que tú no eras hijo de ninguna madre.

—¿Qué decides?

—Tú ganas, mi rey.

—Tampoco tú has perdido, negrita.

Continuó repasando las páginas borrosas en el libro de su memoria. Escenas, lugares, rostros y cuerpos, surgían entorpeciéndose unas a otras. Y cayó en la cuenta de su extraño matrimonio con la descontinuidad. Aprovechador de oficio, a su alrededor no veía otra cosa que hollejos secos, cáscaras desnudas y pisadas ocasionales. Ningún motivo se reforzaba en el siguiente para integrar una imagen de dulzura o de filantropía. Despojar, usar, obtener y amasar eran sus infinitivos preferidos. Mujeres, hombres, empresas y decisiones aparecían en su camino, reportándole señales ocasionales.

Acostarse con las primeras, sin molestarse por entender sus emociones o motivos; ordenar a los segundos en función matemática; deshumanizar a las terceras para robustecer el dividendo; y sopesar las últimas, excluyendo de ellas el toque lírico o sentimental. Y como filosofía básica, el principio de pegar primero para pegar dos veces, dentro de la regla de que ninguna ventaja es inmoral. El asco soterrado, rotas sus amarras por las tijeras del desamparo, se arrastró por su alma, y diluyó extraños ácidos en su sangre. Con náusea en el estómago, en las vísceras y en los pulmones, de repente comenzó a sentirse molesto contra la extraña irrealidad. Recordó el decir común de que la locura no es el estado de los que piensan en ella, y para afirmarse en la vida se dio en imaginar que moría.

El negocio redondo lo haría el estado, al quedarse con la mayor parte de sus bienes. Su mujer era rica, desde antes del matrimonio, y en nada la afectaría la mordida del fisco. Tenía de sobra para darse buena vida en diez reencarnaciones si es que las sanguijuelas no la dejaban antes, en el puro pellejo. Para protegerla en el testamento establecía un fideicomiso, asegurándole una buena rentabilidad.

En cuanto a las corporaciones, sólo él las entendía a derechas. Para los rejuegos de cada una, seleccionaba un testaferro totalmente ajeno a los de las demás. Generalmente se valía de un rábula o de un contador, a condición de que, sin dejar de ser eficientes, pertenecieran al montón. Nada de super conspicuos, ni de luminarias, ni de linces; que de buenas a primeras le salieran pidiéndole el cielo y las estrellas. Los mediocres, amén de ser agradecidos y dóciles, en ningún momento le clavarían el puñal en las espaldas. No es que a cada uno le faltaran las ganas, sino que todos carecían de coraje, y por miedo marcaban el paso sin trastrabillar.

Ejemplos de lo anterior y prueba de su técnica para sacar ventaja de la mezquindad humana eran, entre otros, Aguilucho Torazo, Alejo Mandril y Prudencio Galiredondo. Galiredondo se desempeñaba como contable en una de sus tantas corporaciones.

—Aquí me tiene, don Arquímides.

—Toma asiento para que niveles tu resuello.

—El sobrepeso me está matando.

—Pues come menos y piensa más en las mujeres.

—Ya conoce a mi capitana. Corta en el aire y lee el pensamiento.

—¿Sabes si ayer recibió mis flores por el aniversario de bodas?

—Y bien contenta que se puso. Quedó en que le llamaría hoy para darle las gracias. También yo se las doy. No tenía por qué molestarse.

—Lo hice con gusto.

—Pancha dice que usted es el mejor hombre del mundo.

—Favor que me hace; pero en fin, vamos a lo nuestro. ¿Trajiste los informes?

—Sí. Echeles un vistazo si le parece.

—¡Um! Mal, muy mal andamos. De mal en peor. ¿Algún modo de cobrar lo que nos deben?

—Difícil.

—¿Qué dice el abogado?

—Tenemos un mal pleito. Nuestros dos mayores clientes se han ido a la corte de quiebras.

—¿Se te ocurre algún modo de ponernos a flote?

—Un préstamo.

—Ningún banco nos dará un solo centavo. ¿Sin garantías? Estás en la luna.

—Si usted lo avala con su firma.

—No digas estupideces. Una cosa soy como persona y otra mis corporaciones. Mal andaríamos si tuviera que responder por cada una de ellas.

—El negocio es redondo. Las dificultades son transitorias. Si aguantamos un par de meses, seguiríamos en la pelea. Piense en las utilidades de los tres años anteriores.

—Agua pasada no mueve molinos. Por el momento debemos más de lo que nos deben.

—Acuérdese de los doscientos cincuenta mil que sacamos por la izquierda.

—¿Cuántos años llevas conmigo?

—Casi ocho.

—Si aspiras a completar la decena, abstente de llegar a conclusiones sobre asuntos ya decididos. ¿Devolverías los cinco mil?

—Imposible. Pancha los limpió en un dos por tres.

—Entonces déjate de lirismo y de una vez por todas entiende que sólo existe una salida.

—¿La quiebra?

—Claro. ¿Cuál si no? Ponte de acuerdo con el abogado y al grano.

—Tendremos que esperar los tres meses estipulados para no reintegrar la última repartición de capital.

—Ese es tu problema, Prudencio.

Con Aguilucho la escena fue más o menos parecida, con la variante del sitio, puesto que la misma tuvo lugar en un restaurante, de sobremesa, ocho meses atrás.

—¿Otro trago?

—Bueno, pero que sea el último o se me irá la cabeza.

—Con tal de que yo, esté claro, bastará...

—Usted es un financierazo, don Arquímides.

—Y tú un genio frustrado.

—Soy de los buenos.

—Jamás lo he puesto en duda y por eso estás conmigo.

—¿Tienes los números?

—Al centavo.

—Veamos. El cuadro es feo. No tenemos alternativa.

—Si nos investigan no podremos tapar las irregularidades.

—Saca los libros de la caseta y encárgate de que el Tullido los queme. Luego le das parte a la policía y dentro de seis meses aplica a la corte de quiebras.

—Necesitamos algún dinero para funcionar.

—¿Cuánto?

—Unos veinticinco mil.

—Es una pena. Habrá que sacarlo de lo

manso. Pero no es posible recoger la pita sin antes aflojarla.

—Descontados los veinticinco mil nos quedarían casi doscientos mil limpios.

—Tendrás tu cinco por ciento.

—¿Pudiera adelantarme algo?

—Por supuesto. Pero si me permites un consejo…

—No faltaba más, usted es como mi padre.

—Olvida el romance.

—Es puro faisán. Si la viera usted.

—Las mujeres son una de dos: o gallinas cluecas o aves de rapiña.

—Tiene veintitrés años. Un monumento a la necesidad vital.

—Si mal no recuerdo te oí mencionar que la conociste en un bar.

—Allí estaba con la tía.

—¿Tía dices? ¿O matrona?

—La muchacha es de una de las Islas. No lleva ni tres semanas en el lugar.

—Y se acostó contigo, convencida por tu buena figura. ¿Veinte? ¿Cincuenta?

—Sólo treinta y los tragos.

—Pagaste en exceso según el estudio llevado a cabo para la zonificación; las del muelle cuestan entre cinco y diez dólares, las del cordón turístico entre treinta y cuarenta, las de los bares de las afueras, no más de veinte, las de los urbanos de veinte a treinta y las de los hoteles no menos de cincuenta dólares. Quedan las que escenifican cuadros a la orden en los apartamentos, a razón de cien por noche, o más.

—¿Cómo lo sabe?

—Por experiencia, hijo, y por naturaleza. Comencé temprano y aún no se me ha hecho tarde.

—Veré lo que hago.

—Sé que en esos asuntos el rabo puede más que los consejos.

—Créame que agradezco su preocupación.

Que reincidió fue un hecho. Una madrugada de enero el frío y la luna lo acunaron con la mirada blanca y dura de los cadáveres. Apareció en una cuneta, con dos balazos en las sienes, y un billete de cinco en el bolsillo de la camisa. Prendido con un alfiler, al mismo una nota, escrita a lápiz, que decía: "Para los tragos del camino". Nada más se supo. Fue uno de esos crímenes anónimos sobre el que las autoridades jamás atinaron a descifrar sus extrañas señales. Descartadas la hipótesis de la droga y la del robo, quedó en pie la suposición del móvil pasional. Un comentario que oyó de boca del chinero de la esquina le dio la clave del embrollo.

—¿Se enteró de lo de Aguilucho, don Arquímides?

—Sí. Es una pena.

—Quiso dárselas de chulo y en la chulería no existe el grado de aprendiz.

Alejo era otro de sus lugartenientes económicos. Ocupaba la posición de tesorero en una de sus empresas dedicadas a materiales de construcción.

—Con permiso, don Arquímides.

—Pasa. ¿Qué te trae por acá? ¿Teníamos cita?

—No. Pero estamos atascados.

—¿Qué sucede?

—No podemos cumplir las especificaciones de nuestro contrato con el gobierno. Las cabillas que les servimos son más delgadas.

—¿Qué pasó con el comprador? ¿Se te olvidó tocarlo?

—Lo despidieron y el nuevo cayó en la cuenta.

—¿Lo conoces?

—Acaban de nombrarlo.

—Que nuestra agencia lo investigue. Sueldo, deudas, familia, costumbres y aficiones.

—Me tomé la libertad de hacerlo. Aquí está el informe del detective. Su flaco son los caballos.

—Ya veo, si juega, tiene que estar endeudado, y si debe, estará atrapado en la telaraña de alguna de nuestras financieras. ¿Tienes su estado de situación?

—Sí. Podemos presionarlo. En el Sol de Todos cogió ochocientos dólares en el mes de noviembre y no ha pagado la primera amortización.

—Llámalo desde aquí como si fueras el abogado, y dile que o paga o lo demandamos.

—Buena idea.

En cuestión de minutos quedó zanjada la dificultad. Cuatrocientos pesos bastaron para asegurar la complicidad del comprador.

—Extiéndele el cheque.

—Lo pidió en efectivo.

—Que te lo endose y se lo cambias. Así evitaremos que quiera morder en forma desmesurada. Estando en nuestras manos se contentará con mendrugos.

—Usted se las sabe todas.

Ni siquiera a su familia respetaba en su desapoderamiento material. La parte de la herencia paterna que le correspondió a la hermana se la pagó en acciones de compañías plagadas de problemas. Ella, que veía por sus ojos, le dejó hacer y deshacer sin pedirle explicaciones.

—Es tu porvenir, hermanita.

—Tú eres el financiero.

—Aquí tienes los documentos.

—Bien sabes que ni siquiera me molestará leerlos. Muerto papá, sólo puedo confiar en ti.

—Haces bien. El viejo dejó las cosas enredadas y costará Dios y ayuda sacarlas adelante.

—Por mí no te preocupes. Con las rentas del edificio me sobrará para vivir.

Cuando la hermana contrajo matrimonio, creyó conveniente aclarar las cosas con su cuñado.

—Debes saber que el dinero de Cuca está inmovilizado.

—Ni lo sé ni me interesa.

—Se trata de acciones.

—Te agradezco la atención, pero ahórrate las aclaraciones. Aunque no soy rico, lo que gano en la farmacia bastará.

—¿Has pensado en establecer una cadena?

—Las desventajas de los grandes son la ventaja de los pequeños. No quisiera complicarme la vida.

—Podría conseguirte la extensión contributiva para un buen laboratorio. El dinero lo obtendrías con un préstamo gubernamental a largo plazo.

—Somos felices así.

—Al menos consúltalo con Cuca.

—Hemos hablado del asunto y no renunciaremos a la simplicidad.

—Allá ustedes. Por mí no ha quedado. Cada quien es dueño de hacer su vida. Yo sólo trataba de asegurar el porvenir de la criatura.

Andando el tiempo, a la sobrina, convertida en una joven espléndida, quiso casarla con un agente de la bolsa que tenía su propio asiento en la bolsa de valores.

—No es mi tipo, tío.

—El matrimonio no es asunto de tipología. Finn es un genio de las finanzas. ¿Sabes lo que cuesta un asiento en la Bolsa de Nueva York?

—Una montaña de dinero. ¿Y qué?

—Es disciplinado y tenaz. A los veintinueve vale más de tres millones.

—Tío ¿cuándo dejarás de pensar que los otros deberán ser como tú? Cada ser humano es como es. Si todos viviéramos obsesionados por el dinero, tú no serías un hombre de fortuna.

—Déjate de dialéctica barata.

—Las grandes riquezas están fomentadas por cierta filosofía de la pobreza establecida a su alrededor. Si los demás vigilaran las veinticuatro horas, nadie obtendría las ventajas del madrugador.

—Es lo único que me faltaba. Oír que mi propia sangre me sale con sandeces.

—Llámalo estupidez, simpleza, ingenuidad o falta de agallas. La conclusión es la misma. Unos se divierten mirando la escena y otros en las candilejas del escenario.

—Terminarás casada con un vendebotellas.

—La felicidad no depende del oficio. Las mozas en la finca cantan a pulmón lleno y sé de muchas sirvientas que son más felices que sus señoras.

Tres años más tarde, ya casada, cuando vino a pedirle trabajo, volvió a las andadas.

—¿Conque deseas trabajar?

—Me hará bien por muchas razones.

—Debo entender que no lo haces sólo por dinero.

—Dices bien.

—Traté de prevenirte y me saliste con desplantes. ¿Te engaña?

—Prefiero no discutir la situación.

—Así que hay otra, u otras, de por medio.

—Lo sabes tan bien como yo. Si lo ignoraras dejarías de ser don Arquímides. Necesito cooperación y no recriminaciones.

—Estoy de tu parte. Si deseas enseñar, podría conseguirte una plaza en la secundaria.

—Desde que perdí al bebito, no quiero

enfrentarme a nada que me recuerde la necesidad de crecer.

—Tratarías con adolescentes. No te hablo de un kindergarten.

—Para el caso sería lo mismo. Los niños de hoy se hacen jóvenes de repente.

—Y los hombres envejecen en un pestañazo. Es la prisa interior y exterior con que vivimos. De salto en salto, descontentos con lo que tenemos y aterrorizados por el porvenir.

—Acabas de hacer tu autorretrato. Pienso que podría serte útil en la oficina.

—Cuanto más distanciada de mis manejos, tanto mejor. Sé que adoras a tu madre y no quiero ponerte entre la espada y la pared. Si no ves, no sabes; y si desconoces, nada tienes que ocultar.

—Me pregunto si alguna vez cambiarás.

—Lo dudo. Sobre los muros de ladrillo no se dan más que semillas trepadoras. Demasiado de lo mismo ha hecho de mí una pared de hormigón.

—Siempre hay una salida.

—No, si siempre estás de regreso. Trabajarás en el banco a partir de mañana. Supongo que en tus planes entra la idea del divorcio.

—Papá agoniza. Por el momento continuaré sobrellevando la situación.

—La semana pasada Finn preguntó por ti.

—Llueve sobre mojado.

—Te lo informo para cuando estés en libertad.

—Te agradeceré que no insistas.

El propio suegro se contó entre los enemigos que le tenían la guerra declarada. Torcuato Iribarrigarúa, canario de cepa, ex legendario, dueño de tres ingenios y tiburón metamorfoseado para la supervivencia terrícola, también era un paladín de la causa antihumana. Sin la preparación académica de su yerno, pero fraguado en su propia academia, era un hombre al que nada se le ponía por delante. Dueño de más de veinte edificios de apartamentos, de unos cuantos solares situados en lo mejor del corazón urbano, de dos fincas ganaderas, un laboratorio, una naviera y un buen paquete de acciones en las principales empresas del país, era el tipo de rico pobre, porque jamás llegó a entender el monto de su riqueza, ni a disfrutar con plenitud.

Para evitar los gastos del segundo carro, cuando la esposa usaba el único que tenía, iba a pie a su oficina, ahorrándose así las monedas del pasaje. En una libreta de bolsillo llevaba cuenta de los gastos, al centavo, partida por partida, acompañada con la descripción y la fecha que correspondía. En más de una ocasión, el chófer o el ama de llaves, o la manejadora encargada de Esperancita, le vieron discutir precios y pesadas con el viandero, que con su carretilla se las buscaba en el vecindario.

—Usted ha cobrado dos centavos más.

—No me lo explico, don Torcuato.

—Se equivocó en la suma. Son tres dólares ochenta y un centavos, en lugar de tres dólares ochenta y tres centavos.

—Llevo las cuentas de memoria; con los números no debe haber equivocaciones.

O descargando contra su mujer, cuando los asuntos no marchaban a su gusto, bien en sus inversiones o bien en algunas de sus empresas, le decía:

—Ni que fuéramos un hospital. En lo que va de mes llevamos gastados más de cien pesos en medicinas.

—La mayor parte de ellas eran muestras de la droguería.

—Pero inventariadas. Para tu información te diré que también las muestras tienen precio.

—Para que no te desveles las pagaré con mi dinero, o las haré cargar en la cuenta de papá.

—¿Y darle por la vena del gusto? Saldrá pregonando en voz alta que nos mantiene.

—El solar lo ha puesto a nombre de Esperancita.

—Hipócrita.

—Estás irritado con motivo de la huelga. Cede un poco y las cosas se normalizarán. Son buenas personas que han hecho mucho por ti.

—Y con buen dinero les pago. Nadie hace nada de balde.

Con el párroco que vino a interceder a favor de un inquilino a punto de ser desahuciado, no fue menos tajante.

—Mire que se trata de un padre de familia, don Torcuato.

—Sepa, padre, que no he sido yo quien lo puso con su mujer en la cama.

—Tiene tres hijos.

—¿A santo de qué debo pagar por los gustos ajenos?

—Es menos penoso dar que pedir.

—Los manirrotos acaban pidiendo limosna.

—La caridad no le empobrecerá. El bien que haga Dios se lo tendrá en cuenta.

—Me debe la renta de tres meses.

—Está sin trabajo.

—Pues que se ponga a partir piedras, o a tumbar caña. Y no se despestañe los ojos, señor cura, porque si fui bueno para hacerlo cuando la necesidad me empujó, él no es ni más ni menos cristiano que yo.

—Usted lo tiene todo en la vida. Concédale siquiera otro mes de gracia. Se acerca la Semana Santa. Medite en el evangelio de la crucifixión.

—No coja usted el rábano por las hojas. Le consta que soy un católico cabal. Entre los dolores de cabeza de Cristo no estaba el de pagar impuestos sobre la propiedad. Para que no diga que vino en balde, aguantaré el desahucio por dos semanas.

—En fin, algo es mejor que nada. Con esto al menos las niñas pasarán el sarampión bajo techo. Buenos días.

Al salir, Genara, la esposa, lo detuvo en el jardín.

—Alcancé a escuchar la última parte de la conversación. ¿Es cierto que están enfermas las criaturas?

—Más de hambre que de erupciones, doña Genara.

—Lléveles estos cien pesos. Con ellos pagarán dos meses y las medicinas. Oí decir que en el almacén de papá necesitan un ayudante. Le llamaré esta tarde. Que no deje de ir mañana.

—Es usted una santa, doña Genara.

—Sólo una madre. Vaya con Dios.

En casa de su hija, mientras hacían la sobremesa de la cena, en el saloncito chino, esperando por el café y los cordiales, Torcuato, dándole una chupada al habano, le dijo a su yerno:

—Eres un tránsfuga.

—¿Puedo saber por qué me cuelgas el sayo?

—Ha sido un golpe bajo.

—¿De qué demonios me estás hablando?

—Si te comenté lo de la hipoteca sobre el edificio de marras no era para que tú la ejecutaras.

—Le juro que no sé nada del asunto.

—Tú eres el mayor accionista de la Tiror Enterprises. Así que no te hagas el desentendido.

—¿Y qué si lo compré? A lo hecho pecho.

—Considerando que eres mi yerno te daré a ganar cincuenta mil.

—Lo siento pero el edificio no está en venta.

—Lo necesito para cuadrar la manzana. Eventualmente volverá a tus manos, puesto que todos nuestros bienes pasarán a Esperancita. ¿Qué me dices?

—La respuesta sigue siendo no.

—¿Ni por setenta y cinco mil?

—Ni por un millón.

—En ese caso te vas al carajo y no me dirijas más la palabra.

El capricho le costó más de un dolor de

cabeza a don Arquímides, y materialmente más de un millón. Bajaron los depósitos en su banco y acciones de compañías que antes se cotizaban por las nubes terminaron a ras de suelo como flores de calabaza. Por más que se devanó los sesos y urdió contra medidas, sus activos disminuían por semanas, sin ton ni son. Torcuato dejó de visitarle y a su vez le prohibió terminantemente a su esposa las visitas a casa de la hija. Era Esperancita la que venía, sin conseguir restablecer la cordialidad que antaño reinaba entre su padre y su marido.

Don Arquímides, una noche, dando vueltas y desvelado en la cama, al notar que no estaba solo en su vigilia, se animó a comentar en voz alta sus dificultades.

—¿No puedes dormir?

—Sólo si me guillotinaran la cabeza. Veo que también tú estás desvelada.

—Me preocupan tus preocupaciones.

—Diríase que los fantasmas se han puesto de acuerdo para trastocar mis asuntos. Es como para volverse loco. No atino con nada y nada parece tener sentido.

—Ten calma.

—Anoche hice mis números y en menos de tres meses he perdido más de un millón. A este paso estaré pidiendo limosnas.

—La cosa no es para tanto; una mala racha la tiene cualquiera. Si necesitas…

—Tu dote es sagrada.

—¿Es que no somos un matrimonio?

—Tu padre sería el primero en flagelarme. Lo más dulce que oiría de su boca sería la palabra chulo.

—¿Por qué no le hablas?

—¿Y humillarme ante ese dinosaurio analfabeto?

—Al menos inténtalo, y si no me equivoco terminarán tus dolores de cabeza.

—¿Quieres decirme que él? Ni siquiera pasó por mi mente la idea. ¡Claro que sí! Soy un estúpido, ningún analfabeto amasa los millones que él tiene. Lo subestimé tontamente. Conque ¿por ahí me vienen las piedras y los encontronazos?

—Cédele la propiedad.

—Ni aunque me deje con las nalgas al aire. Si a él le va de capricho, a mí me sobra terquedad.

—Compártela y todos en paz.

—¿Crees que él aceptaría?

—Nada se pierde con intentarlo. Mañana le hablaré.

—¿Y por qué no ahora mismo?

—Son casi las dos.

—Necesito una respuesta.

Descolgó el teléfono, y cuando lo colgó fue para decirle que a las nueve de la mañana le esperaba en su oficina para negociar la reconciliación, y condiciones sólo una. Que en lo sucesivo se abstuviera de torpedearle cualquier género de negociación. El resto de la madrugada lo durmió tranquilo, y la misma madrugada, deshilachada ahora sus gasas en el ascensor.

"Que se abstuviera de torpedearle cualquier género de negociación". Si a los oídos del suegro llegaba la noticia de sus planes con Fela, el mastodonte canario terminaría por dejarlo en la calle y sin llavín. No es que don Torcuato fuera un santo sin pecados. También él tenía lo suyo, sin renunciar al principio de actuar con ventaja.

—Mira, Arquímides, las mujeres son o pasatiempo o compañía. Con unas te diviertes y con sólo una capitalizas. Lo importante es evitar que te pongan en ridículo, haciéndote pagar por la cama para otro. ¿Quién es el pimpollo?

—¿A cuál te refieres?

—A la recepcionista de Almacenes Integrados.

—Sólo un anzuelo para los clientes y nada para mí.

—Siempre he criticado a los viejos verdes. Las mujeres que encajan en mi juego están entre los treinta y cinco y cuarenta y tres. Maduras, disciplinadas, responsables y madres con más que perder, que ganar. Si no saben cuidar de su reputación tampoco les arriendo la mía.

—Entiendo.

—Y sin embargo eres tú el que me preocupa. Demasiado cujeado y a la vez infeliz. Lo de no tener hijos es una desgracia. Pero el que más y el que menos tiene su Waterloo. Por un varón habría dado las tres cuartas partes de mi fortuna. Sólo tuvimos a Esperancita, y al casarse contigo nos llegó el hijo que añoraba. Mi hija es como es.

—El fervor religioso la tiene turulata, y en cierto modo la enfría como mujer.

—No me importa que el animal que hay en ti busque compañías comprensivas, con tal de que no la enfermes ni comprometas sus gananciales.

—Duerma tranquilo.

La razón lo alejaba de Fela y la sinrazón la encendía en su pebetero. La lucha entre el garrote y la almohada dominaba en sus elucubraciones. De un lado el suegro, dispuesto a molerle sin miramientos, y de otro la carne tierna y lánguida, abierta y tibia.

—Estoy frito —murmuró.

—Aquí nada se puede freír —dijo en forma entrecortada la maestra.

—¿Qué trabalenguas es ese? —preguntó el sacerdote—. Relájese.

—Es lo que estoy tratando de hacer.

Sin abrir los ojos, por su mente desfilaron viejas imágenes, que en su marasmo no podía deslindar de las actuales.

Relájese, relájese, el pulgar del padre Hermenegildo, sus ojos de Sócrates y su aliento impregnado de vino.

Relájate. Blas con su bigotico, sus cejas montunas y sus pupilas, que por encendidas eran capaces de avivar el fuego de una hoguera. Sus indecencias, su potente desempeño y su crueldad al marcarle el cuerpo con mordidas.

—Si el viejo ve los morados, me mata a correazos.

—Soy un entendido. Sé lo que me traigo entre manos.

—A veces él entra al baño sin avisar.

—Pues báñate de frente y así no te verá el trasero.

—Además, me duele.

—Sin el toque sádico nada tiene sentido. La verdad del caso es que sólo pegándote sentirás el máximo de placer. ¿Sabe la razón por la cual las putas no pueden prescindir de los chulos?

—Ni lo sé ni falta que me hace saberlo.

—El caso es que te lo diré para ilustrar tu ignorancia. Necesitan de alguien que las veje y las explote, para de ese modo sentirse más y menos humilladas.

—Me hablas en chino.

—El asco que una persona siente de sí necesita de un asco más profundo para sobrevivir. La inmoralidad deja de ser irritante cuando la sometemos a la degeneración.

—No entiendo.

—La persona en trance de ahogarse, debe tocar el fondo antes de emerger. Caer más abajo y más hondo es una necesidad tan real como la opuesta de elevarse y ascender hacia la altura ideal. La caída a medias es un contrasentido, y la perfección a medias una grosería. Tan inmoral es una como la otra; porque la misma miseria circula en las venas del ala rota que en la del pie resquebrajado.

—Tú has pescado una insolación.

—De la fiebre nace la verdad y en el frío se arma la mentira. Acaso mueras sin entenderlo porque no estás alambrada para la cerebración. Pero a lo nuestro. ¡Relájate!

¡Relájate! Virginia inclinada sobre ella con su magia de sacerdotisa, soplándole hormigas en los oídos y mariposas polinizadoras en las entrañas. Hechicera, con el mar y el cielo atrapados en los ojos, bruja con cinco teclas de seda y fuego en cada mano, boca de Vesubio intenso, voz de abismo y orillas. Iconoclasta del cañón sordomudo.

¡Relájate! Casiano, fanático del amor, incómodo sobre cualquiera de las mesas de la biblioteca a las cinco de la tarde, cuando ya estaban desiertas las aulas y los pasillos. Con él nunca repasó el amor sobre una cama, ni sobre el suelo sombreado por pomarrosas y cañas bravas. Siempre oliendo a alcohol y siempre apurando el desenlace. "El placer es hermano de la simplicidad", le decía, o "el eufemismo ha destruido la vitalidad; haciéndolo aquí evitarás la murmuración". Tacaño. Maceta. Hombre de centavos.

Garrotero miserable exprimía a los empleados y a los profesores prestándoles el dinero al quinientos por ciento. Siendo un subalterno en la nómina, daba pena ver como los superiores se rebajaban para que no les negara la ocasión de ajustarse la soga al cuello. Los viernes por la tarde desfilaban por la biblioteca estampando sus firmas en los vales y recibiendo el dinero, y de todos sin excepción se reía, gastándoles bromas de mal gusto.

—Suerte en el pokerito —le decía al director.

—Que la pase bien con su nene doctora.

—¿Otro viajecito, doctora?

—Nicasia, a ti te aconsejo de corazón porque eres de mi nivel. Saca a ese vago de la cama y ponlo a trabajar.

—Gracias por los canapés, profesora. Estaban ricos.

—¿Me completó los cien?

—A los más que puedo llegar es a sesenta.

—Mi hermana está ingresada. Usted sabe como son los hospitales.

—Trampas mortales. Claro que lo sé. Pero por el momento estoy escaso de fulminante. Y todos pretenden disparar a la vez.

—Por lo que más quiera. Haga un esfuercito.

—Usted es buena gente. Tenga otras veinte.

—¿Y los que faltan?

—El lunes se los daré. Sin comentarios por favor. O los demás se me echarán encima.

—A su recomendada la aprobé.

—El arreglo quedará entre nosotros.

¡Relájate! Don Arsenio, el viejo sorpresa, sentado junto a ella en un rincón de la sala a oscuras, por la connivencia del padre.

—Don Arsenio, sé que la claridad le molesta. Le pondré el candil a media luz. Y Ahora con su permiso les dejo, para que puedan hablar con libertad.

—¿Y los otros?

—Descuide, don Arsenio, que ellas están jugando en el patio y no molestarán.

—Mejor las manda al cine. Hoy sábado

darán funciones. Tenga para las entradas.

¡Relájate! La guayabera almidonada rozándole los brazos, y la mano adornada por el grueso anillo acariciándola la mejilla.

—Eres una gatita arisca. Yo puedo hacer de ti una abeja reina.

—Odio las abejas.

—Pero como que me llamo don Arsenio apuesto a que te gusta la miel. Vestidos lindos, una sirvienta, buena comida y dinero para lo que se te antoje.

—Quédese con su dinero.

—Entiende que no estoy forcejeando para una compraventa. Me gustas mucho y si me correspondes puedo sacar a tu familia del hoyo.

—Es que yo no le quiero.

—Si empezamos por la comprensión, después brotará el cariño. Mira este grano de frijol. A simple vista nadie diría que hay una planta en él. Siémbralo, dale agua y calor y lo que escondía aparecerá.

Abrazada, por más que quería librarse, don Arsenio no daba un paso atrás. Con un movimiento inesperado la levantó en peso, sentándola sobre sus rodillas. Se sintió besada con frenesí avasallador. Sin aire en los pulmones y sin fuerzas para luchar imaginó que moría.

—¡Bruto! Que me lastimas.

El insulto no aminoró la acometida del hombre, dispuesto a reencontrar su juventud. Los ojos, las mejillas, el cuello y la nuca eran blancos alternos de su boca. De nuevo la levantó, y en el aire ella notó que algo más que el resuello le faltaba. Su cuerpo era la misma salina trabajada por Hermenegildo, Blas y Virginia. Fosforescente y seco gritaba por su humedad primaria. La colocó sobre la cama del cuarto y de un tirón le despojó el vestido.

—El refajo te lo quitas o te lo rompo —balbuceó jadeante. Ella obedeció con docilidad. La demostración del animalote casi la descuartizó. Sentía el cuerpo adolorido, e imaginó que sus partes sueltas como monedas resonaban en la alcancía de su vientre cada vez que se movía. A la vez eufórica, su alma entonó un salmo subsumido.

Soy toda una mujer, pensó. Me he tropezado con un campeón.

En la creencia de que el lance había terminado, trató de incorporarse.

—Todavía no. Ya has visto el verano, ahora te falta conocer la primavera.

Pacientemente, por más de dos horas, el viejo fue sacándole del cuerpo respuestas que ella desconocía. A los veinte minutos el alfabeto del padre Hermenegildo perdía todas sus consonantes y cada una de sus vocales. A los treinta Virginia quedaba reabsorta en la misma onda asténica. Cinco minutos después, nada quedaba de Blas; y por el resto de la jornada, fue plenamente feudo indisputado del anciano.

Al parecer, la puya del demonio venía acompañada por el murmullo de los ángeles y por el parto de la tierra postergada. La luna daba a la cama, y su cuerpo, por completo relajado se concertaba con ella cuando el viejo se vistió.

Pareces un pedazo de la luna y de hecho lo eres porque ya te quité la calentura del sol. Esta madrugada iré a la capital y para cuando regrese nos ocuparemos de tu nido.

La idea de darle en la cabeza a las cuatro o cinco mentecatas con ínfulas de pavas reales y saliendo de paso del infierno de la casa la llevó a sonreír.

—Esta noche dormirás tranquila. Nada de avispas ni de mosconeos en tu cuerpo. Sólo música suave y muchas luces de colores —le dijo, sonriéndole antes de partir.

Don Arsenio no regresó de su viaje a la capital. Murió víctima de una embolia masiva, con las botas puestas, mientras le hacía el amor a una de sus concubinas. Ahora que pensaba en el incidente, concluyó que después de todo no era tan profeta el bastardo. Aquella noche, en la madrugada, para sofocar el fuego que la abrasaba, tuvo que meter la cabeza y los pechos en la tina de agua fría.

—¿Qué demonios hacías remojándote a las dos de la mañana? —le preguntó el padre en una de sus raras treguas de lucidez.

—Me picaba la cabeza.

—Serán los piojos, mejor la zambulles en creolina. Ahora don Arsenio entrará en la familia, debemos causarle buena impresión.

—¿Qué tal te trató?

La impresionó mucho la mirada maliciosa de los ojos, observándola desde la altura de la palangana.

—Hazle ver la muestra pero no le enseñes el paquete. Ilusionado lo amarrarás corto. No lo digo porque eres mi hija, pero estás a punto de chirimoya madura. Don Arsenio sabe lo que se trae entre manos. Es un hombre de mundo. De no haber sido por mi suerte de vinagre, también yo habría sido como él.

¡Relájate! Su hermana, la monja, más pálida que una margarita, repasando con sus manos de fregona las cuentas del rosario. Nerviosa en el puro hueso, por la tarde sudaba el paludismo de su carne, y por la madrugada el de la aurora.

—Está muy cambiada y extraña —le dijo la madre superiora. Parecía contenta y de buenas a primeras ha comenzado a consumirse como un pabilo. Reza más y duerme menos que cualquiera de nosotras. A usted que es su hermana, se lo digo sin ánimo de preocuparla y sólo para ver si usted atina con lo que le pasa.

—Puede que sean sus nervios.

—El médico la ha examinado y no ha encontrado nada anormal. Los análisis y las placas están correctos. Hemos agotado todos los recursos. Lo único que nos queda es llevarla al siquiatra.

—Siempre ha sido muy estable.

—Esa era mi impresión, y sin embargo ahora es precisamente lo contrario.

—¿Desde cuándo empezó a notarla así?

—Con exactitud no lo sé. Haciendo memoria me viene a la mente que para las celebraciones navideñas era ella la más animada. En realidad fue la que corrió con todos los pormenores. La idea de dar una buena imagen del colegio ante las autoridades la hizo multiplicarse. Por primera vez recibiríamos la visita de la vicesecretaria de instrucción.

—¿Se refiere a la señorita Virginia?

—Olvidaba que ustedes son compueblanas. Ella y su hermana hicieron buenas migas en un dos por tres. De ser hombre y mujer pensaríamos que fue un caso de amor a primera vista.

—¿Estuvieron juntas?

—La vicesecretaria se entusiasmó tanto con el proyecto, que apenas salía para atender lo necesario. Adornos, materiales e instalaciones las costeó de su bolsillo. Hasta compuso dos poemas, por cierto de muy buen gusto y muy elevados. Por una semana se convirtió en una de nosotras. Es una mujer de un quilate extraordinario. Inteligente, sensible y muy sencilla. Imagínese que hasta me pidió que la dejara dormir en una de nuestras habitaciones.

—'Vivimos muy frugalmente', le dije, tratando de disuadirla. 'Estoy acostumbrada a la simplicidad'. 'Las habitaciones son incómodas. Los baños están en el pasillo'. 'Haré lo que hacen las demás'. 'No tenemos ninguna disponible'. 'Compartiría una. Aquí tiene cien para cubrir mis gastos. Por las comidas no se preocupe. Estoy en plan y de todos modos haré que el chófer me traiga cada día lo necesario'. 'Ya que usted y Sor Domitila se llevan de maravilla, la asignaré a su habitación. Le repito que le hallará incómoda'. 'Soy mujer de campo Sor Superiora'.

—¿Quiere usted decir que durmió en el colegio durante la semana?

—Sí, hasta que pasó la fiesta. La mejor y más concurrida que jamás hayamos tenido.

—¿Me permite hablar con mi hermana?

—Claro, no faltaba más. La encontrará rezando el rosario en el jardín.

Allí estaba. Blanca, solemne y casi inerte, como si fuera una insignificante aguja en la esfera del mediodía enervado. Ramas, flores, objetos, latidos y sensaciones, no disentían de su rostro ligeramente sonrosado por la resolana. Sentada sobre el banco de piedra, debajo de una fronda de tamarindo, la luz flagelada por la brisa iba y venía por su piel y por su hábito como un enjambre de abejas áureas y azuladas. Al negro de las cuentas del rosario, rayado por la uña del sol, le brotaban escamas febriles, los dedos de las manos al pasarlas parecían pétalos anestesiados. Mirándole el perfil a contraluz vio parte de los huesos de la cara al desnudo. Las líneas angulares de la nariz y la coma del pómulo se transparentaban groseramente. Su hermana en trance viajaba hacia puntos muy lejanos. La osamenta del rostro hacía las veces de proa, y la tela del hábito formaba la armazón del extraño velero. Indicio de la carga ácida y de la proa herida fue aquel hondo suspiro del que se dolieron concertados al unísono los geranios y las gladiolas.

—Ponte más a la sombra, o pescarás una insolación.

—¡Ah! eres tu. Estoy por terminar.

—Vine a verte.

—¿Algún problema?

—Es precisamente lo que vine a preguntarte.

—Veo que la superiora te llamó. Es un simple paludismo.

—Hermana, a mí tú no me engañas. Lo tuyo es viruela sanguínea.

—No te entiendo. Sea lo que sea pasará.

—Aunque sanes te quedarán las marcas. Sé franca, al fin y al cabo somos hermanas.

—¿Y tú qué sabes?

—Persignándose. Del infierno sé más que tú. No hay lugar a dudas, la tarántula te atrapó en su red. ¿Retozaste con Virginia?

—Ella no es mala persona.

—Sólo una enferma que para sostenerse necesita propagar su enfermedad. Lo que te haya hecho y lo que le hayas dicho, olvídalo.

—Mi pecado es imperdonable.

—Qué pecado ni qué letanía. Tenías el sexo tapado y ella te lo destapó. Lo que se trae en herencia no es una maldad sino un don. Bórratela de la mente y a otra cosa.

—He tratado y créeme que trato con todas mis fuerzas, pero es algo más fuerte que yo. Te juro que no sé cómo ha pasado lo que pasó.

—Pues yo sí lo sé. Te embaucó como a

una mentecata. Ese es su fuerte, reforzado por tu debilidad.

—Me necesita y la necesito.

—Te equivocas, ella es más que autosuficiente. Estás a tiempo. En estas monstruosidades el mañana es siempre peor que el ayer.

—Hermana, lo que hay en mí es una hoguera que me consume.

—La sed podrá quitártela cualquier otro aguador.

—Soy una religiosa.

—Pues deja la religión de altares y practica la del camino. Busca a un buen hombre, cásate y ten hijos.

—¿Y mis remordimientos?

—Habla con Dios de frente a frente y él te entenderá. Y lo que es por ella, no te preocupes, tiene su dueña.

—¿Quieres decirme que…?

—Que se entiende con otra y además con otros; pues claro que sí.

—Me hizo pensar que yo era la única y que sin mí moriría.

—Cuando le llegue la hora; pero te aseguro que no hará el más mínimo intento por acercarla. Le gusta el vicio y la idea del bocado nuevo la curará del desengaño anterior. Ni tú, ni yo, ni docenas de mujeres como tú y como yo, la pondrán en paz consigo misma.

—¿Tú?

—Trató de seducirme.

—¿Cuándo?

—Allá en el campo, un día de fiesta en su escuela.

—¿Y qué hiciste?

—Puse pies en polvorosa. Lo del lindoro me aterró.

—¿Su machito lindo?

—¿Lo probaste?

—Pero en fin, que nada se ha perdido con tal de que cortes por lo sano.

—Lo del lindoro lo tenemos planeado para hoy. Esta tarde me visitará.

—Me alegra saberte intacta. Estaré en la celda contigo y verás como ella entiende el mensaje.

A las cinco cuando Virginia entró en la habitación con su enorme bolsa de mano, sonriente como una flor de Pascuas, tragó en seco al ver juntas a las hermanas.

—¿Tú aquí?

—Recuerde que somos hermanas.

—Sólo venía de paso y a dejarle este libro de poemas a Domitila.

—Y a darle uso al juguetico. ¿No es así?

La vio lívida, temblorosa, apretando con fuerza la bolsa a la vez que comenzó a decir incoherencias.

—No es lo que piensas. Lo juro. Me

preocupa la salud de Domitila. Sólo somos amigas. Entiende que no estoy en condiciones.

—Ahórrate las palabras y búscate otro panal. De lo contrario te juro que cantaré a los cuatro vientos. Y cuando la capitana se entere, te hará pagar caro por el desliz.

—Me iré. Sí. Ahora mismo. Pero por lo que más quieras que ella no lo sepa.

—¿Y por qué no?

—Me mataría. Cuando se enfurece es como una energúmena incapaz de atenerse a razones.

—Quiero oírlo de su boca. Yo callo y usted a cambio…

—Me voy. No vendré más, ni llamaré.

—A Domitila dígale en su cara la verdad.

—Lo siento, Domitila. Soy una enferma. Sólo quise usarte. Ni te amo, ni me importas.

—¡Abur, Doctora!

—Bueno. Me marcho.

—Un momento. El librito se lo lleva, y el lindoro lo deja.

—Si lo quieres te conseguiré otro, pero este no, por favor.

—Que lo deje he dicho.

—Es de mi talla. De nada te serviría.

—Siempre ensuciando las intenciones. Lo que haremos con él será quemarlo y enterrar sus cenizas. El cañoncito se queda y usted a volar.

—El Gran Berta, —murmuró, estando las dos a solas, al desempacarlo.

Domitila dejó el convento, terminó los estudios de enfermera y comenzó a trabajar en un hospital donde conoció a un hombre que trabajaba en el laboratorio con el que se casó. Feliz y recuperada, compartía su tiempo entre las rutinas del trabajo y el cuidado de los tres niños que ya tenía. Linda, Pachita y Felipín eran directos y puros como tres soles, y el padre de las criaturas era cariñoso y bueno como un canto de pan.

—¡Relájate!

Su propia hija, en la marquesina del fondo, aislada del vecino por la cerca de bambú, aquel sábado, a las cinco de la tarde, ambos de pie con Pánfilo, tecleándole bajo las enaguas.

El rábujo apenas en sus dieciséis abriles, se las traía. Bajito y con cara de lechuza, su vientre era un fogón. Encendidos sus ojos de rata, desesperada su boca resoplada como un perro sobre el cuello de la criatura.

Los monosílabos que alcanzó a ver la horrorizaron:

—¡Relájate! ¡Mira! ¡Toca!

—¿Y si nos ven?

—Las moscas no hablan. Tantéame.

Dulce miró de reojo, dejándose llevar las manos.

—Las del Tránsfuga ya aventaban los carbones de la hornilla.

—¡Miserable! —Fue lo único que atinó a gritar.

—Señora.

—¡Pervertido!

Encaramado sobre la cerca, a punto de ganar la acera, él replicó:

—No soy culpable. Ella misma me lo pidió.

—¿Con que se lo pediste? —le preguntó a Dulce, moderando la voz—. Pues muda antes que desvergonzada. Y en plena boca le sacudió un par de galletas.

—Todas mis amigas lo hacen.

—En tal caso tendrás que escoger mejor tus amistades.

—Yo soy una mujer.

—Sólo una piojosa a la que se le ha despertado el hormiguero. Seis semanas sin ir al cine y ocho días sin salir de tiendas.

—Lo que tú quieres es que yo sea una pata.

—¡Insolente! A tu cuarto o te degüello.

—¿Vas a decírselo a papá?

—Tan pronto llegue.

—Mejor no lo hagas. Te crees limpia pero sé muchas cosas de ti.

—¡Relájate! Wilfredo, con sus ojeras de patilla, satisfaciéndose con la perrita de la vecina.

—El animalito de Dios está que da pena —le comentaba Lula.

—Serán los calores.

—El veterinario dice que un perrazo la ha destrozado.

—No lo entiendo. Jamás sale del patio.

—El otro día se escapó.

—No lo creo. De día lo mantienen encerrado en la perrera.

—Sé que es un misterio.

Y misterio fue hasta que vio al crío haciendo lo mismo con la gallina que acababa de regalarle su comadre para un sopón.

—Guárdate el rabo debajo de los pantalones o te lo cortaré con las tijeras.

—Es que cuando está así no cabe.

—¿Es por eso que siempre andas con las manos sobre la portañuela?

—Miembro insólito y priapismo incipiente —diagnosticó el doctor.

¡Relájate! La directora haciendo venir al conserje los sábados para la limpieza general cuando lo que en realidad buscaba era darle curso a su hambre de oruga. Lo averiguó ofreciéndole unos pesos para que la ayudara a ordenar las cosas el día del cumpleaños de Wilfredo.

—Sí que hace calor —comentó éste a las tres de la tarde.

—¿Le apetece un refresco?

—Los refrescos me atacan los riñones. Un poquito de ron si le parece.

—Tenga, le dejo la botella, que voy por el hielo y el bizcocho. Los vasos están en la cocina.

—Por mí no se preocupe, habré llegado al fondo de la botella cuando regrese.

—¿Qué ha hecho usted, Emiliano?

—Pues bebérmela.

—Apenas puede mantenerse en pie.

—Entonces para luego es tarde, vámonos a la colombina.

—Modere su lenguaje.

—¿No quiere usted que juguemos el mismo jueguito de la directora?

—Siéntese y cuente. Le traeré otra botella.

En resumen aclaró algunos de los contrasentidos del mal genio de la directora. Del marido se divorció porque era impotente, y de la dipsomanía del conserje se aprovechaba para sacarle partido al camastro que guardaba en el cuarto de utilería.

—Dígame Emiliano, ¿es buena en la cama?

—Es un pozo sin fondo.

—Hable claro.

—Piensa que soy caníbal. Me hace destrozarle las nalgas a dentelladas.

—Cuénteme de las preliminares.

—Nos bebemos un par de botellas de ron de puntillazo, media de cognac.

—Y sin dientes ¿cómo puede hacer las veces de caníbal?

—Los postizos los llevo en el bolsillo. Ella me dio el dinero. Me molestan y por eso no los uso más que para el jolgorio.

—Relá...

Sin completar la palabra requetemachacada como un diente de ajo en el mortero de su angustia, sufrió un desmayo.

★

De nuevo la tos hizo más crítica la situación del artista. En seco, desde los pulmones casi vacíos, le arañaba la garganta con sus uñas felinas y rompía sorda en su frenético cascabeleo. Vio chispas relucientes, comas y puntos abstractos y reales en la masa acéfala de sus párpados cerrados. Desplazaban sus núcleos y cilios, como fantasmas que desaparecían y reaparecían con vertiginosidad. Tragó saliva, una y otra vez, tieso y desesperado sin conseguir el alivio que buscaba. Y en el trance se hundía más y más en la mar de la pesadilla en que hasta entonces flotaba.

La mano de don Severo, enorme y moluscosa, presionándole la boca y la nariz, le tapaba el resuello.

—Son buenos los cuadros. Téngalos y devuélvame la respiración.

—Ni malos, ni mejores, son pastosos como tú.

—Se los regalo.

—¿Y a cambio de qué? ¿Acaso un favorcito?

—Me ahogo. Estoy enfermo.

—Entiendo, necesitas tu medicina. Mi secretario se encargará.

—¡Botella!

Aparecía Domingo con una enorme correa en la mano, eructando tufo de cebolla alcoholizado.

—Primero la penitencia y luego lo demás.

—Tome lo que quiera, las pinturas, los grabados, el dinero, y déjame en paz.

—Por esta vez pasa; pero espérame, que regresaré en un dos por tres.

—¡Mandarria!

Surgía, ensuciando la alfombra con sus zapatos claveteados, el desconsiderado de Bartolo a punto de triturarle el hombro con su garra, a la vez que en tono burlón decía:

—A pedirme la bendición.

—Lo que quieras, pero no me lastimes.

—Obedece o haré que vuelvan a entablillarte la mano.

—La mano no, que la necesito para mi trabajo.

—¿Quién es tu amo?

—Tú.

—Júralo por un santo de tu devoción.

—Lo juro por el Teniente Galones.

Colapsaba el monstruo y en el campo libre de la esquina el teniente le hacía guiños provocadores, mostrándole un cartelito que leía.

—¡Conmigo estarás a salvo! ¡Soy la autoridad!

—Contigo no tengo libre arbitrio.

—El determinismo es la única doctrina de los maricones.

—Aún así puedo escoger.

—¡Mariposa!

Idelmira de rojo, y con una escobilla en miniatura, reemplazaba a la autoridad, y en un santiamén se desvestía.

—Cielo, coopera. El partido es la salvación.

—Mentiras. Tú no puedes entenderme. Ninguna mujer es capaz de entender.

—Mi escobita es mágica.

—¡Vete!

—Póntela, es un enema.

—Toma el maldito dinero y lárgate. Me comprometes.

Bajando del cielo en una poltrona de lirios y rojos claveles aparecía Pascual.

—Recréame, mi Fray Angélico.

—La gente es perversa. Olvídala. Bastará conque seamos honestos el uno con el otro y nos entendamos para sobrevivir.

—Te amo, Apolo.

—Y yo a ti Ganímedes.

—Necesito dinero. El suficiente para ir contigo. Las montañas, el cielo y el lago. Tú y yo.

—¿Qué jerigonza es esa, Padre?

—Es el artista. La sofocación lo hace delirar. Abanícalo ¿Se siente mejor?

—Sí, creo que sí.

Agarrados de manos él y Pascual, continuó introspeccionándose, ahora con algo más de lucidez.

La academia vendida a los intereses de unos cuantos políticos y mercachifles, que a gusto daban consignas y gritaban y ponían. Ogros estúpidos y burgueses cretinos, cabezas huecas y uñas afiladas, clan de adiposos y seniles.

En dos ocasiones le privaron de la beca que por méritos le correspondía, para dársela a dos candidatos bien recomendados. La muchacha era una snob y el desgreñado un cerebral.

Las galerías, peores que ratoneras, que para exhibir en ellas había que casarse con la humillación. El trabajo duro para el artista y el provecho para los tramoyistas y dueños del tablado.

La americana de los dientes grandes, diciéndole entre martini y martini.

—Conmigo puedes llegar lejos.

—Necesito exponer.

—Claro. Todos los pintores y artistas dicen lo mismo. Sin la comunicación el arte es como una casa vacía. Te abriré las puertas y ventanas.

—Es muy generoso de su parte.

—Claro que no es sólo asunto de negocio. Me simpatizas. Mañana empieza un fin de semana largo. Podrías ir conmigo a la finca. Allí tú y yo, a solas, haríamos los arreglos necesarios. Tengo telas y materiales, la vista es hermosa y también podrás pintar. Si te decides, llámame después de las cuatro.

—Si no haces lo que te pide, caput —le contestó Pascual, al pedirle consejo.

—Y si lo hago me rebajo, es una enferma sexual.

—Tiene relaciones y poder. Ponerte a mal con ella te liquidaría.

—Lo nuestro es sagrado.

—Estoy de acuerdo. Pero en lo que a mí respecta no pensaré que me traicionas. Tú al menos también puedes con mujeres. Así que complácela.

—Insultas nuestra relación.

—Simplemente te abro los ojos. Si no vendes, no pintas ni grabas, y si no grabas ni pintas, es como si estuvieras muerto.

—Es una degenerada. ¿Sabes lo que me dijo?

—No, si no me lo dices.

—Pues que llevaría al chófer.

—Y eso ¿qué tiene de malo?

—Es el fulano que me corteja. ¿Ahora qué piensas? Responde y no te quedes callado.

—Sólo los degenerados son capaces de entender la degeneración. La señora sabe lo que se trae entre manos. Equipo completo para una buena función dominical.

—Ahora mismo la llamo diciéndole que no iré.

—Seis meses a pan y agua sin vender ni siquiera una acuarela, ni un grabado. Impedido de crear, más por la falta de materiales que por la de comida.

Pascual en Suiza y él haciendo pininos de solitario Alfred, el comandante retirado de la marina, con dos galerías y tres queridas; peor que una sanguijuela, porque al no alcanzarle el dinero propio, comprometía el ajeno.

—Usted me está pidiendo otros tres cuadros, sin pagarme los anteriores.

—Los tengo en consignación.

—Sé que los ha vendido.

—Franco antes que cobarde. Es cierto que los vendí pero tuve que disponer del dinero.

—Necesito para materiales.

—Lo más que puedo hacer es darte mi reloj para que lo empeñes. Obtendrás no menos de cien dólares.

—Con eso ni para empezar. Estoy de deudas hasta la coronilla.

—Algo es mejor que nada.

Estefanía, la lituana culta y cruel como un tigre hambriento, mujer astuta, mañosa, apegada al principio de las masas para ella y los huesos para su perro y las migajas para sus patrocinados.

—Con esto no cubro ni mis costos.

—Ustedes los artistas pierden el sentido de las realidades. El dinero está escaso y no hay compradores.

—¿Quiere decirme que vendió los dos cuadros en ciento cincuenta?

—Exacto. Quítale mi treinta por ciento y quedan los ciento cinco que te doy.

—Sólo la naturaleza muerta valía más de quinientos dólares.

—Baja a la tierra. El valor hipotético no es el valor real.

—No haré más negocios con ustedes.

—La eterna ingratitud humana. La señora Glanson me atacará por los flancos porque te acepté, y el señor Palmer no ha hecho más que aprovecharse de ti. Déjame y morirás de hambre. No eres un nombre. Espera a tenerlo y entonces podrás hacer lo que gustes.

Don Severo, su única y última alternativa. Implacable como todo buen vampiro, pero con encantos de Circe. La tacañería se la perdonaba por su sensibilidad y su terrible encanto masculino. A diferencia de los demás, era un verdadero entendido, un dandy, casi un semidiós. Siempre le atrajo y ahora que Pascual estaba lejos, en su fantasía ocupaba un sitio de preferencia la estampa de don Severo. A veces lo imaginaba bajando del Olimpo, sobre rayos de plata y oro entre nubes de colores. Otras como Faetón, camino al sol en un carruaje de alas y estrellas. Sin que faltara la ocasión en que metamorfoseado en Júpiter, venía a sembrar su polen mágico en la virginidad de Semele.

—Te equivocaste de habitación. Yo no soy ella.

—Eres el que busco.

—No soy fértil.

—¿Olvidar quién soy? Me será fácil arreglar el problema. Claro que con tu consentimiento porque últimamente hay ciertos pujos democráticos entre los míos.

—¿Y tener un hijo tuyo?

—Quíntuples si así lo deseas. ¿Qué me dices?

—Por mí, encantado. Seré tu esclavo. Ráptame, mi Zeus.

Naturalmente que enfrentado a la verdad no se hacía ilusiones respecto a su mecenas. Severo era hombre de muchas mujeres. Fiel al machismo anacrónico como los groseros primitivos. Mentalmente sostuvo más de un diálogo con el Casanova, y aunque agudizada su dialéctica, no conseguía acorralarlo.

—Las hembras son débiles.

—Pero sabrosas.

—A Holofernes le fue mal con Judith.

—Para un gustazo un trancazo.

—Fue una mujer la que le robó a Hércules la fuerza.

—Y docenas de vírgenes bárbaras y griegas las que se la alegraron.

—Los más sabios, los más intrépidos y los más sensibles han preferido entenderse con los de su mismo lado. Sócrates Alcibíades, Wilde, Proust, Platón.

—Pero los más listos han vivido de la floricultura. Rosas, claveles, gladiolas, crisantemos, jazmines, amapolas, orquídeas y geranios. Cada una diferenciada por un matiz y todas armonizando en función. Leves, intensas, ácidas, frágiles, abiertas, esquivas, empalagosas y estimulantes. Creadas por Dios para darle al mundo el toque mágico del Edén.

—Son una plaga. Un avispero. Llenas de espinas. Una calamidad.

—No si entiendes y practicas la regla básica del juego.

—¿Qué regla es?

—Entretenerlas a veces, disfrutarlas siempre, poseerlas ni en sueño, estabilizarse con una jamás.

—Los hombres son más exquisitos con su pareja. Joyce, por ejemplo.

—Piensa como gustes. Mi firme opinión es que retrocediendo no se progresa. Gústele a quien le guste y pésele a quien le pese, el universo está hecho a escala anatómica y espiritual, sobre el principio de que el placer y la alegría y el orden resultan de la reconciliación de los elementos contrarios. Si lo correcto apuntara en otra dirección la mitad de los hombres nacerían sin rabo y la otra mitad con él. Estaríamos de vuelta a lo mismo, ateniéndonos a la ley de la diferenciación sexual.

En fin, que constituía una verdadera lástima, la inequívoca vocación de don Severo.

—Si alguna vez cambia de opinión.

—Ni reencarnado, Picassito, ni reencarnado.

—Sepa que me tendría incondicional-
mente.

—Ni te obligo, ni consiento que pretendas obligarme.

—¿Y si le dieran cadena perpetua?

—Sobornaría a los guardias y echaría una
canita al aire.

—De modo que ¿ni en esas circunstancias?

—Ni bajo ninguna.

Ya que no podía convencerlo le quedaba
al menos el consuelo de oír su voz y de arder
en silencio bajo el fuego de su mirada. El dinero era lo de menos, ya que aunque el estómago y los compromisos regateaban, en el
fondo la cuestión del precio quedaba supeditada a la de la satisfacción.

El pañuelo, que en un descuido de don
Severo, tomó de la mesa de trabajo, guardán-
dolo en un bolsillo, valía para él tanto como
el más preciado trofeo. Rivalizaba en mérito
con la camiseta y las corbatas de Pascual,
presentes en su sueño bajo la almohada.

—¡Ráptame mi Zeus! ¡Rápta...! —y cayó
en un dulce sopor.

★

Jaime Uno rozaba con los dedos la carta de
Tere Mansa, y con el pensamiento iba cues-

ta abajo y cuesta arriba por riscos y caminos. Fini, caída en un barranco de huesos y piedras con el boliviano encaramado como un quelonio impasible sobre ella. Desnuda, lacerada y dando brevas dulces por la doble higuera de sus ojos azorados y de sus pequeños senos. Su maestra en la cama y no su discípula. Un microcerebro al servicio de una cintura entrenada. Pequeña, eficiente y tonta, pero astuta, con fachada de ingenua y recursos de Celestina. La odiaba y a la vez la quería. En su sangre era al mismo tiempo, sal y azúcar, y en su pensamiento pétalo y espina. Ni muriendo y regresando en veinte vidas perdería su dolor, ni su doble cara de moneda estrafalaria. La renuncia, el toque nostálgico, el goce intenso, la camaradería en la efigie de mascota; el deseo, la rabia, el desquite y la vergüenza en el reverso de grulla voladora.

Al otro urdía el modo de sacarlo de su camino. Una paliza, la cárcel, la escena preparada con otro señuelo, y hasta la muerte en caso necesario. ¿Qué haría con ella el degenerado? Tere Mansa le insinuó sus temores de que mediaban botellas y drogas en el asunto.

Recordó fragmentos de la última conversación en el motel. Los cuerpos compartiendo calor y las mentes de ambos vagando bien lejos por las valvas opuestas del mundo. Se veía transformado en una especie de ostra sideral. Ella curioseando entre raíces y escarabajos ávida de sabores distintos, con sed de cloaca, cavando criptas para sus padres y para todas las madres tontas del mundo, unas en el vientre de las montañas y otras en el suyo de vórtice desenfrenado. El, alelado rastreando en el techo las señales de la culpa eterna y del primer pecado. Viaje milenario, bajo cúpulas de mármol y a campo despejado. Mares, montañas, pulgares de agua dulce entre ellos, fincas de trópico exultante, ranchos, páramos y viñedos.

Un odio intenso como el uranio circulaba en las venas muertas y en las vivas de la monstruosa ramificación. El padre dejó a la madre corriendo detrás de otra, y la madre volvió a casarse, por revancha o para no estar sola. Gerente de una corporación norteamericana con muchas subsidiarias, comenzaron los viajes y las peregrinaciones por los sitios más extraños. Dos años en la India. La gente respetando a las vacas y los animales depredando los cadáveres a las orillas del río. Uno en China. El hormiguero anestesiante sobre un árbol dulce. Uno en Grecia. Mitos y piedras bajo un cielo despejado, y un mar abierto trabajando telas de blancas espumas con las agujas de los corales. Uno en Japón. Extraña coincidencia de la crueldad con la delicadeza. El resto en el lugar, en compañía de Fini, convertida en su primer oasis.

El padrastro, buena persona en el fondo, con sesenta y tres años, cuando su madre sólo tenía treinta y seis.

—O me atiendes o me busco quien lo haga.

—Créeme que estoy más muerto que vivo.

—Ustedes los ejecutivos se la pasan dándose gusto en la calle y luego sólo traen la piltrafa a la casa.

—Pediré unas vacaciones.

La conversación la oyó por accidente una noche a las dos de la madrugada. Consciente de que no podía, comenzó a beber como una cuba, y entonces le lengua sin freno se le soltaba.

—Entiende que no era lo mismo cuando yo tenía cuarenta y cinco.

—Entonces yo tenía veintidós. En vista de que no puedes ocuparte de mí, y de que me ahogo en la casa, mañana mismo saldré a buscar trabajo.

Consiguió un trabajo en una firma de corredores de aduana, y de paso, al jefe, con el que pasaba las tardes de los viernes en el mismo motel que Fini y él visitaban. Bastó que una vez la viera de espaldas al salir para declararle guerra a muerte al lugar.

Su madre, con razones o sin ellas, estaba rebajándose a la altura de una cualquiera.

El padre, desviviéndose por darle dinero y cosas a él y a la hermana, sin entender que la necesidad de sus hijos no era cuestión de precio por tratarse de una simple sed humana.

Ahora su mujer, una joven de diecinueve años, lo mantenía en jaque permanente. Pizpireta, cabeza hueca, y sin educación, lo obligaba a una existencia agotadora, de viajes, cuentas caras, espectáculos y cenas.

—Eres un simplón. No te gusta experimentar.

—¿A qué te refieres?

—Algo de pasto y un viajecito de vez en cuando nos sacaría de la rutina.

—Estás loca si lo dices en serio.

—¿No has probado?

—No soy un conejillo de Indias.

—Hazlo y me darás la razón.

Sea como fuera, el asunto no le incumbía. Fini, que para los estudios era negligente, tenía metodología canina cuando se trataba de un hueso que la interesara. Con maña y perseverancia, sin cejar, ni dar tregua, terminaba por salirse con la suya. Sabía que la madre estaba recibiendo un tratamiento intensivo en un hospital de siquiatría.

Era una luna pálida necesitada de unos cuantos buenos meteoritos. La cal apagada del padre no encajaba en sus necesidades de luz. A la larga o a la corta, por ese camino, Fini terminaría dando en el mismo lugar. Por su parte, lo que él necesitaba era ganar mucho dinero para emanciparse. Su certeza, lejos de resolver el problema, contribuía a agravarlo.

Pronto terminaría en la universidad, y la proximidad de la circunstancia le producía náuseas, retorcijones de estómago, y además un miedo masivo y paralizante como el que sufre la codorniz acorralada. ¿Qué podría hacer? El quehacer concreto no le hacía señales claras desde un sitio determinado. Tendría un título, pero no un destino. Fini, Tere Mansa y docenas de muchachas en el mismo caso podían regresar a sus casas y seguir tirando hasta que Dios quisiera.

El caso grave y realmente dramático era el de los jóvenes desorientados. La sociedad les gritaba sed espaldas, sin definirles la naturaleza de la carga, ni de la tarea. Las mismas profesiones de vocación definida estaban siendo deformadas por el pánico de los que, viéndose entre la espada y la pared, optaban por refugiarse en ellas. Medicina, Educación e Ingeniería graduaban a mediocres y obtusos, incapaces de distinguir entre su misión y la del panadero. Desabridos, embotados, incoloros y mediocres, convertidos en mayorías, dejaban su impronta monótona en sus respectivas ocupaciones. Médicos sin conciencia, malos maestros, ingenieros de remiendo, profesionales a disgusto, cargando con una cruz y descargándole sobre el prójimo en lugar de vivir una tarea.

En diez de última, una maestría en técnica publicitaria le aseguraría una posición con la firma donde ahora se defendía con un trabajo a tiempo parcial.

—Consigue el título —dijo el jefe— y te daremos una butaca.

Tere Mansa, la carta, su imagen, buenas piernas, dócil con él, y capaz de entender los tormentos que zarandeaban su sensibilidad.

—Mira, Mari Tere, el problema de la gente es que confunde la sensibilidad con la sexualidad. El aura que no se ve es más importante que las formas que se exhiben.

—Estamos de acuerdo. Para mí son dos cosas distintas. Cuestión de criterio. En mi caso, por ejemplo, busco una persona, mientras que mi prima piensa en un semental.

—¿De veras que piensas así?

—Como que me llamo Mari Tere.

—¿Supeditarías el sexo a la ternura?

—No soy ni pretendo ser una sacerdotisa fálica. El hecho clave es el mutuo apoyo. Los padres no resuelven el problema de la compañía y por eso lo importante es compartirlo con alguien que nos estime y al que no subestimemos.

—¿Qué opinión tienes de mí?

—¿Puedo ser franca?

—Claro.

—Inteligente, sensible, destrozado, con buen corazón y malas entrañas.

—¿Elogio o epitafio?

—Lo mejor en ti es la necesidad de ser entendido, y lo peor la que te empuja a ser cruel.

Estaba cansado de revolcarse en los prostíbulos pagados con dos días de trabajo por unos minutos de vendimia carnal. Entraba y salía con asco. Jóvenes o viejas, nativas o extranjeras, las profesionales del oficio tenían en común sus actuaciones mecánicas y el culto al reloj.

—Anda, acaba de bajar del caballito. Va para doce minutos que estás en el cachumbanche. Tengo a otros clientes que esperan.

Las humillaba pagándoles, o al menos así pensaba; pero en realidad su vergüenza y sus deseos de vomitar excedían en precio a la humillación.

—Dos pesos más si te arrodillas.

—Me llamo Carmín. Juega, la noche está mala. Eres un degenerado; pero para que luego no digas lo haré por uno.

—Tres más si ladras como una perra.

—Claro, ¿callejera o de raza?

—¡Humíllate! Hum... Fini... como una perra.

—Se ve que estás en pañales. En este oficio una siente la humillación sólo la primera vez. De ahí en adelante el asco es quien se adueña de la poltrona.

★

Humíllate. Humillación, ancla y proa de la ética cristiana, pensó el sacerdote, alertada su cerebración por el monosílabo y su coletilla. En las crestas humanas de la historia, la humillación es sólo una palabra y en las resacas sucias, todo un oficio. Civilizaciones y culturas, razas y pueblos, islas y continentes, la han ejecutado y la ejercitan como un reflejo cotidiano.

Hundir al otro, so pretexto de salvarlo, quitarle lo que a nosotros jamás nos sobra en términos de cosas, elementos y potestades, ponerlo en el potro de la expiación, montada por nuestra propia usura, confundirlo entendiendo que su despiste nos acomoda, desarraigarlo para hartarnos con el zumo de la savia anestesiada; tratarlo como proscrito en su suelo de origen; enajenarlo del mundo para que simplemente exista, sin vivir; ponerlo en la fila india de la manipulación política e industrial enredado desde que nace en las mallas enervantes del miedo y la hipocresía; envenenarlo de cuerpo y alma para que le asegure el volumen necesario a la sociedad consumidora, usarlo de boca y manos, desconociéndolo como persona, casándolo con estereotipos en lugar de enfrentarlo a hechos simples y verdades, vestirlo de gris para que se sienta alegre y anestesiarlo con fórmulas y esquemas, desvirtuados de legitimidad.

Con mil rostros, monstruosa y voraz, chupando en las raíces del horror y la perfidia, arrastrada en los traumas urbanos, aprovechándose de la descolonización rural, aliada a los intereses de peñas, tandas, grupos, cenáculos, clanes, ejes económicos y bloques políticos, alimentada por el pánico y el caos, de cada lado, ubicua impar y rampante, la humillación señorea a su antojo, en las oficinas, en los oficios, en los abusos y en las ramificaciones de nuestra cultura.

El cristianismo trató de poner las cosa en claro, sin llegar a tener la fuerza necesaria para mantenerlas en su sitio. La Iglesia buscó el poder material, y se alió con el político

317

en su deseo de asegurar su jerarquía. Pura en las catacumbas, cuando sólo era un clamor, se hizo tortuosa, inclemente y lúgubre en la riqueza de los templos y altares. Era más fuerte la tumba soterrada de San Pedro que el fastuoso diseño de Bernini. Para someter a bárbaros, príncipes engreídos y señores feudales, apeló al miedo, ganando con la espada a expensas de la cruz.

El cristianismo es una tesis positiva de amor y luz y no un tabernáculo de temores atávicos y tinieblas. Como religión vale, siempre que no le grite al hombre, arrodíllate ahora para salvarte después. Es inapreciable a condición de que no aplace los problemas reales, ni empañe su modus operandi.

Repartir no es lo mismo que compartir; se reparten las obras, los excedentes, las tierras sin dueño o las de otros, las promesas. Se comparten el sudor, las lágrimas, los propios logros, la sustancia del alma, los propósitos específicos y las quimeras. Con buena voluntad, sin paliativos ni rodeos, desde el Santo Padre hasta el encargado de la parroquia más olvidada, las voces tienen que coincidir en la necesidad de enderezar el paso zambo de una sociedad interesada más en el hedonismo que en la filantropía. Y lo mismo reza para las demás denominaciones alentadas por la palabra de Dios. Bautistas, adventistas, confucianos, protestantes, budistas, evangelistas y ortodoxos, a formar un solo ejército al toque de la misma clarinada.

Va siendo hora de darle a la religión la preeminencia que la misma requiere. Es ella la única fuerza sustancial capaz de salvarnos del caos. Para ello debe ser fuerte, honesta, equitativa, accesible, modesta, pujante y veraz. Algo así como un gran partido único de la conciencia mundial. Sin ínfulas ni soberbia, sus metas serán reales y profundas, basadas en un trabajo de redefinición y de beligerancia.

Primero, limpiar el moho y la pátina convencional que deforman el alcance de unos cuantos conceptos claves; y después crear la motivación suficiente para que nadie ni nada los vuelva a estereotipar. Existencia y vida, sociedad y persona, ocupación y humanidad, progreso y destino: antinomias a ser resueltas en el sabor y la textura de un mismo panal.

El hombre trashuma y es. Pasa como relámpago y queda como huella. No está llamado a durar sino a perdurar. En su alma y no en su cuerpo está la verdadera longitud de onda universal.

Menos relevancia a lo material y mayor atención a la sensibilidad; cortar por lo sano el enredo para que vuele a gusto el ala con su mensaje; insistir en lo determinante y reclasificar lo trivial; dormir con la conciencia tranquila y despertar ilusionado; desconectarse de la angustia para entender la sed real y correr menos para alcanzar más.

Comprender sin que medien equívocos ni retruécanos al respecto que si la existencia es nuestro modo específico momentáneo, la vida y sólo ella constituye nuestra única legalidad. Si me limito a existir ahora, en aquella parte, o aquí, atento a lo mío, como si yo fuera lo más importante en la constelación que me trasciende y en la que me rodea, mi pagaré biológico no valdrá ni un solo centavo en el banco de la vida. Si vivo y algo soy, es por pertenecer a una corriente ubicua y sin orillas. Empieza más allá de todo más acá imaginable, entre árboles que son luceros y fuentes que son caminos.

Integrado y consciente de mi rol, contribuyo a la armonía y a su maravillosa realización. Confundido, frenético, atosigado o poseído, mi propia violencia y mi enajenación descuadran el sentido de crecimiento y perspectiva. De manera que una de dos: o la existencia está supeditada a la vida, entendiendo que mi estar mi actuar y mi usufructuar concurren con aquella; o en violación flagrante al mandato termina por hacer explosión con la pólvora sedimentada en su grotesco barril.

¿Existir? Sí, pero con más deberes que derechos, sin entorpecer el espacio, ni interferir, con la oportunidad de los otros cuatro mil millones de sumandos existenciales. ¿Vivir? A plenitud, la vivencia del mérito espiritual en la belleza de las artes, en la del paisaje, en la del amor sano, y en la de la fe desenroscada. Aligerando el paso de la vida, y controlando el de la existencia, la sociedad y la persona, armonizan al compás. Ni se deforman con el abuso recíproco, ni se desvirtúan con la anulación creada por los extremos.

La persona, libre de miedos, de fobias crónicas, de tonterías amaestradas, siente en sí misma la vivencia social y con su respuesta la amplía. Entiende, contempla, coopera, cree y crea, sin ambages sin tartamudeos. La persona en su ocupación es como mejor refleja y robustece, o resquebraja y fulmina, a rabia entera, a la humanidad que la perfila.

Servir y no aprovecharse, cooperar antes que litigar; entender que el prójimo es una necesidad y no un estorbo. Actuar con modestia y empeñarse con seriedad. Tolerar y mantenerse al tanto de las realidades mundiales; generalizar el sentido común y la alegría sana, sin culpar a otros por las propias miserias y deslealtades. La humanidad bien servida representa la simbiosis plena de la sociedad con el destino. Atendida, generaliza la concordia, asegura el respeto, alienta el optimismo, tonifica la esperanza, y robustece la fe. Deja sin savia a la flora letal que divide a pueblos y continentes, credos y naciones, grupos y familias, filosofías y metodologías, privilegiados y despojados, usureros y mendigos, desarrollados y subdesarrollados. Pone a morir en seco a las atrapamoscas del odio, a las frondas viscosas del miedo, a las floraciones de la envidia y a los tubérculos de la mediocridad.

Desyerba de rastrojos y espinas el camino del mundo, que es el de los pueblos abiertos, cooperando sin suspicacias ni segundas intenciones en la solución de problemas tan aterradores como el de la superpoblación, el prorrateo de los alimentos, técnicas y recursos, la sanidad, la educación, la carrera armamentista y el éxodo rural.

Deja con piedras en la boca, y no con pan suave ni pulpa blanda, a los políticos voraces, a los profesionales cretinos, a los envidiosos de oficio, a los taimados de la opinión pública, a los ministros apóstatas y a los maestros de a centavo. Les tumba los dientes, los desuña y les ablanda los brazos y extremidades de Torquemada.

Un mundo así, de todos y no tan sólo de unos cuantos, dejará atrás la noche cerrada del odio, el fanatismo y la mentira. Enterrados quedarán los demagogos, los falsos profetas, los traficantes del vicio, el linaje entero de los tartufos, la cepa de usureros, y el clan biliar que a nombre de la justicia, regula y mantiene viva la injusticia real.

Una Iglesia viva, beligerante, desembozada de ergos y componendas, con una fe de azadón y semilla, real y dispuesta, lógica más que sibilina, libre, honesta y recta, escuela de todas las escuelas, acogedora y sincera, intachable y dispuesta, era lo que el mundo requeriría. Nada de privilegios, ni de alianzas cobardes, ni de cartografía convencional, ni de letanías asténicas, ni de renovaciones de oficio o conveniencia, ni de feligresía alquilada. Iglesia de todos los que, aterrados y culpables, gozamos y nos resignamos, montados en el carrusel de la ordalía suicida, sin atrevernos a poner rodilla en tierra ante el problema verdadero.

La religiones vivientes, sin excepción, tienen que dejar a un lado las incoherencias metafísicas para entrar de lleno en las evidencias de la antropología. Clarificación en ningún modo implicaría ignorar el fuero divino, claro e inequívoco como la luz. Partir del hombre y de sus problemas, entender sus instintos y ordenarlos en función salvadora. Aclarar nociones confusas, que en su ambigüedad le hacen más daño que bien a la causa humana.

Primero, rescatar la idea del tiempo seráfico, trayéndole del limbo al carril cotidiano. El tiempo apunta en dirección a la discontinuidad, y no tiene sentido hilarlo en un paraíso, dominado por el ideal de cada cosa en su sitio y todo ordenado. Es la existencia concreta, el instante que se logra y el cúmulo de los días, meses y años malogrados. Representa el tiempo, lo precario y contingente, lo eventual, nuestro material básico, lo perecedero.

Es intangible y precioso. Nada de malgastarlo obrando a tontas y locas, o actuando negativamente dentro de la creencia de que después nos sobrará.

Decirle a cada hombre lisa y planamente, tú naces para morir. La existencia ha sido dada para sostener la fuente de la vida, que sí es imperecedera. No sabes de dónde vienes ni adónde vas. Eres pequeño, y tu única posibilidad es la cooperación. Acordado a ella, ríes, lloras, gozas y actúas, sin remordimientos ni veleidades.

No pretendas entender el don más acá de la humildad razonable, sin extenderlo más allá de la certeza segura. Ayuda a existir. La muerte moral es a veces peor que la muerte física; la pobreza fomentada es el estilo de la usura; la soberbia es siamesa con la ceguera; el odio es el parto de la impotencia. La venganza, el fanatismo, la persecución, el orgullo cerebral, la insensibilidad, el hedonismo, y la estrechez de miras son sus únicos herederos.

Estás puesto entre ciertas coordenadas de equilibrio termodinámico, para la realización de una serie de posibilidades. Comiendo, respirando y metabolizando, actúas como una máquina. Pero tu base no menoscaba tus alternativas. Eres tú quien las mecaniza y tritura cuando dejas de ver en el prójimo el reto real y la salida. Ayúdate y ayúdalo, acabando con los feos recovecos de las injusticias cardinales. Exige sencillez y claridad en las instituciones que existen por la delegación de tus poderes.

Menos papeleo burocrático y soluciones más directas. Menos asistencia social política y más amplias oportunidades de trabajo. Menos diplomacia de oratoria inflamada, corrillos y martinis y más diálogo real entre las naciones. Menos prensa con hocico de oso hormiguero, y más prensa visionaria.

El crimen, el vicio, el escándalo y los manejos turbios tienen su propia resonancia sin necesidad de hacerlos notorios. Prensa con olor a polen embrionario y no a fermentos de cloaca. Prensa aliada de la religión, de la familia, de la escuela, y del gran patrimonio humano, y no antro de Calígulas, heliogábalos y Caínes. Prensa empeñada en la cruzada contra los problemas de inadecuación, dureza, marasmo y lujuria, que minan y traumatizan a instituciones y culturas.

Abajo los comerciales y el despliegue de barata imaginería, alentados por los consorcios productores. Al diablo con las financieras y pulpos crediticios que echan una fibra más de músculo por cada persona que enredan o enajenan. Guerra a muerte al mercado de valores manipulado por los que rezan en altares y tabernáculos y hacen bueno a Judas. A lo hondo, enterrada bajo metros de cal viva la babosa del progreso aparente, para que despunte la libélula del progreso real.

Volumen, cifras, frenesí, violencia, cinismo, soporíferos, drogas, alcohol, irrespetuosidad, apatía, erotismo, ostentación, renacimiento de la hechicería, desconcentración, demonología, determinismo astrológico, promiscuidad, deterioro masivo y el culto obsesivo al instante por aquello de que no existe el mañana, son algunos entre los muchos venenos que nos paralizan y corroen.

Correr a ciegas no es progreso. Embestir

frenéticamente tampoco lo es. Hacer con desgano, desilusionado en cada jornada, con los ojos descosidos en las horas de sueño, lleno de miedos y complejos, echando mano del embotamiento para agenciarse la tranquilidad, agobiado por deudas y compromisos desengañado de la progenie, esquivando el golpe y eludiendo la pedrada es estar en la sirte del abismo viendo desembarcar la barbarie, y no sobre la roca señera.

Es ya vieja la sensación de que no estamos funcionando ni con normalidad en nuestro ámbito, ni en la dirección requerida. La grosería de confundir el progreso con el desasosiego, o con la continua fermentación, o con la carrera sin destino, o con la prosperidad material, nos anula, nos despista y nos alucina.

La impresión de fracaso, de estancamiento y descenso en picada, en medio de la selva poblada, obedece al hecho de tener enfermas nuestras raíces, y distorsionadas nuestras valoraciones. Rehabilitación de la agricultura y un tajo limpio contra el cordón umbilical de la gran manía paridora. Desenmascarado el ogro capitalista y visto como realmente es el Moloch comunista, hundir los colmillos en la masa del problema.

Nada de alentar más hijos, ni en los pueblos desarrollados para mantener los émbolos y pistones al rojo vivo y las iniquidades a la orden del día, ni industrias en los subdesarrollados para tener más brazos, ni en los beligerantes pensando en más soldados. Los argumentos religiosos, políticos y convencionales en favor de la descendencia indiscriminada conspiran contra las soluciones más imaginativas, en sanidad, alcantarillados, distribución de alimentos, educación, viviendas adecuadas, ocio inteligente y oportunidades justas, facilidades recreativas y culturales. La promiscuidad es aliada de la barbarie. Espacios vitales amplios hacen que el terreno sea más árido para las nocivas semillas del crimen, los disturbios, el fanatismo político de masa, la pobre formación del carácter y la astenia del sentido común.

Los sacerdotes, maestros y pastores de todas las Iglesias, los maestros de todas las escuelas y niveles, y los políticos de las más encontradas filiaciones, deberán decirle al hombre creyente y al hombre ciudadano, la simple verdad monda y lironda, encerrada en su pequeñez y excelencia vital.

¡Mira! le dirán. Eres simplemente una criatura, con capacidades diferentes a las de otras especies; pero discontínua en definitiva. Hagas lo que hagas, tu muerte es el vértice de tu problema. No te llames a engaño tratando de estirar la existencia a expensas de la vida creada y recreada a tu alrededor. Ocho o doce hijos, no te harán más ni menos inmortal, que la circunstancia de tener dos, o uno, o ninguno. En lugar de alentarte para que los tengas, lo que haré será castigarte, haciéndote pagar por los problemas de abuso contra espacios, recursos, medio ambiente y programas creados por tu irresponsabilidad. Lejos de darte más cupones para alimentos, asistencia hospitalaria, escuela, alcantarillados, merenderos y caminos, moradas y paliativos de minoría, te confrontaré a los compromisos fiscales y del trabajo.

No necesito aumentar la confusión y el costo de planes que alientan el parasitismo, la evasión sin atacar las causas reales. No quiero votos adicionales ni diezmos espúreos, ni más anillos en el cuerpo de la insaciable ameba consumidora, ni indigentes que me hagan las cosas que no estoy dispuesto a ejecutar por mí mismo. Sobran las criadas, los porteros con su orgullo de librea, las gangas juveniles, la autoridad corrupta los sermones de boca afuera y las malas escuelas, los vive bien vitalicios y los señorones.

Ni lo deseo ni permitiré que al minero que no ve el sol, se le nieguen hasta las sobras del financiero inescrupuloso que goza de lo lindo en una playa o en un yate celebrando su última faena. Estoy contra la fórmula imperante de que un ladrón de millones es un tigre, con derecho al respeto y a la libertad, y el de centavos, sólo un pobre gato al que hay que meter con piedras en un saco para lanzarlo al río. Creo que la justicia tiene que ser una y consecuente desde la fronda más deslumbrante hasta la raicilla más delicada.

Me cansé de corear el estribillo de los tontos útiles, de las consignas políticas, de los sermones vacíos y de los lemas industriales. Pero tal como están las cosas los peores enemigos de los pueblos son sus propios gobiernos.

Pasan la mano, mienten y ofrecen villas y castillas en el trance de la contienda. Después gruñen, entierran la verdad, se embriagan con el poder, se las dan de víctimas, maman a leche entera y distribuyen prebendas entre los de su séquito, intercalando de vez en cuando algún asunto serio, obrando en todo momento como si el país les perteneciera.

Las familias agriadas, rotas, sumisas al espejismo de la competencia, la ostentación y la frivolidad, junto con las pésimas instituciones docentes y los lujuriosos industriales, son las mejores aliadas de los reformatorios, la jungla inhumana, los centros de orgullo étnico, las cárceles y los hospitales de siquiatría.

Tu único modo de perdurar es contribuyendo a la causa humana y no conspirando y atentando contra ella. Estarás en tu paraíso real si te desaceleras para orientarte a derechas, desde tu punto de vista, al de tu destino. Intégrate con tu ocupación para que no haya bilis en tu alma, ni pereza en tus manos, ni maldad en tu pensamiento. Gasta menos y ahorra más. Deja de competir y empieza a disfrutar. Si acabas con tu frenesí apetitivo, a los pulpos industriales y a los monopolios injustos y a los golosos con taquicardia, se les caerán las uñas y los colmillos. Desinflados, sin su fauna de ejecutivos parásitos, que lejos de ejecutar lo que en realidad hacen es ejecutar a sus corporaciones, libres de la parafernalia de anuncios y colorines, atemperados a la realidad, terminarán por servirte decentemente, en lugar de aprovecharse de ti.

Escoge legislación concreta, basada en los dictados del sentido común. Al político jamás lo reelijas. Huye de los galimatías. Combate los anuncios tontos y los comerciales de mal gusto. Escoge simplicidad en los envases. Haz retroceder hacia las madrigueras de donde salieron, a los promotores y autores de la gran estafa de los cosméticos, las modas y las medicinas. Lucha por sueldos y condiciones de trabajo decorosas para los maestros y profesores y poda hasta el último vestigio de mediocridad en las escuelas, institutos y universidades. Alienta un curriculum con énfasis humano, descartando el snobismo, la palabrería hueca, los temas de mal gusto y la selección arbitraria.

Procura que el estado se responsabilice con la educación, para evitar el doloroso antagonismo entre la supuesta excelencia y la necesaria indigencia. Las escuelas privadas son un aparte irritante porque funcionan sobre la base de la hegemonía de clases y la superioridad material. Que se le dé cabida a la religión en la organización vertical y horizontal de la enseñanza como vivencia y no como espuela o tijera.

Insistir en una reclasificación de los méritos materiales de las profesiones para que los prospectos no caigan en ellas sólo por la música del dinero y de las bienandanzas materiales.

El mejor modo de acabar con la tragedia crónica de las lascas del pernil para unos cuantos ungidos, y la rabadilla y el pellejo duro para los demás, es dando un viraje radical en la distribución de los ingresos. Un mal del capitalismo entre otros es que en las profesiones la sensibilidad de la mano acaba por perderse bajo la manopla. Médicos, abogados, ingenieros, contratistas, arquitectos, dentistas y banqueros están aprovechándose a diestra y siniestra, agravando de este modo las iniquidades del sistema. Los comerciantes y comisionistas también hacen su agosto, invocando unilateralmente el principio de la libre empresa. En el tópico de los márgenes, el término razonable ha perdido su razonabilidad. Negocios, en especial de telas, ropas y tejidos para hombres y mujeres, y los que tienen que ver con la construcción, operan con beneficios que constituyen una estafa. Las medicinas, el costo de hospitalización, el de los seguros y servicios, están empobreciendo al ciudadano y descalabrando la economía.

Una proposición de mérito sería la de que bajo ninguna circunstancia ninguno de esos profesionales, agentes, comerciantes, contratistas, servidores o financieros debieran ganar mucho más que un buen profesor universitario.

El dinero abundante, en manos de pocos, tiende a la ostentación, una vez resuelto el problema de la seguridad. Crea diferencias irritantes y monta un patrón de cinismo y altanería. Los que de un modo u otro lo obtienen a manos llenas, o con facilidad, poco a poco caen en la soberbia de imaginarse imprescindibles y superiores. A partir de un punto confunden el peso de sus medios con la inmortalidad, y actúan con dureza y desparpajo. Se descentran moralmente y ven en los desposeídos algo así como un campo de golf para ejercitar sus músculos, golpeando las bolas de sus cabezas. Y cuanto más alta su posición en el mirador de la sensibilidad, más necios e inútiles los imaginan.

En los sistemas no capitalistas, el poder político excede en virulencia al poder del dinero. Amos de todo, los jerarcas no paran mientes en límites jurídicos o convencionales. Caen en el extremo, entre ridículo e insano, de arrogarse la potestad de dioses, y todo lo trastrocan actuando como tales.

El dinero y la política, vistos como peldaños de la humillación diaria, forman una escalera de pasos apolillados levantada sobre el abismo. Cuando no son las ráfagas de la violencia, es el peso de la estupidez acumulada el que asegura la caída. La progenie de tal rango maléfico crece, dándole rienda suelta a la semilla disociadora, soplada en sus sentidos y entrañas.

Débiles, egoístas, inseguros, jactanciosos, estúpidos y crueles, ilustran a esa legión de hijos de padres ricos y poderosos, bien situados, que caen sobre el mundo como un avispero emponzoñado. Andan y revuelan a ciegas, porque en lugar de polen cargan arena de salina. Vienen y van, sin un de dónde, ni un hacia dónde determinado. Crecen engreídos, siempre para sus adentros y nunca para los demás. Pululan, regurgitando esa leche ácida, adulterada por el ingrediente de la falsa superioridad. Imaginan que su sangre es diferente a la del ancho río humano. Les sobran las cosas que a otros les faltan. Sean ropas o andrajos, las ostentan con carácter de exclusividad. Para llamar la atención pactan con los extremos absolutos del uso. O están en el cero o en el cien; o son más zarrapastrosos que nadie o más relevantes entre todos. El pan que comen no se metaboliza en sensibilidad; la lástima que sienten es de conveniencia; el trato que comparten, asunto de mero acomodo; y las creencias que sustancian competen a la micología.

Con tal progenie toda esta cohorte de dones y dotados, que nada tiene de seráfica, es dueña del perímetro ajeno y víctima de su constelación más inmediata. En cada caso, de puertas adentro, la propiedad que habitan les pertenece, y sin embargo su propia familia les es ajena.

Por miedo a enfrentarse a los problemas reales, llegan a sus hogares hechos unos energúmenos y salen a la calle con instintos de basilisco. Se encierran en sus despachos o en sus dormitorios, aislados de los suyos y de la veta del mundo, por la nana mecánica del aire acondicionado. Allí leen, miran televisión, holgazanean, se rascan la panza y comen, protegidos por la advertencia de tabú.

¡No se puede entrar, niños, que papá está cansado! Déjenlo tranquilo y no le molesten con tonterías. El pobre trabaja tanto que llega a casa convertido en un guiñapo. No hagan ruido. Váyanse a la calle.

Eso sí, dinero no falta para que cada miembro haga o compre, lo que se le antoje.

No escatima en gastos relacionados con colegios de renombre, viajes, buenas comidas, ropas y entretenimiento, que para eso es que en definitiva se trabaja. Entretanto, los vástagos crecen por la libre, sin freno religioso ni familiar.

El formulario de repeticiones en las casas y en las escuelas, ayudan a que los nenes y las nenas desarrollen sus instintos de hienas, gatos hipócritas, mosquitas muertas y cancerberos. Ante las narices de los padres y de los responsables didácticos usan de la droga y caen encinta y abortan, frecuentan las peores compañías, practican los manoseos a cuatro manos, derrochan el estipendio moral, leen libros y revistas pornográficas, entran y salen de las universidades con malas notas y sin destino, totalmente acondicionados para la holgazanería.

De esos merecelotodos y buenos para nada, sólo puede esperarse o el resentimiento revolucionario o la perpetuación del status quo. Por veintenas los contaba el padre Fermín entre su feligresía. Los olía antes de verlos, y sin necesidad de que abrieran la boca intuía su embotamiento y crueldad. Odres de carne y tela, rellenos de caracoles y frenéticas orugas. O vegetaban y se aburrían, por miedo a no asociarse a la doble línea de los dones y apellidos. Le daban libre curso a su asco, entregándose a prácticas disociadoras.

Droga, cinismo, desviaciones sexuales, robo, engaño, alteración del orden público, y aberraciones capitales. Jóvenes enredadas con hombres mayores que ya eran padres, mujeres que dándoselas de intachables le jugaban sucio a los maridos que desatendían el faisán de sus mesas para atracarse con sobras de corral. Niños y niñas sin virginidad de nacimiento, hozando en las heces en lugar de curiosear entre gnomos, grimescos y hadas irreales. Muchachas rencorosas con cinturas fertilizantes y corazones de plomo. Fatuos señoreando como gallos en patios ajenos, todo picos y espuelas, con los ojos

337

cerrados por la viruela y las alas amputadas.

Políticos venales, feligreses corruptos, seglares amigos de la simonía, mujeres respetables resignadas al uso por el pánico de buscárselas en las aceras, curiosas de lo feo, y amigas de recrearlo en su imaginación.

—A esas mujerzuelas hay que darles un escarmiento —le repetía la turista en el confesionario.

—A veces son víctimas.

—Algunas entran y salen del mismo hotel diez veces con diferentes hombres en poco más de dos horas.

—¿Cómo lo sabe? ¿Es que lleva un récord?

—No tenía sueño y miraba por el balcón.

—¿Es usted casada?

—Divorciada.

—Si me permite un consejo le diré que trate de nuevo.

—Cuando menos se ahorrará las desveladas.

—Padre, quiero que la primera misa de cada mañana sea dada por el alma de mi esposo.

—Lo siento, doña Clemencia, pero son tantas las solicitadas que ni oficiando las veinticuatro horas.

—Al padre Gastón bien que le pagué un año por adelantado.

—¿Un año?

—Trescientos sesenta y cinco días a razón de cinco cada uno, mil ochocientos treinta en total. Y ni siquiera me dio un recibo ni me hizo una rebaja.

—Siendo así está en su derecho. Lo que no puedo asegurarle es que sea la primera misa de la mañana.

—Para el caso es lo de menos. Le consta que oigo no menos de tres cada día.

Luego con el padre Gastón.

—¿Cómo es que se comprometió usted con la viuda de Carimaña?

—¿Se refiere a lo de las misas?

—Claro. Bien sabe que nos está prohibido que alguien las acapare.

—Ella es de las que si no recibe no da.

—Los donativos obtenidos con malas mañas nos perjudican.

—Tomando al pie de la letra el precepto tendríamos que suprimir la tómbola semestral, el bingo de los sábados y olvidarnos del anzuelo de las contribuciones deducibles. Mendigaríamos, y rastreando en los latones después de los perros y de los gatos, con suerte obtendríamos el pan de cada día.

—La cosa no es para tanto.

—Sea franco, padre Fermín, y admita que está tan cansado de esto como lo estoy yo.

—Usted me desconcierta.

—La diferencia en tacto y tino establece la que existe entre nuestra edad. Usted aún está a tiempo para recomenzar. Yo en cambio estoy dándole la vuelta a la última esquina.

—He venido observándole y aunque se resista a admitirlo para su coleto, usted ya no es la misma persona.

—Es que de buenas a primeras me parece que todo está fuera de sitio.

—Su apreciación es correcta. Vivimos dentro de un cráter en erupción. Los que tenemos piel de cocodrilo nos sentimos mejor que los que tienen pelambre de conejo. Hágame caso y dele curso a su inquietud. La conciencia religiosa hay que extenderla a los oficios y profesiones. Sirviéndolas a conciencia, Dios se dará por bien servido. Tome el caso de los viejos genios por ejemplo.

—¿Acaso piensa en otra Edad Media?

—Bien sabe que es imposible darle marcha atrás a la historia. Hablo de pulcritud y respeto la jerarquía, no de injusticias raciales y sanguíneas.

Entonces tendrá que admitir que pese a la electricidad, los avances tecnológicos, y los logros de la ciencia, vivimos en una edad media más oscura que la del pasado.

—El punto es interesante.

—Claro que lo es. Nuestra época a todo lo ancho del planeta practica la teoría del crecimiento de unos basados en la atrofia de otros. En el subsuelo los países pobres, y dominando la tecnología los cielos y los mares, los países industrializados. Aquellos condenados a la oscuridad por sus problemas crónicos de superpoblación, indigencia, caudillismo malsano y politiquería. Estos convertidos en amos de los emporios económicos de las técnicas sofisticadas y de los recursos militares, chupándose la sangre del mundo por sus tentáculos y de paso destrozando los huesos y nervios de sus propias masas y élites en su grotesco fórceps industrial.

—Debo entender que vota por el orden con justicia.

—O por la justicia ordenada, que viene a ser lo mismo.

Fragmentos de una que otra de sus conversaciones con hombres y mujeres de su parroquia, fulguraban con la intensidad de un flash panorámico en su memoria.

Gordiano el comerciante rico:

—Padre, he decidido cortar por lo sano.

—¿Es que Ideliano y Rosa siguen en las mismas?

—De mal en peor. Estoy hasta la coronilla. El ha descubierto que los estudios son más difíciles que la cama; y ella no piensa más que en tonterías.

—¿Aún lo tiene en los Estados Unidos?

—Lo traje hace un mes. De francachela en francachela y corriendo detrás de las muchachas como un animal. Con decirle que últimamente cada noche la pasaba en tres dormitorios diferentes deambulando por los pasillos como un drácula sexual.

—¿Qué piensa hacer?

—A cada uno le compraré un apartamento para que sus vidas no interfieran con la mía.

—No me parece que esa sea la solución.

—Buena o no, así no me molestarán.

Pastor el industrial:

—Padre Fermín, rece para que Dios me conceda serenidad.

—Y ahora ¿qué le agobia, don Pastor?

—Mi hija, padre, mi hija.

—Entiendo que se reconcilió con el marido.

—Nadie se reconcilia con las vejaciones. El se emborracha y le pega.

—¿Están los niños de por medio?

—Es en ellos que no dejo de pensar.

—Viniendo de mi boca le parecerá raro el consejo. Si no hay marcha atrás, que se divorcien.

—Ya el asunto está en manos del abogado.

Ortelio el vendedor:

—Al fin ingresé a mi mujer en el hospital de siquiatría.

—¿Qué dicen los médicos?

—Que está en el limbo. Le ha dado por fingir ser lo que no es. La mayor parte del día se la pasaba haciendo por teléfono las compras más inverosímiles. Un cadillac, un helicóptero, un yate y qué sé yo cuántas extravagancias más. Venían los vendedores y con cada uno en cada caso discutía el asunto con la mayor seriedad.

—Tendrá que ser el de capota blanca y carrocería azul pastel.

—El financiamiento a treinta y seis meses.

—Nada de embrollos, lo pagaré de contado.

—Esta misma tarde le traeré los papeles.

—Cuando guste, pero llámeme antes de venir para que no pierda su viaje.

—Así lo haré.

—Pero querida, ni podemos ni necesitamos cambiar el carro. El Impala está como nuevo. Llama a la agencia y dales una excusa.

—Di mi palabra.

—Peor sería hacer venir al pobre hombre en vano.

—Olvidas que soy rica.

—En ternuras, porque en lo demás a duras penas escapamos.

—¿Y mi herencia?

—Es obra de tu imaginación. Recapacita. Te prometo que si para fines de año me cuadra el bono, compraremos un compacto.

—Confiemos en que se recuperará. Conozco al director y si me lo permite puedo llamarle.

—Gracias, padre Fermín. Y no me juzgue mal por lo que voy a decirle. De corazón pienso que allí estará mejor que en el vecindario en que vivimos.

—¿Por qué?

—El síndrome del pujo estaba trastornando a cualquiera. Viajes, compras, celebraciones. Son personas que ganan menos que nosotros y que les deben a las once mil vírgenes.

—Los conozco bien. En mis oraciones también pido por las orugas necias.

En la iglesia anquilosada ya no cabía la vocación quijotesca del padre Fermín.

La premisa tomista del "creo y entiendo", no respondía a las realidades de un mundo que necesitaba razonar un programa de fe. Tampoco el racionalismo implacable de riscos y abismos conducía al milenio de la cordura.

Enarbolando la bandera de la razón, de guerra en guerra y de tensión en tensión, en menos de dos siglos el mundo confrontaba la más irrazonable de las encrucijadas. Confundida la fe para salvar, con la mística para acorralar, y la idea de progreso humano con la del provecho a toda costa; la confusión, el caos, la anarquía y el deterioro institucional señalaban hacia el abismo sin salida.

Fe simple, silenciosa y contagiosa, y no de rebuzno onomatopéyico. Fe basada en el entiendo existencial, razonable y razonada como respuesta a los problemas reales.

Nacida del íntimo, tengo que creer para asegurarme un destino entre mis hermanos. La razón lo establece y mi sensibilidad lo refuerza desbrozando el camino. Atrás lobeznos y cuatreros. Vade retro maquinadores y tránsfugas, que estoy hablando de un camino sin recovecos, ni trampas existenciales. O conmigo, en mi carril de humanidad directa, o proscritos para siempre en las sombras sin bocas para el engaño, ni extremidades para la cacería.

Fe para restaurar en los hombres su dignidad de personas. Freno al frenesí industrial, por el tiempo necesario para segregar sus anormalidades. Campo libre al progreso agrícola, para hacer retroceder al fantasma crónico de la escasez y de la hambruna masiva. Sencillez en el modo de vida, alto al ritmo arrítmico para que se armonicen al unísono el corazón y la jornada. Menos provecho y mayores dividendos espirituales.

Control férreo de la natalidad mundial; y equitativa distribución de los recursos y responsabilidades. La misma base humana para la educación en todos los países, enfatizando la alegría del servicio y descorazonando la anormalidad del lucro desmedido.

Entender que el cuerpo es un modo y no una raíz. Sustituir la ansiedad oral y el desmán apetitivo por un patrón de disciplina y regulación de las necesidades. Lo que me sobra y derrocho es el sueño irreal de mis hermanos. La comida que tiro, el exceso de ropa, la abundancia descontada y mi rebuscado hedonismo, contrastan groseramente con las limitaciones crónicas de los pueblos que ni tienen, ni comen, ni ríen; porque la miseria los asfixia durante las veinticuatro horas del día.

Reevaluar el sexo, rescatándolo de las feas nociones del desquite, la vergüenza, la amargura ácida, el que dirán, la soledad y la escenificación. Traerlo a su realidad de entendimiento, plenitud, nitidez y profunda camaradería. Lacera el alma del mundo la práctica de continuar legalizando la función primitiva y catártica del sexo por encima de su evidencia natural. El suyo es un lenguaje delicado si lo alienta el respeto y denigrante si lo enfoca la promiscuidad. Sólo cuando comporta ternura, desprendimiento y amor por la pareja trae la eternidad del universo al sudor de la almohada. De lo contrario es flecha, garra, asco, irreverencia, y pura gimnasia ocasional. Recurso del que echan mano hombres y mujeres en los países industrializados, para anestesiar su nerviosismo, o para canalizar sus miserias intrínsecas sin descontinuar su soledad.

Así de amargo sentía, llegado al punto, el padre Fermín. Salvación y la aeromoza con sus flautas vertebrales hicieron vibrar su animalidad desembridada. Sólo Luz Divina, idealizada por su sed de madonas, lo hacía reaccionar con la fuerza necesaria para redimir su alma, más alto y más lejos que en el delta ígneo, allá arriba en los pozos incandescentes de las estrellas.

Luz Divina… salve mi salvadora…

Fue su último hilo de lucidez antes de que la oscuridad lo atrofiara en la onda de un vahído.

★

Don Arquímides despertó con la sensación de hallarse en un columbario. El blanco de las paredes, el del techo, el de la cama, el de los muebles y el de las sábanas, le mostraban la cara blanca de su otra invisible pesadilla.

—¿Dónde estoy?

—En el hospital, y bien gracias a Dios —le dijo Esperancita.

—¿Desde cuando?

—Te trajeron ayer por la tarde.

—¿Qué hora es?

—Por el momento nada de horarios. Aún estás débil.

—Tenía varias cosas urgentes.

—Olvídalas. Mañana las atenderás.

—¿Y los otros?

—Todos están aquí recuperándose, con excepción del padre Fermín que ya está en la parroquia.

—Así que perdí el sentido.

—Anoxia simple. Pudo ser más grave; pero por suerte la Defensa Civil los rescató a tiempo.

—De modo que la pelona estuvo cerca. ¿Puedo hacer una llamada?

—No. Tienes prescrito otro sedativo. Tómalo y duerme sin preocupación.

—¿Cómo te enteraste?

—De tu oficina me avisaron y esperé en el lobby con tío Reonaldo.

—¿Estuvo contigo?

—Hasta acomodarte en el hospital y saber por boca del médico que estabas fuera de peligro. Volverá más tarde.

Durmió durante varias horas, engullido

por una espléndida marejada que contrasta-
ba con la maraca muda del ascensor. Entonces, encerrado en la güira seca, golpeaba
con los demás, contra las paredes, sin ni siquiera obtener un sonido. Cuando despertó
estaba sudoroso y débil. La luz de las lámparas no le permitía establecer la diferencia
entre la noche y el día. Parado, frente a los
pies de la cama, el suegro lo observaba con
interés.

—¿Necesitas algo?

—¿Esperancita?

—Bajó con su madre a la cafetería. ¿Te
sientes mejor?

—Creo que sí. Tengo el cuerpo molido,
como si me hubieran dado una paliza.

—La cosa no fue para menos.

—¿Llamó alguien?

—El teléfono no ha dejado de sonar.

—¿Mi secretaria?

—También ella. Toma el vaso de leche.
Mañana saldrás. ¡Ah! y hablando de tu secretaria, te haré una proposición.

—Ahora no estoy ni para sumar dos y dos.

—No hay prisa, el asunto puede esperar.
El jueves pasaré por tu oficina.

—¿Cuál es el misterio?

—Ahora no, cuando tengas la cabeza en
su sitio. Ahí llegan las dos. Te dejo con Esperancita.

—¿Cuándo despertó?

—Acaba de hacerlo.

—Tendrá que tomar la leche.

—Ya se la di. Nosotros nos marchamos.

—Hija. Si quieres te hago compañía.

—No será necesario, mejor te vas con papá. Arquímides dormirá toda la noche y yo tambíen.

—Si algo se te ofrece, llámanos.

—Descuida, que todo está bien.

—Hasta mañana.

—Que descanses.

Quedaron los dos a solas. La enfermera de guardia apagó algunas de las luces del pasillo, y la habitación más aislada reforzó su singularidad.

—¿Qué hora es?

—Las nueve y media.

—¿Comiste?

—Un bocadillo.

—No es necesario que te quedes. En casa descansarás mejor.

—Por más que digas me quedaré, ahórrate las palabras.

—Se te ve ajada.

—¿Dime una cosa?

—¿Qué?

—¿De veras te preocupa mi aspecto?

—Eres una mujer.

—Tu esposa, querrás decir.

—Hasta mañana.

—Si Dios quiere.

Cerró los ojos, fingiendo estar dormido, y párpados adentro, la aureola de Esperancita apacentaba con serenidad. Digna, majestuosa, y directa era, sin lugar a dudas, algo fuera de lo común. Admitiéndolo se sentía más pequeño con el asco untando la conciencia de esa y de sus demás sensaciones. Tenía a mano el valle espléndido y la orilla segura, y dándoles la espalda, se revolcaba en el pantano.

Pensó entonces en ocasiones que era el alejamiento de su mujer lo que le empujaba de cama en cama, como un payaso en calzoncillos. Su frialdad y su beatería, oficiando como madre de todos los aprovechados, bastaban para justificarlo en sus devaneos. Pero por primera vez la explicación anterior no cerraba el asunto. Profunda e inquietante, la duda resistía el tajo de las cómoda racionalizaciones. Para cambiar, se vio en entredicho, y el asomo de su culpa le produjo desasosiego y también escalofríos.

Conocía la técnica de los maridos infieles, que llegaban a sus hogares transformados en panales o en erizos. Los primeros tratando de diluir su culpa en la dulzura, los otros, parando cualquier posible pregunta con la ofensiva. Unos y otros, demostrando a las claras, el precio que se paga por el engaño.

La doble personalidad no le era extraña. En predios ajenos actuaba con la del cazador, entrenado y seguro; en el propio, con la del marido, preocupado por la tranquilidad de su mujer. Eso sí, fueran cuales fueran sus discusiones con Esperancita, evitaba la ofensa y el desatino. Cuando los ánimos subían de punto y la palabras amenazaban con hacer de las suyas por su cuenta, recurría al tono conciliador, y con maneras afables le decía:

—Por este camino no alcanzaremos el tren. Paremos en seco para saber donde estamos.

—Tienes razón —respondía ella.

Esperancita, por su calidad humana y por su compostura, estaba fuera del alcance de las murmuraciones y pedradas mal intencionadas. Sólo una vez, en el club, Atías el bastardo, pasado de copas, quiso buscar el desquite, mencionándola de forma inadecuada.

—Tú me volaste la mía y a ti te la vuelan.

—Vigila tu lenguaje.

—Como siempre, el último en enterarse es el marido.

—Mico baboso, te dije que callaras.

—¿Con que te duele?

Sin decir más y sin permitirle que dijera,

lo levantó en vilo, lanzándolo detrás del mostrador del bar.

—Nada ha pasado, señores. Puse en su sitio a un sapo disfrazado de persona.

Contra Esperancita comenzó a desquitarse desde el incidente de la criatura malograda. Sin pensarlo dos veces, decidió que ella había tomado partido en contra suya, negándose a darle el hijo que quería. Sordo a lo que el médico y el párroco le explicaron, y ciego a las evidencias del sentido común, hiló por su cuenta, sin entrar en razones, y literalmente la crucificó.

Era la ocasión que esperaba para volver a sus fugas de antaño, con jóvenes inseguras y mujeres asqueadas de sus maridos. Corrió la voz y la compañera de hoy alentaba la curiosidad de la candidata de mañana.

En los salones de belleza, en los palcos del hipódromo, en las marinas de los yates, en las celebraciones teatrales, en los pasillos de las estaciones de emisoras de radio y televisión y en los festejos diplomáticos, su nombre rivalizaba en frecuencia con la mención de los platos del menú del día.

Unas, otras; a veces, excepcionalmente, repitiéndose con la misma, le ayudaban a contar con sus cuerpos los días del mes. La peregrinación insaciable no interfirió con el horario doméstico, aunque sí enfrió la relaciones sexuales con su mujer. Primero el pretexto de la cesárea, luego el de la anemia, y después, la religiomanía de Esperancita legalizaron el sobreentendido de la proscripción carnal.

Lo que empezó como continencia eventual, terminó como ayuno permanente. Y a partir de aquí fue que su mujer, alejándose en la cama, comenzó a sublimarse en dirección a la irrealidad. Y cuanto más tiempo pasaba, el cuerpo de ella, cortadas sus amarras, dejaba a un lado las respuestas de la carne y se atenía a las del crucifijo.

Tres años habían transcurrido y ni siquiera podía echarle en cara la circunstancia de su amante o la de un picaflor, y mucho menos de un desliz ocasional. Sin lugar a dudas que Esperancita era más incorruptible que el peñón de Gibraltar.

La luz de la lámpara daba en su mejilla, y mirándola de pespunte sintió un profundo picor en el alma por la visión serena. Leía, y la cabeza inclinada sobre la página era como un testero de milagros celestiales. El busto firme lo reimaginó en su onda alterna de calma y desasosiego; y desatada la cinta del cuerpo la sorpresa de un nido de golondrinas y estrellas. Las piernas, en su punto, sin más ni menos, prestas a endulzarle la poesía de la amargura.

Ella pareció sentir los alfileres soltados

por los dos ojos que ahora la miraban signi-ficativamente. Levantó los suyos, intrigada por la reaparición del apremiante mensaje.

—¿Te sientes bien? ¿Necesitas algo?

—Nada, veo que como en los buenos tiempos captas la onda.

—Estás desatinando.

—Ni en sueños. ¿Recuerdas que siendo novios muchas veces me bastaba con mirarte para que sintieras cosquilleo?

—Eso fue mil años atrás.

—Soy un renacido. El milenio es también un futuro.

—Decididamente estás febril.

—Me siento a punto. ¿Por qué no cierras la puerta?

—¿Y la enfermera?

—Al diablo con ella. Hazlo de una vez y dame la mano.

Lo obedeció. Diez minutos más tarde, la boca y la sed se diluían neutrales en la paz de la habitación. Los cuerpos desnudos bajo las sábanas transpiraban dulzura. Cogidos de la mano, las pupilas de ambos se reabsorbían en un sólo par. Al tallo del silencio tibio, le brotaban colores y pistilos, paredes, muebles y techos, de pétreos e inanes se tornaron en acogedores y mullidos. Una onda de creci-miento en reposo, y de infinita trascendencia recogía en su falda de hada madrina, el latido unísono de sus dos singularidades. Vivo, con la inmunidad que da la muerte, en paz consigo mismo, libre del pasado y sin miedo al porvenir, se sintió don Arquímides en su redescubrimiento inesperado.

—Otra vez no. Que podría hacerte daño.

—Necesitamos recuperar el tiempo perdido.

—Si de veras eres sincero, dispondremos de una eternidad.

—¿Piensas que he fingido?

—No. Porque de lo contrario me estaría muriendo de vergüenza.

—Qué cosas dices, si estamos casados.

—Hablo del matrimonio de conciencia.

—La mía es una perrera.

—Yo soy la misma. Eres tú el problema.

—En realidad no te merezco.

—La lealtad del corazón no está programada. Está más allá de la culpa y del perdón. Bastaría con que te arrepintieras.

—¿Y si de veras lo hago? Lo nuestro no es un hogar.

—Cambia y todo cambiará.

—¿Quieres decir que podríamos tener otro hijo?

—Siendo de veras el uno para el otro ¿por qué no?

★

El jueves, don Torcuato cumplía la visita ofrecida en la víspera.

—¿Cómo te sientes?

—Campana.

—¿Puedes atenderme?

—No faltaba más.

—Acabo de hablar con Esperancita y su alegría simplificará mi posición.

—Siéntese.

—Para el caso seré breve. ¿Y tu secretaria?

—Ella está preparando el café.

—Pásamela.

—No le entiendo.

—Sin hacerte el necio. De hombre a hombre te digo que me interesa.

—Y que si le respondo que no está en venta.

—Pensaré que eres el tonto de siempre. El gallito de las malas vallas. El Sansón desmelenado. Hace apenas media hora he sido testigo de una escena que habla por sí sola. Tu mujer, sin andarse por las ramas, le cerró la puerta en las narices a tres beatas.

—¿También a doña Estelita?

—Como lo oyes. Me dijo que planean un viaje y que al regreso harán lo necesario para adoptar una criatura.

—¿Me está tomando el pelo?

—La veo feliz y muy feliz. En prueba de

ello estoy dispuesto a llevarte a medias en el proyecto de la metalúrgica.

—Te consta que no puedo; significaría invertir unos tres millones de golpe y porrazo. Bien sabes que ando corto de efectivo.

—Cubriría tu parte, sin intereses. ¿Qué dices? ¿Me la pasas?

—Ella es libre de tomar sus decisiones. ¿En serio que me adelantaría el millón y medio?

—Ya di las órdenes para iniciar el papeleo.

—¿Qué debo hacer?

—Dejarle cesante. Lo demás corre por mi cuenta.

Fela entró con la bandeja del café, y los dos hombres sin intercambiar palabras, no llegaron a definir si era más pálido el humo de los habanos o sus mejillas.

Demudada, con voz lacónica, casi inaudible, murmuró:

—Ya está.

—¿Se siente mal? —preguntó don Arquímides.

—Me siento vendida.

—¿Quiere explicarse?

—Mira, yerno, huelgan las explicaciones. A las claras se ve que escuchó nuestra conversación. No soy amigo de andarme con tapujos; lo dicho está en pie.

—Son ustedes tal para cual. Enseguida recojo y me voy.

—Escucha, Fela, no lo tomes así.

—El es tan asqueroso como tú, pero al menos es sincero.

—Gracias por el cumplido. Está ofuscada. Le ofrezco la oportunidad de vivir sin preocupaciones. Tienes lo que deseo y me sobra lo que necesitas.

—Por favor, don Torcuato, que no estamos en una subasta.

—Déjanos a solas por dos minutos ¿quieres? La señorita y yo nos entenderemos.

—Fela, ¿deseas que salga? No soy tan bastardo.

—Simplemente lo eres. Sal de una vez y deja que escuche la oferta del señor.

Unos minutos más tarde salieron juntos Fela y don Torcuato y a través del amplio ventanal que le permitía observar la calle, unos minutos más tarde los vio entrar en el Mercedes Benz estacionado junto a la acera. El sol, por unos instantes fulguró sobre el cabello de Fela y también hizo relumbrar a calva rotunda de don Torcuato. El chófer, y el policía de tránsito con el que conversaba, se deshicieron en sendas reverencias. El carro pronto se perdió en el gran estómago de la calle y una tristeza sin resquicios se apoderó del alma de don Arquímides. Como dentro de un envase de plástico sellado, sin poros para respirar, todo de morado y adolorido, así lo sintió, de cuerpo entero.

Entró al cuarto de baño y la luz del botiquín le devolvió la imagen del rostro desmejorado. Los ojos, vagarosos y sin brillo, las comisuras asténicas de la boca, y las arrugas de la frente y de los párpados como la de los quelonios, atestiguaron por lo que moría.

Sonó el teléfono y escuchando la voz de Esperancita —entusiasmada con el prospecto del viaje— le respondía con monosílabos. Colgó, luego de escucharla maquinalmente, y respirando hondo, comentó por lo bajo:

—La felicidad no es una enagua fácil. Hay que empeñarse a fondo para obtenerla.

Eran exactamente las mismas palabras con que su padre había terminado la conversación a propósito de aquel extraño y lejano incidente con Clotilde. Sonrió enigmáticamente y descolgó el auricular, decidido a seguirle la pista al millón y medio que el suegro le ofreció. Don Julio, el principal del bufete de seguro que tendría la información. La línea estaba ocupada. Trató de nuevo sin resultado. Le vino a la mente la escena de dos noches atrás en el hospital. La repetición a la siguiente en su propia casa aún no había suprimido su sed. Llamó a su mujer, diciéndole lacónicamente:

—¡Espérame, que voy para allá!

★

La hospitalización de Jaime Uno duró desde la tarde del incidente hasta las primeras horas del anochecer del siguiente día. Nada recordaba a partir del momento de su colapso en el ascensor y casi al filo de las doce despertó intrigado por un olor raro a sus sensaciones y a su memoria.

En medio de su sueño se sucedieron y jugaron simultáneas imágenes irreales con las reales. A Fini, la veía con su risa burlona, desnuda al borde de un brocal de donde jóvenes y viejos sacaban baldes de leche, desparramándolos en la orilla. Cada uno le entregaba una especie de contraseña que parecía ser la del turno que le correspondía. Chupado el rostro, secos los ojos, y alambrados los dedos de las manos y las vértebras fosforescentes del tórax, parecía un fusible en plena descarga de voltaje.

Soy la fuente, leía en caracteres iluminados, el rótulo contra el que se apoyaba burlona. Allí mientras hacía fila entre los demás, ella lo mortificaba con chanzas de mal gusto.

—¡Pobrecito, tú estás seco! Ven a beber. ¡Así de nalgas no, que te vas a caer! Esas lagrimitas las lloras porque no puedes, y no de alegría. Eres el número ochenta y tres. Sólo un número y nada más.

En vano trataba de hacerla entrar en razones, explicándole que todo aquello no le convenía. En vano insistió y se desgañitaba, gritándole:

—Nada resuelves fumando pasto, te lo digo por experiencia. El kindergarten de la marihuana te llevará a la universidad de la cocaína. Esa amiga tuya, venida de no sé dónde, es una prostituta profesional y una degenerada. Cuando te grita que el collar se está convirtiendo en una serpiente, es que no está en sus cabales. Salta a la vista que el pasto la enloqueció. ¡Recapacita por amor de Dios! Has desatado una reacción testicular en cadena. Querino se lo dijo al colombiano, éste a Manolín, Manolín a Naruso Estévez y Naruso a los Jimaguas y éstos a los demás en un fin de semana. De mano en mano has pasado por una cofradía de cinco en el mismo apartamento en la playa. Que tu madre engañó a tu padre, allá ella, porque eso no te da licencia para engañarte a ti misma. ¡Despierta estúpida! Mira que a la larga y a la corta es triste el oficio de alcancía. Te pondrás vieja y fea. Por ese caminito terminarás a solas y vacía. Soy el único que te quiere. Termino la carrera y nos casamos. Viviremos lejos en un sitio diferente donde no retoñe nada del pasado. Tere Mansa no me importa un comino. Finge estar de mi lado porque te odia. Todos menos yo te tienen ojeriza. Aléjate de ese pozo maldito. Te lo exijo. ¿Que no aceptas órdenes? Pues para que no pienses que te quiero menos, te lo suplico.

Arthur irrumpía de repente, dominando la escena con una vergajo más pesado que una canoa de remeros.

—Yo soy homosexual.

—Pase por esta vez; pero conste que me gustan las mujeres. Manuel, Victorio y Jacinto son punto y aparte. Se las dan de machos puros a la vez que funcionan en reversa. Esos malditos ostentosos no son más que patos disfrazados. Los legítimos de uno y otro lado no se jactan de nada. ¡No, Arthur, no! Una segunda vez no te da derecho a una tercera.

Venía al coloquio el doctor Cristano con su rostro de Chopin enfermo, de cuello y corbata y con las partes al desnudo.

—Conmigo usted se ha equivocado de medio a medio, Doctor. Una cosa es la mucha nota y otra la mala acción. Merezco una buena calificación porque el feo de no corresponder a sus insinuaciones nada tiene que ver con lo académico.

—Soy tolerante con sus inclinaciones, y lo menos que puedo esperar es que usted lo sea consecuente con mis méritos.

—No me importa un bledo que conviva con otro hombre, ni que sea lo que es, a condición de que no use la materia para presionar.

—Mira Tere Mansa, tú en el fondo eres buena gente pero contigo no podría. Eres además una bocaza, hablando por un corazón pequeño que a nada se atreve. Déjate de historias y trata de buscarte un buen marido. Entró en la escena un billetero vestido de payaso, ofreciendo varias series para la extraordinaria. 'Pruebe la suerte', gritaba con voz estentórea. Pegue el premio gordo en la rifa de la vida.

El médico. Vendo el médico. El licenciado lo tengo en la mano. El ingeniero, enterito y libre de contribuciones. El arquitecto. El físico nuclear, el químico, el publicitario, el agente de la bolsa, el maestro... asegúrese en el tío vivo. La monserga con su retahíla se hacía interminable y fue necesario que un viento huracanado soplara por lo alto hacia la oscuridad la grotesca figura del pregonero.

Tuvo la sensación de una mano revolviéndose como una mariposa inquieta en la piel de su vientre bajo el pijama. Su corazón latió de prisa, sacado de ritmo por aquel olor que diluía en su sangre burbujas inflamadas. La mano hacía de las suyas con suavidad, él sin distinguir a derechas entre el sueño y las circunstancias, sumiso se dejó llevar en el tobogán de hormigas y zunzunes. Se frotó los ojos, y al hacerlo tropezó con la otra mano, que le acariciaba la frente, con milenaria y revitalizante dulzura.

—¿Quién es? —atinó a balbucear, mientras trataba de perfilar el rostro en el lienzo de la oscuridad.

—Tranquilo, hijo. Ten calma, que todo marcha sobre ruedas. Lo malo ya pasó.

—¿Dónde estoy?

—En buenas manos. En mi casa. Te traje para cuidar mejor de ti.

—¡Usted! ¿Cómo fue que se enteró?

—El número de teléfono está anotado en tu libreta y me llamaron. Fui al hospital y el médico luego de reconocerte me dijo que estabas fuera de peligro y que lo único que necesitabas era un buen descanso. Se lo consulté y le pareció bien que te trajera.

—¿Y su marido?

—En un seminario en Montreal. Disponemos de una semana.

—¿Y la nena?

—Se fue con él. No te inquietes ni te

pongas nervioso, que estamos a solas.

Inclinándose lo besó en los ojos y en la boca, cerrándole los primeros y dejándole en ésta un sabor a brandy delicado.

—¿Ves como te cuido? ¿Acaso no es lo que deseabas? Te lo vengo leyendo en los ojos, desde hace tiempo pero no tenía la ocasión de corresponderte. Para mí eres algo muy especial. Me siento muy sola. Mi marido piensa más en sus ecuaciones y moléculas que en mis necesidades. Mis hijas dicen que soy una menopáutica porque olvidan que el sol también arde al atardecer.

Mientras hablaba lo empujó con suavidad para que le hiciera sitio en la cama, y despojándose del negligé se sentó junto a él, besándole de nuevo a la vez que lo ayudaba a despojarse del pijama.

Jaime Uno, en su frenesí por varias ocasiones en el curso de aquella madrugada, sintió que las fuerzas le abandonaban, pero su juventud casi intacta era más que suficiente para redispararles con la onda del deseo.

El sol estaba a medio cielo cuando despertó. En su cuerpo fluía la alegría del gallo clarín. Descorrió las cortinas del cuarto pensando en otra vez, a plena luz, para desquitarse contra Fini.

Se sentía fauno, dispuesto a someter la

ninfa en el claro del bosque, junto a la flauta del arroyuelo. El alma se le vino a los pies, al notar que boca arriba en la cama, la madona idealizada sin maquillaje, ni la conveniencia de las sombras, parecía un estropajo maltratado. Las pecas en la cara, la saliva chorreándole por la boca abierta, ronquidos al galope, senos flácidos, el vientre de anillos como de Michelín y los muslos y las piernas varicosas, lo desanimaron. Trató de evadirse sigilosamente pero tropezó con la botella tirada sobre la alfombra.

—¿Qué hora es? —le preguntó ella, desperezándose en la cama.

—No lo sé. Creo que son más de las diez.

—¿Qué prisa tienes?

—Tengo que ir a la universidad.

—¿Vendrás a dormir?

—No, creo que no.

Despertó por completo y viéndose expuesta tal cual era, le salió el lenguaje de carretonera.

—¿Por qué coño descorriste la cortina?

—Lo siento.

—¿Es por eso que te vas? Un mal momento lo tiene cualquiera, últimamente me he descuidado. Una necesita de un aliciente para conservar la figura. Nada que no pueda arreglarse con sauna, dieta y maquillaje. Todo será distinto porque a partir de ahora lo haré por ti. Piensa en lo que te hice disfrutar.

—De veras lo siento. —Fue lo único que atinó a decirle.

—Después de todo ¿qué mas da? No eras más que un ratón que huye del naufragio. Razón tiene Fini al decir que no le llegas ni a media vagina. Lárgate de una vez, pero antes pásame la botella que está sobre el tocador.

★

Como a las once de la noche la fiebre se ensañó con el artista. Sin estar consciente de nada, su delirio de crestas y simas lo llevaba de risco en pozo, y de abismo en picacho desolado. La garganta de sartén al fuego le pedía agua, y luego de beberla la devolvía en las convulsiones provocadas por la tos. El cuerpo molido por la calentura pasaba bruscamente del estado de serrín al de serpentina, o a la inversa, huesos y músculos laminados por erosión incontenible se transformaban en polvo y papilla.

Un suero y antibióticos, y para la fiebre aspirina, prescribió el doctor.

Casi con cuarenta grados de temperatura los ojos le estallaban como soles, o se le resumían vencidos bajo los párpados en tic tac. En la cama daba vueltas, se encogía buscando alivio una y otra vez en vano, puesto que su mal sísmico no le permitía tregua, ni acomodo. A la una empeoró y el médico de guardia luego de auscultarle, diagnosticó que se trataba de una pulmonía doble.

Muriéndose poco a poco, trashumante infeliz rescataba de entre las brumas las puntas de fronda dulce y ácida de sus rememoraciones.

—¡El pañuelo, el pañuelo! —repetía sin cesar.

—Está delirando —comentó la enfermera.

—El pañuelo. Mi velo de novia. Cuando aquí son las nueve allá son las tres.

—Sin coherencias. Su estado es crítico. ¿Y usted como si nada? No entiendo a la justicia que se ensaña con la mortaja.

—El no es un delincuente.

—Pero usted es teniente de la policía.

—Lo estimo mucho.

—Perdone mis desplantes. No me acostumbro a la idea de ver morir a las personas.

—¿Tan grave está?

—Entró el sacerdote y al salir el incienso quedó incorporado tibio y elástico en la atmósfera esparcida por el ventilador.

—Volveré dentro de un rato para tomarle la temperatura.

Traeré un pañuelo para tranquilizarle pensó para sus adentros el teniente.

—El pañuelo. Pronto. En sintonía con mi P…

El teniente buscó en el bolsillo trasero del pantalón colgado en el closet, y sacando el pañuelo de la bolsita plástica le secó la frente y después lo colocó bajo la almohada.

—Al fin juntos. ¡Pascual, mi Pascual!

Con desesperación se asió a la mano del teniente dispuesto éste a no contradecirle.

—Te quiero mucho, Pascual.

—También yo a ti.

—Lo de Idelmira no fue nada. Es una ninfómana. Una pervertida.

—Por supuesto. Tranquilo que el descanso te hará bien.

—Domingo, un tránsfuga. Le he puesto en su sitio. El energúmeno. Un mulo sadista. Un destripador. Casi que me mata.

—¿Hablas del estibador?

—Perverso. Desvergonzado.

—Tendré que localizarlo. Ahora procura descansar.

A las cinco entró en coma, y a las ocho terminaban para siempre sus compromisos con el sol. A donde iba, el monólogo irrefutable de la tierra era asunto de sales y no de colores.

—¿Se hará cargo usted? —le preguntó al teniente la enfermera.

—Claro, consígame el certificado y yo atenderé a lo demás.

A solas con el cadáver, repasó de nuevo la libreta de direcciones del difunto, asegurándose de que en ella estaban anotadas las señas del número de teléfono de Genaro.

—¿Con qué otro Jack el destripador?

Veremos si es tan bueno, pensó mientras encendía un cigarrillo.

★

La de la maestra fue una recuperación extraordinaria por lo rápida que fue. Apenas una hora duró el sopor sin que durante el mismo hiciera otra cosa que temblar, murmurando frases inaudibles.

En su sueño vio cañones, pulgares, piezas de diez centavos, estibas de azúcar, libros, y multiplicado por doquier el cuerpo sediento de la directora, chupándose sin remedio al del conserje.

Olía el jabón de Virginia, el incienso de la sacristía, la colonia de Blas, el tufo de ron típico en Cariano, el de ajo que a diez metros delataba la presencia de su marido, el sudor atrapado en las ropas militares, y dominando sobre todos y cada uno, el gorjeo de la lavanda, en el increíble cuerpo musical de don Arsenio.

Oyó los ayes de la madre en las sesiones de zurra rutinaria, los monosílabos melosos de su maestra, las explicaciones de la criada respecto al caballero, las de Pánfilo sorprendido in fraganti, los desatinos de su hermana, madurita para embarcarse con lo del cañoncito, y las acrimonias de la vieja bruja, que en definitiva le dieron el toque de coraje necesario para que despertara. A su alrededor vio a su esposo, a la hija y a la enfermera que en esos momentos le tomaba la temperatura.

—¿Desde cuándo estoy aquí?

—Te trajeron hará cuatro horas.

—¿Entonces perdí el sentido?

—Está fuera de peligro —aclaró la enfermera.

—¿Cuándo podré irme?

—Para mí, que cuando lo desee; pero será el doctor quien lo decida.

—Ve y pregúntale, Dulce.

—Enseguida.

—De paso le pides que me extienda un certificado. Lo necesito para pedir licencia por enfermedad.

—Despreocúpate, vieja, que las clases están suspendidas por dos días.

—Entonces que lo ponga con fecha a partir del jueves.

—Pero...

—No hay peros que valgan. Sé lo que me

traigo entre manos. Tú a lo tuyo.

—Vine porque Dulce me avisó.

—No faltaba más. Te puedes ir. Ella me llevará a casa.

Saliendo el esposo, entró Felipe Iñíguez, el sargento político, de quien solía echar mano para sus tejemanejes.

—¿Y ese milagro Felipe?

—Lo oí por la radio y aquí estoy.

—¿Sin novedad comadre?

—Estuve en un tris pero la Santísima Virgen me ayudó.

—Le traigo una buena noticia.

—No me diga que me pegué en la lotería porque no llevo ni un pedazo en la de esta semana.

—Mejor que eso. Adivine usted.

—Dígalo de una vez, que no me gustan los acertijos.

—En este sobre está la respuesta. Le conseguí la licencia por un año.

—Sin sueldo naturalmente.

—Frío.

—¿Con medio sueldo?

—Tibio.

—Entonces con sueldo completo. ¡Es usted un ángel! Me gustaría ver la cara de la directora cuando reciba la notificación.

★

Lo del padre Fermín no fue más allá de una extraña modorra que en los últimos instantes pasados dentro del oscuro lo empujó a casi un tris del desmayo.

Tendido en la cama, con la cabeza descansando sobre los brazos en cruz, detallaba las secuencias finales, desde el momento en que los de la Defensa Civil abrieron el ascensor, hasta la llegada al hospital, sin omitir el entreacto de la ambulancia. Pidió entonces ir en compañía del artista, quien por su estado febril y tos persistente era el que más le preocupaba.

Jaime Uno, don Arquímides y la maestra, aunque tumbados por el trancazo del encierro, apenas inhalaron el oxígeno de emergencia, se veían fuera de peligro; aunque inconscientes balbucearan dislates.

De camilla a camilla, veía el perfil dominado por la nariz y asimismo notaba los altibajos en el acordeón del cuerpo, bajo la blanca sábana.

—¿Cómo está? —le preguntó al médico que los acompañaba.

—Muy mal.

A ratos, por breves entreactos y con la complicidad de la enfermera, entró a la habitación del moribundo y salió de la misma cada vez más descorazonado. Que se moría era un hecho y fue él quien le dispensó los santos óleos y acaso el único que pudo asomarse por unos instantes a aquella existencia atribulada. Por la puerta entreabierta y desde el pasillo alcanzó a escuchar el extraño intercambio de palabras entre el agonizante y su interlocutor. Desentrañó el simbolismo del pañuelo y decidido a patrocinar la mentira piadosa, convenció a la enfermera para que le permitieran al teniente permanecer en la habitación, haciendo caso omiso a las limitaciones impuestas por el horario del hospital.

Sabía de muchos homosexuales encumbrados o irrelevantes, y de bastantes que alternaban el matrimonio heterosexual con relaciones homosexuales. Mujeres y hombres le hablaban sobre sus parejas en el confesionario, y de las inevitables zozobras de familias, sin que él se atreviera a tomar partido en el dilema. Ido por la tangente, les pedía que tomaran en cuenta la felicidad de los hijos, si es que los tenían, sin olvidar sus otros deberes cristianos. A propósito recordaba las definiciones del padre Tomás cuando comentaba sobre el asunto. De las mujeres desviadas solía decir que el sexo no les bajó de la boca, y de los invertidos que la potencia se les atascó en las posaderas.

En buena dogmática cristiana el fenómeno era un dolor de cabeza para la teología.

Si la naturaleza es inequívoca, pensaba, el error o el capricho genético suprimía de golpe y porrazo el factor volitivo, único elemento de culpa y castigo. Sin la posibilidad de la voluntad, no pueden existir ni elementos ni categorías de pecado. De modo que la distinción entre el bien y el mal, alambrados en el juego de la sangre y las neuronas, era mera cursilería. Por esa potestad inexorable que gobierna la vida, más de una cuenta saltaba por voz propia del precioso collar de la tomística cristiana.

La ceremonia del bautismo, por ejemplo, en las criaturas de meses, apenas zafadas del nirvana placentario, era una señora incongruencia, y del mismo tono el concepto de salvación aplicado a la humanidad pre-cristiana y a la de los países subdesarrollados, obstruida esta última por la ignorancia y la enfermedad.

Lo sensato sería darle preeminencia a la desgracia sobre la gracia y no al revés. Hacer un alijo hermético con los pecados cruciales tales como la estupidez, la enajenación obtusa, la inmortalidad interna, la distrofia sensitiva, y enterrarlo bien abajo del fondo del mar. Corregidas las estructuras impuestas y malsanas, entonces y sólo entonces la gracia podría ser aceptada y redefinida a nivel terrenal.

La confesión era otra de las piezas que obviamente no encajaba en el rompecabezas doctrinario, porque si sano era el principio de autognosis que le dio origen, sus aplicaciones reforzaban las tesis de que la injusticia es relativa. El hecho de quedar relevado de culpa por catarsis oral, sin desentenderse de las situaciones, de provecho o ceguera, que la provocaron, confirman por un lado el carácter absoluto del pecado y por otro el ritmo interminable de sus modalidades.

La injusticia por pequeña que se nos antoje es absoluta y no convencional. Perdonar el pecado de hoy sin sanear sus raíces reales, es hacerle sitio al de mañana, refinando la metodología del pecador. Se necesita de una humildad básica, robusta y consecuente, para edificar sobre ella, y con ella, la verdadera concordia universal. Seguir cortejando a los hombres que enterraron a los dioses para endiosarse a sí mismos en sus altares de apellidos, fortunas, partidos, causas y naciones, sólo contribuye a generalizar la sicosis que nos diezma y divide.

La oportunidad de un hombre es su existencia, la de un país su cultura, la de una civilización su sabiduría y la del mundo su concordancia de fuerzas y paisaje. Los que pretenden entender la escritura del destino, dedicados a la usura, al hedonismo y a la subestimación del prójimo, ni siquiera son capaces de leer sus primeras vocales. De su paso por la existencia sólo queda el testimonio de los derrumbes y trampas creadas por su ceguera.

Los países que confunden la alegría de la cultura con el redoble militar, la lujuria de mercados, y el incremento de sus divisas, tienen la fugacidad de los meteoritos. De la fase de trance místico, pasan a la de pistoneo frenético, y de aquí a la de dureza, arrodillados frente al porvenir por su fracaso. Las civilizaciones caen en idéntico marasmo cuando su sensibilidad ética y religiosa queda a merced de la arbitrariedad legalizada como rutina. Y del mundo sólo cabe decir que al paso que vamos muy pronto se convertirá en una siniestra madriguera.

La superpoblación, la insania mundial, el provecho mal entendido, la deforestación, el despilfarro del agua, los derechos industriales, los millones de toneladas de basura, la estampida rural, el apelotonamiento urbano, el frenesí consumidor, la taquicardia ocupacional, la generalización de lo feo y grosero, la irrespetuosidad, hedonismo a todo trance, el pánico a la guerra y el miedo a la paz, combinados con los malos gobiernos, los peores manejos, la pésima educación y el reto permanente, son tan reales como la alucinante noche polar.

Poco antes de las siete la recepcionista le pasó la llamada de Luz Divina.

—¿Estás bien?

—Sí.

—Oí la noticia a las seis de la mañana y creí que me moría.

—No es para tanto.

—Lo peor del caso es que el niño está con fiebre y no tengo con quien dejarlo.

—¿Algo serio?

—El doctor dice que son las amígdalas; tarde o temprano habrá que operarlo.

—Cuanto antes mejor.

—Si de veras me necesitas, puedo llamar a mami para que venga y yo iré.

—Saldré dentro de unos momentos.

—Gracias a Dios.

—¿Pasarás por casa?

—Antes debo resolver algunos asuntos pendientes. Si el tiempo me cuadra te veré por la tarde.

—¿Por qué no vienes a almorzar?

—No sé si podría.

—De todos modos te esperaré. Digamos que alrededor de las dos.

—Te prometo que trataré.

—Dime una cosa.

—¿Qué?

—¿Pensaste en mí?

—Eres más que asunto de pensamiento.

—¿Cuánto más?

—Todo, Luz Divina. Todo.

Apenas colgaba cuando entró el padre Tomás, preguntándole:

—¿Alguna novedad desde que hablamos?

—El artista murió.

—Cuanto lo siento, y tú ¿cómo te sientes?

—Disminuido y renovado.

—Lo último se te nota a prima facie.

—¿A qué se refiere?

—Esa intensidad en tu mirada, tu modo de reforzar una mano con la otra y la impaciencia de tus pies.

—A usted nada puedo ocultarle.

—Hablé con el obispo.

—¿Algún asunto grave?

—Ni tanto, ni tan leve. Tú fuiste el tema de la conversación.

—¿Yo?

—No te hagas ni me mires con ese azoro simulado. Le dije que estabas confuso, sin entrar en mayores explicaciones y le pedí que te apoyara si decidieras dejar los hábitos. Convinimos en que sería lo mejor. El verá que la dispensa te sea concedida con rapidez.

—¿Como cuánto tardará?

—Digamos que alrededor de un mes. El tiempo nos permitirá buscarte un relevo. ¿Qué me dices?

—¿Qué quiere que le diga? excepto que usted se adelanta a mis decisiones. Le estoy agradecido.

—Sólo te pido una cosa.

—A usted nada le puedo negar.

—Que hagas las cosas como Dios manda y que una vez casado vayas con tu mujer a otra provincia, o al extranjero.

—Creo que optaré por algún punto del Caribe, y otra vez gracias por su mediación.

—Déjate de pamplinas. Siempre he dicho que el Cristianismo puede practicarse de muchas maneras. ¿Ya te dieron el alta?

—Sí. Sólo me tomaré un minuto para despedirme de la enfermera.

Salieron y un sol tierno les dio en pleno rostro al ganar la acera.

—Gracias a Dios que la tormenta pasó.

Por un costado que sombreaban unos caobos, dos empleadas de la morgue sacaban por la puerta lateral el ataúd austero, como un tronco sin follaje.

—Es el artista.

—Lo acompañaré hasta el cementerio.

—Iré con usted.

Cayeron unas flores sobre el coche funerario y tuvo la impresión de que por las rendijas del follaje un rostro animado por lo indefinible, le sonreía al cadáver.